AMOR EM JOGO

Simone Elkeles

AMOR EM JOGO

Simone Elkeles

Tradução
Santiago Nazarian

GLOBOLIVROS

Copyright © 2014 by Simone Elkeles
Copyright da tradução © 2014 Editora Globo S/A

Título original: *Wild Cards*

Publicado originalmente em inglês, nos Estados Unidos, em outubro de 2013, por Walker Books for Young Readers, um selo pertencente à Bloomsbury Publishing, Inc.

Todos os direitos reservados. Nenhuma parte desta obra pode ser apropriada e estocada em sistema de banco de dados ou processo similar, em qualquer forma ou meio, seja eletrônico, de fotocópia, gravação etc., sem a permissão dos detentores dos copyrights.

Editor responsável Eugenia Ribas-Vieira
Editor assistente Lucas de Sena Lima
Edição de arte Adriana Bertolla Silveira
Diagramação Diego de Souza Lima
Tradução Santiago Nazarian
Preparação Celeste Varella
Revisão Silvia Massimini Felix
Capa Agência Sonora em conjunto com Adriana Bertolla Silveira

Texto fixado conforme as regras do Acordo Ortográfico da Língua Portuguesa (Decreto Legislativo nº 54, de 1995).

CIP-BRASIL. CATALOGAÇÃO NA FONTE
SINDICATO NACIONAL DOS EDITORES DE LIVROS, RJ

E42a
Elkeles, Simone
Amor em jogo / Simone Elkeles; tradução Santiago Nazarian. - 1. ed. - São Paulo: Globo, 2014.
il.

Tradução de: Wild cards
ISBN 978-85-250-5754-9

1. Ficção americana. I. Nazarian, Santiago. II. Título.

14-12861
CDD: 813
CDU: 821.111(73)-3

1ª edição, 2014 – 2ª reimpressão, 2022

Editora Globo S.A.
Rua Marquês de Pombal, 25
20230-240 — Rio de Janeiro — RJ
www.globolivros.com.br

Para minha fã número 1, Amber Moosvi.

Sua força me inspira.
Sua coragem me inspira.
Você me inspira.

Nunca vou esquecer as duas palavras que você me ensinou quando a vi passar pela quimio aos dezesseis anos de idade e encarar a maior batalha da sua vida.
NUNCA DESISTA!

capítulo 1
DEREK

Ser pego não fazia parte do plano inicial. Pregar uma peça tão épica que seria comentada por décadas, sim. Estou de pé com cinco dos meus amigos na sala do diretor Crowe ouvindo-o surtar há uma hora porque nossa pegadinha mais recente envergonhou não apenas a ele, mas também as pessoas de sua confiança e professores desse "prestigioso colégio interno".

— Alguém quer confessar? — Crowe pergunta.

Jack e Sam estão apavorados. David, Jason e Rich estão tentando segurar a risada. Fui chamado à sala do diretor mais do que algumas vezes desde que fui transferido pra cá, então não é nenhuma novidade para mim.

Durante a semana de provas finais na Academia Preparatória Regents, na Califórnia, os veteranos passam um trote nos calouros. É uma tradição. Este ano, os veteranos conseguiram colocar tintura azul nos nossos chuveiros e tirar as lâmpadas das áreas comuns dos nossos dormitórios. Era justo que déssemos o troco, mas numa escala maior. Os veteranos estavam esperando que atacássemos seus dormitórios, e dava para ver que eles estavam tensos durante a semana. Eles estavam vigiando o tempo inteiro, prontos para defender seu território.

Meu colega de quarto, Jack, veio com a brilhante ideia de engordurar três porquinhos filhotes da fazenda do tio dele e deixá-los correr soltos no dormitório dos veteranos. Sam disse que deveríamos deixar os porcos correrem soltos durante a formatura. Admito que foi minha a ideia de dar número aos porcos... 1, 3 e 4. Foi preciso seis de nós para dar conta. A música da procissão foi a deixa para soltar os porcos.

Também achei que a gente ia se safar dessa, até que nós todos fomos chamados ao escritório de Crowe, há uma hora.

A assistente de Crowe, Martha, enfia a cabeça na sala:

— Sr. Crowe, o número dois ainda não foi encontrado.

O diretor grunhe frustrado. Se Crowe não fosse tão pentelho, eu lhe diria que encerrasse a busca porque não há porco número dois, isso é parte da piada. Mas ele é o tipo de cara que não dá a mínima para os alunos. Crowe só quer se certificar de que todo mundo saiba que ele tem o poder de dar notificações e de demitir professores quando quiser. Já o vi abusando desse poder mais de uma vez nesse último ano.

— Eu fiz isso. — digo, exagerando meu sotaque do Texas porque sei que Crowe torce o nariz com a ideia de um caipira frequentar sua preciosa escolinha. Mais de uma vez ele me chamou a atenção por dizer "pra modeocê". Reconheço que fiz isso só *pra mode* irritar o cara.

Crowe fica parado na minha frente:

— Qual dos seus coleguinhas aqui te ajudou?

— Nenhum deles, *sinhô*. Fiz tudo sozinho.

Ele balança o dedo para mim:

— Quando seu pai souber disso, certamente ficará decepcionado com você, Derek.

Minha espinha endurece. Meu pai, também conhecido como comandante Steven Fitzpatrick, está fazendo outra turnê da Marinha. Está num submarino pelos próximos seis meses, completamente separado do resto do mundo. Eu me pergunto rapidamente como minha nova madrasta, Brandi, está se virando agora que meu pai está em serviço. Nosso esquema é perfeito. Vivo aqui até me formar, e a nova esposa do meu pai vive na nossa casa alugada perto da base naval com o filho de cinco anos que ela teve com algum ex-namorado. As notícias da minha armação com o porco não devem chegar até meu pai. E se Crowe acha que vou decepcionar Brandi, isso me faz rir.

Crowe abaixa seus ombros e me dá um dos seus treinados olhares de reprimenda que o fazem parecer um ogro com anabolizantes:

— Você espera que eu acredite que você *roubou* uma das vans da nossa escola e transportou *quatro* porcos para a cerimônia da formatura, os besuntou e os soltou, tudo isso sozinho?

Lanço um olhar para meus amigos, e faço sinal para que eles mantenham suas bocas fechadas quando percebo que estão prestes a confessar. Não tem sentido nós todos nos encrencarmos apenas porque Crowe não tem senso de humor.

Faço que sim:

— Agi sozinho, senhor. Mas, tecnicamente, não roubei a van. Peguei emprestada. — Havia três porcos e foi necessário nós seis para conseguir pegá-los, mas vou guardar essa informação comigo. Espero que ele me castigue com uma detenção e ordene que eu limpe o chão, ou os banheiros, ou algo humilhante. O que seja. Uma detenção durante o verão vai ser água com açúcar, já que menos de vinte por cento do povo da escola fica no campus.

— O resto de vocês, cavalheiros, está dispensado — Crowe declara.

Ele se senta numa grande cadeira de couro e pega o telefone enquanto meus amigos saem em fila.

— Martha, chame a sra. Fitzpatrick e informe que seu enteado foi expulso.

Espere! *O quê?*

— Expulso? — praticamente engasgo com a palavra. E por que não um aviso simplesmente, ou detenção ou suspensão? — Tudo não passou de uma pegadinha inofensiva.

Ele desliga cuidadosamente o telefone.

— Expulso. Ações têm consequências, sr. Fitzpatrick. Apesar dos inúmeros avisos sobre cola, uso de drogas e pegadinhas, você novamente desobedeceu às nossas regras e se mostrou indigno de ser um aluno da Academia Preparatória Regents. Obviamente, isso também significa que você não será convidado para se juntar novamente a nós para seu ano final.

Não me mexo nem digo nada. Isso não está acontecendo. Posso contar uma dúzia de outros alunos que foram pegos fazendo pegadinhas e escaparam sem nada mais do que um aviso. Eu acidentalmente deixei minhas anotações no chão durante uma prova e o sr. Rappaport declarou que eu estava colando. E essa acusação de drogas... tá, eu fui a uma festa com uns amigos e voltei para casa chapado. Não tive a intenção de vomitar na estátua do fundador da Regents, depois que descobri que alguém colocou XTC na minha bebida, e, certamente, não fui eu que postei fotos minhas vomitando no site da escola. Um certo veterano do conselho estudantil foi responsável por isso, apesar de ele nunca ter sido pego, porque ninguém acusaria um cara cujo pai doa uma porrada de dinheiro para a escola todo ano.

— Como você já terminou suas provas finais, vou ser tolerante e permitir que receba crédito total pelo seu ano de calouro. Como uma cortesia a seu pai, também vou conceder a você quarenta e oito horas para remover seus pertences do campus.

Ele começa a escrever num pedaço de papel, então levanta o olhar para mim quando percebe que não estou me movendo.

— Isso é tudo, sr. Fitzpatrick.

Supertolerante.

Caminho para o dormitório dos calouros enquanto encaro o absurdo da minha situação. Estou sendo chutado da Regents e tenho que voltar para a casa da minha madrasta, que vive no seu próprio mundo sem noção. Isso é uma idiotice.

Meu colega de quarto, Jack, está sentado no canto da cama, balançando a cabeça.

— Ouvi dizer que o Crowe te expulsou.

— É.

— Talvez se todos nós voltarmos lá e contarmos a verdade, ele irá repensar...

— Se seu pai descobrir, ele vai tornar sua vida um inferno. Os outros estão no mesmo barco.

— Você não deveria receber o castigo por isso sozinho, Derek.

— Desencana. O Crowe já estava de olho em mim. Isso só foi a desculpa que ele precisava para me dar um chute.

Meia hora depois, Brandi liga. Minha madrasta recebeu a notícia de Crowe e vai dirigir três horas de San Diego para a Regents amanhã. Ela não grita ou faz um sermão, ou age como se fosse minha mãe. Em vez disso, diz que vai tentar convencer Crowe a mudar de ideia quanto a me expulsar, como se fosse funcionar. Duvido que Brandi foi membro da equipe de debates da sua escola. Não tenho muita fé no seu talento de persuasão. Para ser honesto, não tenho nem certeza de que ela se formou na escola.

De manhã, ainda estou pensando que diabos vou fazer quando a segurança do campus bate à minha porta. Eles têm ordens específicas para me acompanhar imediatamente até o escritório do diretor.

Enquanto ando pelo quadrilátero com a segurança do campus ao meu lado, reparo bem nos cochichos dos alunos pelos quais passo. Não é frequente alguém ser expulso. Subo as escadas de acesso ao escritório da frente, onde fotos de antigos alunos que se tornaram famosos atletas, astronautas, políticos e gurus dos negócios são mostradas orgulhosamente na *parede da fama*. Se isso fosse há dois anos, poderia até imaginar minha própria foto lá. Agora não mais.

Quando a porta se abre no escritório de Crowe, meus olhos focalizam uma mulher sentada na sua mesa. É Brandi, a esposa do meu pai há oito meses. Ela é catorze anos mais nova que ele (o que significa que ela tem vinte e cinco, apenas oito anos mais velha que eu). Seus sapatos de salto alto laranja combinam com seus brincos laranja, grandes demais, pendurados até o ombro. Seu vestido parece duas vezes maior, o que definitivamente não combina com ela. Sempre a vi usando trajes justinhos e curtinhos como se ela estivesse indo para a balada. Parece deslocada nesse escritório cheio de mogno e de couro negro.

Brandi me olha quando eu entro, depois volta sua atenção para Crowe:

— Então quais são nossas opções? — ela pergunta enquanto remexe seu brinco.

Crowe fecha a pasta na mesa:

— Sinto muito, mas não vejo opções. Crimes *atrozes* envolvendo animais não são tolerados na Regents, sra. Fitzpatrick. Seu filho...

— Enteado — eu o corrijo.

Crowe me olha com nojo:

— Seu *enteado* finalmente passou dos limites. Primeiro, fico sabendo que ele largou todas as atividades extracurriculares. Em seguida, ouvi rumores que ele frequenta festas com álcool e drogas, além de colar nas provas e vandalizar propriedade da escola com vômito. Agora esse trote com animais vivos de fazenda. Temos sido pacientes com Derek e somos solidários nos desafios que ele encarou nos últimos anos, mas isso não é desculpa para comportamento delinquente. Temos o dever, na Academia Preparatória Regents, de transformar nossos jovens alunos em cidadãos produtivos e futuros líderes que sejam responsáveis pela sua comunidade e pelo meio ambiente. Derek obviamente não deseja mais ser parte dessa orgulhosa tradição.

Reviro os olhos, e Brandi pergunta:

— O senhor não pode apenas lhe passar um serviço comunitário, ou pedir que ele escreva algum tipo de carta de desculpa ou troço assim? — Seus braceletes chacoalham quando ela bate as unhas pintadas em cores vivas na sua bolsinha.

— Temo que não, sra. Fitzpatrick, Derek não me deixou escolha a não ser expulsá-lo.

— Ao expulsá-lo, você quer dizer talvez que ele não pode voltar para o último ano? — Um raio de sol brilha na aliança dela, um lembrete em flagrante de que ela está casada com meu pai.

— Correto. Minhas mãos estão amarradas — diz Crowe a ela, o que é uma mentira deslavada. Ele faz as regras e as muda de uma hora para outra de acordo com suas necessidades, então para que me importar?

— A decisão foi dada — Crowe continua. — Se você quiser apelar ao conselho, cuja maioria testemunhou o desastre ontem, na cerimônia de formatura, está livre para preencher a papelada apropriada, embora, já alerto, o processo de apelo seja longo, e um desfecho positivo é improvável. Agora, se me dá licença, nós ainda não localizamos um dos animais que seu enteado soltou, e tenho que fazer um relatório bem extenso dos danos.

Brandi abre a boca num último esforço para convencê-lo, mas a fecha novamente com um suspiro quando ele balança o pulso. Crowe faz sinal para que deixemos sua sala.

Brandi me segue até meu dormitório, seus saltos estalando na calçada. *Clic, clic, clic, clic,* não notei no escritório, mas ela definitivamente ganhou uns quilinhos desde que a vi pela última vez. Ela não se importa que todo mundo esteja olhando para ela e seu traje ridículo e seu cabelão loiro e seus apliques longos demais? Conhecendo-a, ela provavelmente nem tem noção do impacto que está causando.

Meu pai me pediu que sentasse antes de anunciar que eles estavam se casando, e disse que Brandi o fazia feliz. Foi a única razão pela qual eu não a reprovei completamente.

— Talvez — Brandi diz com seu tom animado ecoando pelo quarto — isso tenha sido melhor.

— Melhor? — dou uma risada curta quando paro e me viro para ela. — O que há de *melhor* nisso?

— Decidi voltar para Chicago para morar com minha família — ela diz. — Já que seu pai se foi por seis meses, imagino que seja o melhor para o Julian. Ele vai começar o jardim da infância no outono, sabe? — Brandi me dá um grande sorriso.

Acho que ela espera que eu saltite batendo palmas de empolgação com sua grande notícia de mudança. Ou sorria com ela. Nada disso vai acontecer.

— Brandi, não vou me mudar para Chicago.

— Não seja tolinho, você vai *amar* Chicago, Derek. Eles têm neve no inverno e, no outono, as folhas têm as cores *mais iradas*...

— Olha — digo, interrompendo o discursinho dela de que Chicago é isso e aquilo. — Não quero ofender, mas a gente nem é família. Vocês podem se mudar para Chicago, que eu fico em San Diego.

— É... Quanto a isso... — ela morde o lábio inferior. — Cancelei o aluguel. Outra família está se mudando para a casa na próxima semana. Ia te contar, mas sabia que você estava em provas finais, e como você já tinha planejado ficar no campus o verão todo, não achei que fosse uma urgência.

Um sentimento de medo se estabelece no meu estômago:

— Você está dizendo, tipo, que *eu não tenho onde morar*?

Ela sorri novamente:

— Claro que tem. Em Chicago, comigo e com o Julian.

— Brandi, deixa disso. Você não acha sinceramente que eu quero me mudar para Chicago no meu último ano? — As pessoas se mudam de Chicago para a Califórnia, não o contrário.

— Prometo que você vai amar Chicago — diz empolgada.

Não, não vou não. Infelizmente, não há ninguém com quem eu possa ficar na Califórnia. Os pais do meu pai estão mortos e fiquei sabendo que o pai da minha mãe morreu há um tempinho. A mãe da minha mãe... bom, vamos dizer que ela mora no Texas e deixar por isso mesmo. Sem chance nenhuma de eu morar com ela.

— Não tenho escolha, tenho?

— Na verdade, não — Brandi dá de ombros. — Seu pai me deixou responsável por você. Se você não pode morar na Regents, vai ter que ficar comigo... em Chicago.

Se ela mencionar a palavra *Chicago* mais uma vez, acho que minha cabeça poderá explodir. Isso não está acontecendo. Espero que eu esteja tendo algum tipo de pesadelo realista e acorde a qualquer minuto.

— Há mais uma coisinha que não te contei — Brandi diz como se estivesse falando com uma criança.

Coço minha nuca, onde está começando a se formar um nó.

— O que foi?

Ela coloca a mão sobre a barriga e diz numa voz aguda e empolgada:

— Estou grávida.

Puta que pariu.

Não pode ser.

Quero dizer, é fisicamente possível, mas... o nó na minha nuca está latejando a toda agora, ameaçando explodir minha pele. Com certeza isso é um pesadelo.

Quero que Brandi me diga que é uma brincadeira, mas ela não diz. Já era ruim o suficiente que meu pai tivesse se casado com uma periguete. Esperava que ele percebesse há tempos que casar com ela era um erro, mas agora... um bebê sela permanentemente o acordo.

Vou vomitar.

— Queria manter segredo até você vir para casa no feriado da Independência — ela explica toda empolgadinha. — Surpresa! Seu pai e eu estamos esperando um bebê, Derek.

Acho que você ser expulso é um sinal de que devemos todos ficar juntos em *Chicago*. Como uma *família*.

Ela está errada. Ser expulso é um sinal, tá certo. Mas não de que devemos ficar juntos em *Chicago*... é um sinal de que minha vida está prestes a desmoronar.

capítulo 2
ASHTYN

Sou a única menina do time de futebol americano da Fremont High desde o primeiro ano, então não é grande coisa quando o técnico Dieter grita um aviso aos caras para se certificar de que eles estão vestidinhos, quando entro no vestiário dos meninos para a primeira reunião de futebol do verão. O treinador bate nas minhas costas quando passo, assim como ele faz com os caras.

— Está pronta para o último ano, Parker? — ele pergunta.

— É o primeiro dia das férias de verão, treinador — respondo —, deixe-me aproveitar.

— Não aproveite demais. Trabalhe duro este verão na prática e naquele campo de futebol americano no Texas, porque espero uma temporada vitoriosa quando o outono chegar.

— Vamos enfrentar o Estadual pela primeira vez em quatro anos, treinador! — um dos meus colegas grita. Suas palavras são recebidas com gritinhos entusiasmados do resto do time, incluindo eu. Quase chegamos ao Estadual na semana passada, mas perdemos na prorrogação.

— Tá, tá, tudo bem. Não se precipitem — Dieter diz. — Vamos voltar para os negócios primeiro. É a época do ano de votar em quem você considera o jogador que mais merece liderar essa equipe. Pensem no jogador cujo talento, esforço e dedicação ao time são inegáveis. O jogador que receber mais votos será escolhido como capitão da próxima temporada.

Ser eleito capitão é uma grande coisa na minha escola. Há um bando de clubes e de times de esportes, mas apenas um conta: o futebol americano. Olho orgulhosamente meu namorado, Landon McKnight. Ele será candidato a capitão. É o primeiro *quarterback** do time e esperam que ele nos lidere no campeonato estadual de Illinois. Seu pai foi da Liga Nacional, e Landon está preparado para seguir seus passos. Não foram poucas vezes na última temporada que o pai de Landon até trouxe olheiros da faculdade para ver seu filho. Com seu talento e seus contatos, não há dúvida de que ele vai conseguir uma bolsa para jogar na faculdade.

Começamos a namorar no início da última temporada, pouco depois de o treinador Dieter me mudar para primeira *kicker*.** Aperfeiçoei a técnica no verão, antes do meu ano de caloura, e valeu a pena. Os caras do time me viam praticar, apostando em quantos gols de campos eu faria numa rodada.

Eu costumava ter receio de ser a única menina no time. No primeiro ano fiquei no fundo, esperando me integrar. Os caras faziam perguntas que me intimidavam, mas eu ria deles e respondia na lata. Nunca esperei consideração especial

---

* *Quarterback* é uma posição do futebol americano. Jogadores nessa posição são membros da equipe ofensiva do time. (N.E.)

** *Kicker* é uma das posições mais fundamentais do futebol americano. Responsável pelo chute de longa distância para marcar o gol — *field goal*. (N.E.)

e lutei para ser tratada como qualquer outro colega de time, que por acaso era menina.

    Dieter, usando sua calça cáqui de marca registrada e camisa polo com Rebeldes Fremont bordada, me entrega uma cédula. Landon acena para mim. Todo mundo sabe que estamos namorando, mas mantemos o relacionamento discreto durante os treinos. Escrevo o nome de Landon na cédula, então a entrego. Dieter segue para nossa brutal agenda de treinos enquanto os treinadores assistentes contam os votos.

    — Não se ganha jogos com a bunda na cadeira — Dieter diz durante seu sermão. — Além do mais, esperamos atrair mais olheiros da faculdade este ano. Sei que vários de vocês gostariam de jogar na faculdade. Veteranos, este é o ano de vocês se exibirem.

    Dieter não diz o óbvio, que os olheiros estão vindo para ver Landon, mas todos nos beneficiamos com a presença deles.

    Seria incrível jogar na faculdade, mas não tenho ilusões de pensar que olheiros vão bater à minha porta. Só algumas garotas foram escolhidas para jogar nos times universitários, e quase todas entraram sem bolsa. Exceto por Katie Callhoun. Ela foi a primeira mulher a conseguir uma bolsa de futebol americano da primeira divisão. Eu faria qualquer coisa para ser como Katie.

    Assisto futebol com meu pai desde que me entendo por gente. Mesmo quando minha mãe foi embora e abriu mão de ser mãe, nós ainda assistíamos aos Bears juntos. Ele foi um *kicker* para a Fremont High há quarenta anos, o primeiro e último time da nossa escola a ganhar o campeonato estadual. O banner solitário do campeonato está pendurado na parede do ginásio.

    Acho que ter ido para o futebol americano dos calouros foi uma forma de eu tentar me conectar com meu pai... Talvez, se ele me visse chutar gols o bastante, ele ficasse impressionado.

No ano de calouro, esperei que meu pai viesse assistir aos jogos e me animar. Ele nunca fez isso, ainda não fez, e vou ser uma veterana no outono. Minha mãe também nunca me viu jogar. Acho que ela está morando em algum apartamentão em Nova York, mas não tenho notícias dela há quase um ano. Um dia vou mostrar aos meus pais o que eles estão perdendo, porque é um saco sentir que sua família nem se importa se você existe.

Sorte que eu tenho Landon.

Conforme Dieter segue com seu grande sermão, um dos treinadores assistentes passa a ele o resultado dos votos. Ele lê o papel silenciosamente, aprovando, então escreve na lousa:

Capitã Ashtyn Parker.

Espere... o quê?

Não. Li errado.

Pisco algumas vezes enquanto sinto, nas minhas costas, batidinhas dos meus colegas.

Meu nome está escrito claramente, não há dúvida disso.

Jet Thacker, nosso grande *wide receiver*[*], dá um viva:

— É isso aí, Parker!

Os outros caras começam a gritar meu nome:

— Parker! Parker! Parker!

Lanço um olhar para Landon. Ele está olhando para a lousa. Quero que ele olhe para mim, me dê os parabéns ou me faça sentir que está tudo bem.

Não está. Sei que ele está arrasado. Estou também. Sinto que a terra acabou de girar no eixo.

Dieter apita:

---

[*] *Wide receiver* também é uma posição ofensiva do futebol americano. O jogador tem função de penetrar o campo do adversário para receber o passe do *quarterback* e correr com a bola o maior número possível de jardas. (N.E.)

— Parker, me encontre na minha sala. O resto de vocês está dispensado.

— Parabéns, Ash — Landon murmura, quase sem parar, quando passa por mim na saída. Quero puxá-lo de volta e dizer-lhe que não tenho ideia de como isso aconteceu, mas ele vai embora antes de eu ter uma chance.

Sigo para a sala de Dieter.

— Parabéns, Parker — ele diz enquanto me joga um emblema com a letra C, para eu costurar na minha jaqueta. Outro vai ser costurado no meu uniforme de jogo.

— A partir de agosto você vai ter reuniões semanais comigo e com a equipe de treinamento. Vai ter que manter sua média acima de 3.0 e continuar a liderar essa equipe no campo e fora dele. — Ele fala um pouco mais sobre minhas responsabilidades e termina com: — O time está contando com você. E eu também.

— Treinador — digo, passando os dedos sobre meu bordado liso no emblema. Eu o coloco na mesa e me afasto. — Landon merece ser capitão, não eu. Vou sair dessa e deixar que ele tome meu...

Dieter levanta uma mão:

— Pare aí, Parker. *Você* foi eleita capitã, não o McKnight. Você teve mais votos do que qualquer outro jogador. Não respeito jogadores que desistem quando pedem que eles tomem a frente dos seus pares. Vai amarelar?

— Não, senhor.

Ele joga o emblema de volta para mim:

— Então saia daqui.

Concordo, então saio do escritório. De volta ao vestiário, eu me encosto num armário e olho o emblema com o grande C de *Capitão*. Respiro fundo enquanto assimilo a realidade.

Fui eleita capitã do time de futebol. Eu, Ashtyn Parker. Sinto-me honrada e grata aos meus colegas de equipe que votaram em mim, mas ainda estou em choque.

Lá fora, espero que Landon esteja ao lado do meu carro. Em vez disso, Victor Salazar e Jet Thacker estão conversando na frente do meu velho Dodge detonado que precisa de uma nova pintura... e um novo motor, por sinal.

Victor, nosso *middle linebacker**, que conseguiu parar mais *quarterbacks* do que qualquer outro, todos no estado de Illinois, não fala muito. Seu pai praticamente é dono da cidade, e Vic espera fazer tudo o que ele ordene. Por trás das costas do pai, Vic é impulsivo e ousado. É como se ele não se importasse em viver ou morrer, motivo pelo qual é tão perigoso no campo.

Jet coloca um braço no meu ombro.

— Você sabe que a Fairfield vai fazer a festa quando descobrirem que seu rival está prestes a ter uma capitã menina. Aqueles filhos da puta tacaram ovo na casa de Chad Young no dia em que ele foi votado capitão no ano passado, então retaliamos e enchemos de fita adesiva a casa do capitão. Fique de olho, Parker. Quando a notícia se espalhar, você vai ser um alvo.

— Eu te cubro — Vic diz numa voz grosseira. Ele fala sério.

— Nós todos — Jet diz. — Lembre-se disso.

Alvo? Estou convencida de que posso lidar com ser um alvo. Sou forte, valente, e ninguém vai me amedrontar.

Eu não desisto.

Sou a capitã do time de futebol americano da Fremont High!

---

* *Middle linebacker* é uma posição de defesa do futebol americano. (N.E.)

capítulo 3
DEREK

Meus músculos estão tensos quando paramos na calçada na casa de infância da minha madrasta num bairro periférico de Chicago. Dirigi o SUV do meu pai e segui Brandi no seu novo Toyota branquinho com rodas de aros cravejados de brilhantes. Dirigimos por seis dias. Assim que saímos dos carros, um homem mais velho, que eu suponho ser o pai de Brandi, aparece na varanda da frente da casa, com dois andares, de tijolos amarelos. Ele tem cabelo castanho começando a ficar grisalho nas têmporas, e certamente não está sorrindo. O cara está olhando para Brandi como se ela fosse uma estranha. É um impasse: nem um nem o outro dispostos a dar o primeiro passo.

Não sei o que houve com Brandi e o velho dela. Ela não explicou muito, só disse que saiu de casa logo após o divórcio dos seus pais e que não voltou... até agora.

Brandi pega Julian pela mão e puxa o moleque cansado pelos degraus da varanda.

— Este é meu filho. Julian, diga oi ao vovô.

O filho de Brandi é um moleque bacana que não para de falar. Mas está tímido agora e não diz oi ao avô. Em vez disso ele mantém os olhos focados nos tênis. O velho de Brandi faz o mesmo.

— E esse é meu enteado, Derek — Brandi finalmente diz quando acena na minha direção.

O pai dela levanta o olhar:

— Você não disse nada sobre um enteado quando ligou.

Não estou surpreso que Brandi não tenha preparado o pai sobre mim. Bom senso não é o forte dela.

Brandi vira a cabeça para um lago, seus grandes brincos redondos me lembrando aquelas argolas que você joga em quermesse. Acho que ela tem um par para cada cor do seu guarda-roupa.

— Não falei? Que cabeça a minha, devo ter me esquecido de te contar, com toda a mudança e os embrulhos e... outras coisas. Derek pode ficar no quartinho.

— O quartinho está cheio de caixas — ele lhe diz. — E eu dei o sofá velho para a caridade há um tempinho.

— Se você preferir, senhor — falo arrastado —, posso dormir na varanda. Só me dê um cobertor e me jogue uns restos de comida de tempos em tempos que eu fico bem. — É em momentos como este em que estou tão estressado que não posso voltar ao tom natural da minha voz, mesmo que eu queira.

O pai de Brandi estreita os olhos para mim. Tenho a impressão de que se eu soltasse três porcos lambuzados no jardim dele, ele atiraria e os comeria, daí tentaria tirar meu couro vivo.

— Bobagem — Brandi diz. — O Derek pode ficar no meu quarto antigo com o Julian, e eu durmo no sofá da sala.

— Vou tirar as caixas e colocar uma cama inflável no quartinho,— o pai dela diz, cedendo relutantemente ao perceber que não estou prestes a fugir correndo de volta para a Califórnia.

— Tudo bem para mim — digo.

Não é que eu planeje ficar pela casa com frequência.

— Derek, você e meu pai podem trazer nossas coisas para a casa enquanto eu ponho o Julian para dormir? — Brandi pergunta. — Estou exausta da viagem e preciso mesmo de um cochilo. — Notei que ela não abriu o jogo para seu pai sobre a gravidez, não que ela possa manter esse segredo por muito tempo.

Antes que eu possa responder, ela desliza pela porta da frente com Julian, me deixando sozinho com seu velho rabugento. O pai dela me inspeciona de cima a baixo. Ele não parece impressionado.

— Quantos anos você tem? — sua voz grave desce os degraus até o quintal onde estou perto do SUV cheio de malas.

— Dezessete.

— Não espero que você me chame de vovô.

— Não estava planejando fazer isso.

— Bom. Acho que você pode me chamar de Gus — ele suspira frustrado. Estou tão empolgado de estar aqui quanto ele parece com minha presença. — Você vai entrar ou vai ficar parado aí o dia todo esperando um convite?

Ele desaparece lá dentro. Sou tentado a não segui-lo, mas não tenho escolha. A casa é velha, com pisos de madeira escura e mobília já bem vivida. As tábuas do chão rangem conforme eu ando, me lembrando uma casa assombrada.

Ele me conduz por um corredor até o quarto dos fundos e abre uma porta:

— Este vai ser seu quarto. Quero que você o mantenha limpo, lave sua própria roupa e se mostre útil.
— Tenho uma ajuda de custo? — brinco.
O cara me olha com uma expressão fria.
— Você é mesmo um comediante, não é?
— Para gente com senso de humor, sim.
Ele faz um som *humpf* em resposta.

Eu o sigo de novo, quando ele faz um rosto de general e volta ao carro. Não espero que ele me ajude a descarregar as caixas, mas ele ajuda.

Não leva muito tempo para a gente trazer tudo para dentro da casa. Colocamos as coisas de Brandi e Julian no quarto dela, no segundo andar, e as minhas, no quartinho. Não há conversa. Isso definitivamente vai ser uma interessante situação de vida, mas não de uma boa forma.

Estou ajeitando as caixas no canto do quarto, para fazer espaço, quando Gus reaparece. Sem uma palavra, ele me passa um colchão de ar e me deixa sozinho para descobrir como enchê-lo. Eu não tenho ideia por que Brandi quis voltar a morar com seu pai que, obviamente, não a quer aqui.

Meu pai é o oposto do pai de Brandi. Quando eu era mais novo, e meu pai vinha para casa de folga, ele era só sorrisos assim que nos via. Ele abraçava a mim e à minha mãe tão forte que fingíamos que não podíamos respirar.

O pai de Brandi nem a abraçou, e eu sei que eles não se veem há anos. Diabos, eles nem se importaram de se cumprimentar ou bater nas costas um do outro. E ele mal deu bola ao próprio neto.

Enfio minha mala atrás da porta e vejo meu novo quarto. Forro de madeira desbotada nas paredes. Caixas espalhadas por todo lado. Há uma velha lareira no canto que parece que não é usada desde a Guerra Civil. Pelo menos há duas janelas por onde a luz entra. Esse lugar não parece um lar, nem de longe. Não me lembra Regents também, cercado de amigos. Eu me lembro de que estou aqui porque tenho que estar.

De repente a casa parece que está me sufocando. Sigo para o quintal. Está quente e o sol está brilhando, então tiro a camisa e a prendo na cintura do jeans. A grama está tão alta que eu me pergunto se já foi cortada. Caminho pelo pequeno jardim de ervas até um grande barracão de madeira. A tinta está descascando, obviamente foi deixada de lado há anos. Um velho cadeado na tranca está aberto, então empurro a porta. Ferramentas enferrujadas de jardim penduram-se em ganchos, latas de tinta spray e caixas de herbicida estão espalhadas na bancada, e pequenos baldes de metal lotam o chão. Chuto um balde de lado, então sou pego, num segundo, pensando em tudo que mudou nos últimos dois anos.

Eu mesmo me xingo e jogo o balde pelo barracão. O som de metal atingindo a parede ecoa no pequeno espaço.

— Pare ou chamo a polícia! — fala uma voz de menina às minhas costas.

Eu me viro e encontro uma garota mais ou menos da minha idade com cabelo loiro numa longa trança caindo pelo peito. Ela está bloqueando a porta segurando um garfo, enferrujado, de fazenda. Parece pronta para me furar até a morte, o que diminui o tesão que ela é, mas não muito.

— Quem é você? — pergunto, reparando sua camiseta preta e o moletom com capuz combinando. Se ela não estivesse ameaçando me furar, eu poderia imaginá-la como uma daquelas guerreiras sexy em videogames ou filmes de ação. E ainda que pudesse ser da hora lutar com ela num videogame, na vida real isso nunca vai acontecer. Ao lado dela há uma monstruosidade de cachorro com pelo curto e olhos de bala de canhão que combinam com os dela. A fera late para mim como se eu fosse carne fresca e ele não tivesse comido há meses. Fios da baba voam de sua boca a cada latida.

— Quieto, Falkor! — a menina guerreira ordena. A fera fica em silêncio, mas seu lábio treme ameaçando-a com um rosnado, enquanto ele fica ao seu lado como um soldado preparado para saltar ao comando dela. — Vocês marginais de Fairfield acham que podem vir aqui e...

Levanto uma mão, parando a falação dela por um momento. Eu, um marginal? Isso é hilário. O radar dessa menina está bem quebrado. Acho que nunca fui chamado de marginal antes.

— Odeio te dizer isso, gatinha, mas não tenho ideia de onde fica Fairfield.

— É, tá. Não sou idiota. E não sou sua gatinha. Nem caio nesse sotaque bem falso do Sul.

Algo farfalhando no jardim capta a atenção do cachorro. Ele abandona seu posto e salta na direção de algum grilo infeliz.

— Falkor, volte aqui! — ela ordena, mas a fera a ignora.

— Abaixe o garfo, doçura.

Dou um passo à frente dela e da saída.

— Nem experimente. Estou avisando... dê mais um passo e eu te furo.

Um olhar para sua mão trêmula me diz que ela não tem coragem de cumprir a ameaça. Levanto as mãos brincando de me render. Queria que essa menina tivesse um botão de liga/desliga para que eu pudesse desligá-la permanentemente. Estou na frente dela agora, as pontas do garfo a um centímetro do meu peito.

— Você não quer mesmo me furar — digo-lhe.

— Sim, acho que eu quero.

A guerreira pisca para mim com olhos ferozes. Por um segundo tenho certeza de que ela está prestes a abaixar a arma, até eu ouvir algo ranger atrás de mim. Quando olho sobre o ombro, um suporte segurando um monte de ferramentas na parede vem ao chão. O som assusta a garota e ela larga o garfo. No meu pé.

Que po...

Ela olha para a ponta do garfo saindo do meu sapato esquerdo e abre a boca em estado de choque. Antes de eu me dar conta, ela se afasta e bate a porta. Sou engolido pela escuridão enquanto escuto o cadeado ser fechado. Dois pensamentos cruzam minha mente: ela acha que sou um marginal e eu acho que ela é completamente louca.

Um de nós está certo. E não é ela.

capítulo 4
ASHTYN

Não acredito que acabei de esfaquear alguém! Um marginal de Fairfield que nunca vi antes. Ele é bonito demais para ser boa coisa, e é alto, com cabelo castanho bagunçado saindo de uma boina de lã. Se já não parece mal o suficiente, ele está sem camisa e é totalmente definido. Se eu não pensasse um pouco, acharia que ele estava posando para uma sessão de revista. Ele achou mesmo que iria se safar de ter vandalizado nossa propriedade com aquelas velhas tintas spray? Aqueles cretinos de Fairfield estão sempre causando problemas do nosso lado da cidade. O aviso de Jet ainda está fresco na minha mente. Eu fui eleita capitã e me tornei um alvo assim que a notícia se espalhou.

Corro o mais rápido que posso em direção à casa, recusando-me a entrar em pânico, mas não estou indo muito bem.

— Pai! — grito enquanto corro para dentro, torcendo para que ele esteja em casa e não no trabalho. — Tem um cara na...

Minha voz desaparece quando vejo uma mulher estranha na nossa cozinha, na frente da geladeira aberta. Ela está usando um vestido de verão vermelho e brincos grandes combinando. Acho que está prestes a roubar nossa comida, mas ela sorri animada e diz:

— Oi! Nossa, como minha irmãzinha cresceu!

Eu paro, chocada.

A mulher a poucos metros de mim não é uma ladra de comida. É minha irmã Brandi em carne e osso. Eu a reconheço agora... uma versão mais velha e maior daquela de dezoito anos que foi embora quando eu estava na quinta série.

— Hum... oi — digo, surpresa.

Meu pai disse que Brandi ficaria com a gente por um tempinho. Não acreditei nele porque minha irmã não ligou, nem escreveu ou mandou *e-mails*, ou mensagens desde que ela foi embora quando eu tinha dez anos. Nem mesmo para me dizer que teve um filho com o ex-namorado, Nick, ou que recentemente se casou com um cara da Marinha. Eu descobri quando encontrei uma velha amiga dela.

Não vejo minha irmã há sete anos. Com seu *oi* alegre e animado, ela age como se fosse ontem.

— Onde está o pai? — pergunto, adiando nossa reunião porque há um intruso no barracão com um garfo enfiado no pé.

— Acho que foi trabalhar ou sei lá.

— Ai, não. Isso não é bom — mordo o lábio inferior preocupada com o cara no barracão. Vou ser presa? O treinador Dieter não vai ficar feliz de descobrir que, uma hora depois de ter sido eleita capitã, eu furei alguém. Esqueça manter uma média acima de 3.0. Furar gente no pé não é exatamente um grande exemplo, mas eu tenho uma boa desculpa. Estava defendendo minha casa... ou mais precisamente meu barracão. O que devo fazer? Devo chamar a polícia ou a ambulância... ou ambas?

— O que está havendo? — Brandi pergunta.

— Hum... há um *probleminha* lá atrás — torço a cara com a ideia do que acabei de fazer.

— Tipo o quê?

— Tranquei um jogador de futebol da Fairfield High no nosso barracão. São animais — explico rapidamente enquanto aponto para o quintal. — Eu o mandei ir embora, mas ele não foi. Não queria furá-lo.

Os olhos da minha irmã se esbugalham.

— *Furá-lo*? Ai, meu Deus, hum, hum. O que devemos fazer? Hum... entendi! — ela diz freneticamente.

— O Derek vai ajudar! — minha irmã bate a porta da geladeira para fechá-la e corre em direção ao quartinho, gritando: — Derek!

— Quem é Derek?

Sem encontrar ninguém no quartinho, ela corre para a sala, seu longo cabelo oxigenado voando.

— Derek, está aqui?

— Quem é Derek? — pergunto novamente. Pensei que o nome do marido dela fosse Steve. Supostamente ele estava em serviço e não voltaria por um tempo. Será que Brandi já o largou e se mudou com outro cara? Eu não duvidaria disso. Minha irmã nunca foi do tipo estável.

— Derek é meu enteado, Ashtyn. — Eu a sigo até o segundo andar. — Derek, precisamos da sua ajuda! Onde você está?

Enteado? Do que ela está falando? Ela tem um filho chamado Julian, mas eu não tinha ouvido nada sobre outro moleque.

— Você tem um enteado?

— Sim. É filho do Steve.

— Como o filhinho do Steve vai nos ajudar, Brandi?

Brandi se vira para me encarar com sobrancelhas franzidas:

— O Derek *não* é uma criança, Ashtyn. Ele tem dezessete anos.

Dezessete? Minha idade?

Fico com uma má sensação no fundo do estômago. Não, não poderia ser. Mas, e se for?

— Ele é alto... de olhos azuis, um sotaque sulista e uma boina de lã? — pergunto com o coração batendo tão forte que parece que vai explodir no meu peito.

Os olhos da minha irmã ficam esbugalhados. Nós duas percebemos o erro terrível, e corremos para o barracão. Chego lá primeiro. Falkor late feito louco, seu longo rabo batendo de um lado para o outro, empolgado.

Brandi bate à porta.

— Derek, sou eu, Brandi. Por favor, me diga que você não está sangrando até a morte.

— Ainda não — vem a voz abafada do cara de dentro do barracão.

Brandi puxa o cadeado.

— Ashtyn, precisamos da chave.

— Humm...

— Chave?

Mais olhares esbugalhados.

— É, *chave*. Sabe essas coisinhas de metal de forma esquisita que você usa para destrancar coisas? Onde está?

— Eu não sei.

— Você *tem* que estar brincando — Derek geme.

— Não se preocupe, Derek. Vamos te tirar daí num minutinho — Brandi grita. — Ashtyn, onde o pai mantém aqueles facões afiados?

— No barracão — respondo num sussurro.

Brandi pega uma rocha e começa a bater no cadeado como se fosse alguma forma mágica de destrancar o troço.

— Posso arrombar a porta se quiserem — Derek berra lá de dentro —, mas não posso garantir que o telhado não vá despencar.

— Não! — grito. Não quero ser a responsável pelo enteado de Brandi ter machucado o pé *e* pelo barracão ter despencado em cima dele. Ele poderia ser esmagado. Há muitas ferramentas afiadas lá dentro, que poderiam cortar partes do corpo bem importantes. Vasculho minha mente, tentando pensar onde a chave poderia estar. Aquela porta não é trancada há anos.

— Espere! — grito. Brandi para seu ataque com a pedra.
— Deixe-me pensar um minuto. — Ignoro o bufar frustrado dentro da cabana.

Tenho uma ideia:

— Derek, veja se pode encontrar um regador na cabana. Meu pai costumava esconder uma chave de reserva lá. Se achar, pode passar por uma das fendas. Sei que está escuro, mas...

— Vou usar a luz do meu celular. — Escuto Derek vasculhando a cabana. — Achei.

Nunca pensei que essas palavras me fariam tão feliz.

Derek empurra a chave por uma fenda na madeira. Brandi destranca o cadeado enquanto espio, por trás dela, seu enteado. Derek e seu abdômen estão encostados num banco de madeira. Ele parece relaxado e talvez um pouco irritado, mas definitivamente não está sangrando até a morte.

— Derek, essa é minha irmã, Ashtyn — Brandi diz quando corre para o carinha. — Sua, hum, tia postiça. Não é engraçado que vocês tenham a mesma idade?

— Hilário. — Ele balança a cabeça como se não pudesse acreditar na situação. Não é o único.

Brandi abaixa o olhar para o garfo ao lado dele, então olha para seus pés. Há um buraco no seu sapato esquerdo.

— Ai, meu Deus — ela diz, olhando para o buraco. — Você o furou mesmo!

Ela se ajoelha como uma mãe coruja preocupada e examina o sapato.

— Não foi de propósito — digo.

— Pelo menos ela tem uma mira ruim — Derek diz num sotaque sexy. — Só pegou de raspão no meu dedão.

Brandi morde o lábio.

— E quanto a tétano? O pediatra do Julian diz que dá para *morrer* se você for cortado com algo enferrujado.

— Não se preocupe, baixinho — Derek diz para alguém atrás de mim. — Tomei injeção contra tétano no ano passado.

Baixinho? Eu me viro para ver com quem ele está falando. Um garotinho lindo com cabelo loiro se juntou a nós, obviamente meu sobrinho, Julian. Ele olha o buraco no tênis de Derek, então me olha com medo, como se eu fosse a Dona Morte coletando humanos na terra para trazê-los de volta ao Inferno comigo.

Brandi toca a cabeça do filho:

— Ashtyn, este é o Julian. Julian, conheça sua tia Ashtyn.

Julian nem me dirige o olhar. Em vez disso, olha para Derek como se ele fosse o herói da sua vida.

— Não tenha medo dela — Derek diz a Julian. — Sua tia não é má, só é maluca.

capítulo 5
DEREK

Consegui ficar longe de Ashtyn o resto do dia, torcendo para evitar a guerreira louca que me trancou no barracão. Aparentemente ela não sentiu necessidade de me evitar, porque quando eu falava pelo celular com Jack, meu velho colega de quarto, e dava parabéns a ele por conseguir encher minha mala com fichas aleatórias de pôquer, como uma pegadinha de despedida, ela entra no quartinho, sem bater, sem ser convidada, com seu cão de guarda junto.

— Estou com um osso duro de roer. — Ela cruza o braço sobre o peito. Seu cachorro deita no chão ao lado dela. Aposto que se ele pudesse cruzar suas pernas da frente no peito para imitá-la, ele o faria.

Ergo uma sobrancelha, impressionado:

— Jack, te ligo depois. — Coloco o celular no bolso, encosto-me na parede e apoio o pé numa caixa etiquetada de "Roupas de inverno" que estou usando como uma mesinha de centro improvisada.

— Quer um osso mais molinho?

Os olhos da menina se estreitam. Ela não entende o duplo sentido quando jogo as palavras de volta para ela.

Ela ignora a piada e só explode irritada.

— Antes de tudo, você precisa dizer ao meu sobrinho que não sou louca. O moleque nem olha para mim.

Sacudo meu pé.

— Não sou eu quem ameaça gente inocente com garfos e os acusa de serem "marginais".

— Tá, bom, talvez você devesse me dizer quem você era de uma vez... e parar de usar essas boinas aí, no meio do verão. Obviamente minha irmã não nos contou que tinha um enteado, então eu não estava te esperando.

— Ela também não me disse que tinha uma irmã. E isso aqui chama-se gorro.

— Que seja. Você me assustou.

— Por que você é tão séria? Se solta! — balanço o pé de novo. — Se te faz sentir melhor, pode massagear meu pé por dez minutos, e estamos quites. — Ela olha meu pé como se eu tivesse uma micose.

— Você se acha engraçado, né?

— Divertido é a palavra mais certa — olho para meu pé. — Então imagino que não vai rolar a massagem?

— Vamos deixar uma coisinha bem clara, caubói — ela vê minha coleção de botas enfileiradas no canto do quarto. — Você pode estar acostumado com meninas massageando seus pés ou fazendo o que quer que seja só por mostrar esse sorriso ou seu tanquinho, mas não vai funcionar comigo. Passo o dia todo com jogadores de futebol, então ver um corpo em forma é como ver uma estátua. Não tem efeito sobre mim.

— Então, me diga, o que é preciso para fisgar sua atenção?

— Você não gostaria de saber.

É. Tenho a impressão de que vou descobrir logo, logo.

Posso dizer que Ashtyn é uma menina que joga suas próprias regras e se recusa a reconhecer que há algum tipo de eletricidade entre nós. Quanto mais ela protesta, mais sabemos que eu a peguei de jeito. Estou prestes a dizer algo, convencido, quando Falkor grunhe, daí se estica e começa a lamber as bolas.

— Seu cachorro tem problemas.

— Nós todos temos problemas — ela me olha bem nos olhos. — Mas não queira me entender ou se meter na minha vida.

— Ashtyn, a última coisa que vou fazer aqui é se meter na sua preciosa vidinha. Ou em seus problemas, quaisquer que sejam eles.

— Bom — ela joga a trança para trás. — Então estamos acertados.

Brandi entra no quarto, seus brincos grandes balançam de um lado para o outro.

— Derek, como está se sentindo? — ela pergunta com um tom de preocupação na voz.

— Ashtyn estava prestes a me fazer uma massagem no pé. Por que você nunca disse que sua irmã era esse docinho de coco?

Brandi coloca a mão no coração.

— Ohhh. É *superbacana* que você perdoe assim, Derek. Fiz o jantar, e está pronto para servir quando quiserem.

— Quando Brandi sai, Ashtyn coloca a mão na cintura e ergue uma sobrancelha.

— Docinho de coco é a mãe, — ela diz, então sai batendo o pé.

Na cozinha, o pai de Brandi se senta na cabeceira de uma mesa de carvalho cercada por seis cadeiras de madeira. Julian está enchendo a cara de purê de batata que, tenho certeza, veio pronto e não foi feito com batatas de verdade. Acho que Brandi nunca fez nada que não venha numa caixa. Ashtyn está sentada na frente de Julian. Ela levanta o olhar e nossos olhos se encontram. Quando ergo a sobrancelha, ela rapidamente abaixa o olhar para a comida.

— Tirou um bom cochilo, amiguinho? — pergunto a Julian enquanto lavo as mãos na pia e finjo que a irmã de Brandi não me faz querer descobrir o que seria necessário para atrair a atenção dela, só pela satisfação de saber que eu posso.

Julian faz que sim com a cabeça. Pego um leve toque de sorriso no rosto dele, quando desarrumo seu cabelo e sento na cadeira ao seu lado — na frente de Ashtyn.

Examino a comida na mesa. Iscas de frango que não parecem ter vindo de fato de um frango, purê de batata "acrescente água", e macarrão parafuso coberto de molho Alfredo de lata. Tenho que ir ao mercado com Brandi e apresentá-la aos vegetais e frango que não são processados até a morte. Obviamente comida saudável não faz parte do planejamento doméstico dos Parker.

Nem a conversa.

Faz-se silêncio, com exceção do som de talheres batendo nos pratos e uma tosse ocasional. Isso é comum? Meu pai sempre teve histórias loucas para contar e puxaria conversa com você, mesmo quando você não quisesse falar. É um talento com que ele nasceu, ou talvez seja alguma técnica de interrogatório que ele aprendeu no Exército.

De toda forma, é um talento que não tenho. Sou tentado a jogar purê de batata pelo cômodo para dar vida à noite, que é mais minha pegada. Será que Ashtyn iria me acompanhar, ou a guerreira iria me furar com o garfo?

Ashtyn é a primeira a falar:

— Fui eleita capitã da equipe de futebol hoje — ela diz. E eu detecto um pequeno orgulho, quase irreconhecível, em sua voz.

— Uau! — digo impressionado.

— Você joga futebol feminino? — Brandi pergunta. — Que fofo! Eu jogava na equipe das meninas quando estava no...

— Não é futebol feminino — Ashtyn interrompe. — Jogo futebol americano para a Fremont. Sabe, aquele com homens?

— Sua irmã virou machinho — diz Gus.

— Você é lésbica? — Brandi cochicha mas o som sai alto. Tento segurar a risada, mas não vou lá muito bem.

— Não, não sou lébisca — Ashtyn diz. — Tenho namorado. Apenas... Gosto de jogar e sou boa nisso.

— O Derek costumava jogar futebol americano — Brandi diz.

— Faz tempo — digo rapidamente, esperando cortar Brandi antes que ela fale mais. Ashtyn não precisa saber a verdade, porque a verdade não importa. Não agora, de qualquer forma. Espero que Brandi não conte minha história completa. — Eu era mediano — murmuro.

A menina segurava um tridente, então eu não deveria ficar surpreso porque ela joga futebol. Mas fico.

Brandi acena com as mãos empolgadamente, atraindo nossa atenção:

— Ashtyn, tenho, tipo, a *melhor* ideia. Por que você não, tipo, leva o Derek para sair e apresenta seus amigos esta noite?

Os olhos de Ashtyn se fecham nos meus:

— Eu meio que já tenho planos, mas, hum...

— Você não precisa me levar para sair. Não estou mesmo no clima de ficar acordado até tarde depois de dirigir a semana toda. Estou pensando em dar uma corrida e apagar cedinho. — Não preciso de babá, isso é certo.

— O lago Michigan não é longe — Brandi continua. — Pode correr na praia. Vai te fazer sentir como se você estivesse na Califórnia.

Apostaria minha bola esquerda que as praias de Chicago não têm nada a ver com as da Califórnia.

— Ou na pista da escola — Ashtyn diz, empolgada demais. — Todo mundo corre na pista da escola. A praia fica cheia pra *caramba* de noite. Com certeza você *não* vai querer ir lá. — Hum... Com certeza ela vai à praia esta noite.

— Qual é seu plano? — Gus pergunta a Brandi. — Você não espera ficar sentada aqui o dia todo, espera?

É hora de ela dizer que está grávida:

— Vou procurar um trabalho no salão da Debbie depois que o Julian começar o jardim de infância e o Derek começar seu último ano em Fremont. — Brandi enfia o garfo num pedaço de frango. — Imagino que a Debbie vai me contratar para fazer as unhas depois que eu pegar o certificado neste verão.

O pai dela balança a cabeça desaprovando:

— Parece-me que você deveria se inscrever na faculdade comunitária e ter umas aulas de verdade, para ter opções além de fazer unha por salário mínimo. Esse seu casamento pode não funcionar, sabe?

Gus não guarda nada para ele. Mesmo que eu pudesse ter a mesma ideia antes de saber que Brandi estava grávida, nunca teria mencionado isso. Olho para Julian, que está concentrado na comida. Numa tentativa de me certificar de que ele não presta mais atenção na conversa, equilibro um pedaço de frango no ombro de Julian e vejo Falkor comê-lo.

Julian ri.

— Não sou boa em escola *de verdade*, pai. Você sabe disso. — Brandi abaixa a cabeça. Seu costumeiro otimismo pode ser irritante, mas agora parece que seu espírito está quebrado quando ela murmura. — E meu casamento está muito bem, obrigada. — Brandi não dá a notícia sobre a gravidez. Em vez disso, balança a cabeça e parece derrotada.

Parabéns, Gus. Sinalizo para que Julian alimente Falkor com mais restos da mesa, torcendo para que o cachorro não confunda os dedinhos dele com *minicachorros-quentes*.

— Você não foi boa na escola porque não se dedicou — Gus continua —, se passasse estudando metade do tempo que ficava atrás de homem e arrumando encrenca, você já teria um diploma universitário.

Ashtyn coloca uma mão sobre os olhos e balança a cabeça, completamente envergonhada.

Brandi abaixa o garfo e olha para o pai:

— Vamos passar por isso de novo? Porque podemos sair por aquela porta e nunca mais voltar, praticamente como todo mundo na sua vida.

Gus fica de pé, sua cadeira arrastando no chão da cozinha tão alto que Julian cobre os ouvidos. Gus sai da cozinha batendo o pé. A porta da frente bate e os pneus de seu carro cantam um minuto depois, quando ele sai dirigindo. Uma olhada em Brandi e Ashtyn é o suficiente para me fazer querer escapar da sala como Gus fez. Julian não parece estar se sentindo muito melhor.

Ashtyn olha para a irmã de forma acusadora.

— Que foi? — Brandi diz inocentemente. — O pai que começou.

— Talvez você tenha começado quando partiu há sete anos — Ashtyn diz a ela. Posso sentir as emoções dela sobre a mesa. Cara, estou no meio de uma guerra civil aqui.

— Não é justo — Brandi diz.

Ashtyn vira os olhos:

— Que seja, Brandi.

Noto uma lágrima rolando pelo rosto de Brandi. Ela a esfrega, então deixa a mesa. Julian corre atrás dela, deixando Ashtyn e eu sozinhos.

— Vocês todos deveriam se inscrever para um *reality show* onde eliminam os membros da família menos disfuncionais toda semana. Acho que vocês teriam uma boa chance de ganhar um milhão.

— Você é parte dessa família disfuncional — Ashtyn retruca.

Eu a olho espantado.

— O que te faz pensar isso?

— Do contrário, você teria ficado na Califórnia, e não seguido Brandi até aqui. Você estaria com sua mãe. Sua *mãe biológica*, quero dizer.

— Isso não é realmente possível. — Eu me distancio da mesa. — Ela está morta. Qual é sua desculpa para não viver com *sua* mãe?

capítulo 6
ASHTYN

Não respondi. Não pude, porque nunca fui capaz de dizer em voz alta por que minha mãe não está mais morando aqui. A verdade é que ela foi embora porque se cansou de ser esposa e mãe. Não falo sobre minha mãe com ninguém, nem mesmo com Landon.

Devia ter pensado melhor antes de perguntar a Derek sobre sua mãe. Sinto-me péssima por ter falado isso. Se soubesse que a mãe dele não estava viva, eu não a teria mencionado. Sua resposta permanece no ar muito antes de ele limpar seu prato e me deixar sozinha na cozinha. Queria chamá-lo de volta e me desculpar, mas desde que coloquei os olhos nele, minha guarda ficou levantada e minha boca acelerada.

Julian olha para Derek como se ele fosse um super-herói. Não posso mencionar futebol sem minha irmã falar que Derek já jogou. Daí ela quer que eu o entretenha. A próxima coisa que sei é que meu pai provavelmente vai começar a assistir aos jogos com ele.

Queria me chutar por tentar olhar os olhos dele mais de algumas vezes esta noite. Não é porque estou atraída por eles, é porque eles têm uma cor única, só isso.

Quando meu pai me disse que Brandi estava voltando para casa, torci para que pudéssemos ser uma família novamente. Imaginei que Julian e eu iríamos ficar próximos imediatamente. Em vez disso, graças a Derek, meu sobrinho acha que sou a tia louca. É hora de mudar essa percepção.

Encontro Julian no quarto da minha irmã, jogando um videogame portátil.

— E aí, Julian? — digo.

Ele não para de jogar.

— Oi. Sei que o Derek disse que sou louca, mas não sou não.

Julian levanta o olhar do jogo.

— Eu sei. Ele me disse que era brincadeira.

— Que bom. — Eu me sento ao lado dele. Além de seu cabelo loiro, ele é a imagem desprezível de Nick. Supostamente Nick deixou minha irmã depois que descobriu que ela estava grávida. Acho que ela não o vê desde então, o que significa que Julian nunca conheceu seu pai biológico.

— Não ganho um abraço? — pergunto-lhe.

Ele dá de ombros.

— Tá bom. Bem, quando você estiver com vontade, estarei esperando, tá?

Ele concorda, ainda com a atenção no jogo.

Sento com ele por quinze minutos, até que minha irmã vem e lhe diz para se preparar para dormir. Minha irmã age como se nossa discussão na cozinha não tivesse acontecido, mas ela ainda está fresca na minha mente.

Landon não me ligou, embora a gente tenha combinado de ir para a praia esta noite. Vou para meu quarto, fecho a porta e ligo para meu namorado.

— E aí? — Landon diz.

— E aí?

— Desculpe ter saído correndo da reunião do Dieter e não ter te ligado. Eu tive que voltar para casa e ajudar minha mãe com umas coisas — ele diz.

— Não está chateado?

— Com o quê?

— A coisa do capitão. Eu realmente esperava que você fosse eleito, não eu. — Sei que ele esperava também. Não posso evitar sentir pontadas de culpa, como se tivesse roubado o lugar dele, mesmo que eu não tenha tido nada a ver com isso.

— Que seja. Não é grande coisa.

— Mas é sim. Acho que estou esperando que ele diga que eu trabalhei duro e mereço ser capitã tanto quanto qualquer um, mas ele não diz.

Além da coisa do capitão, a vinda da minha irmã e a discussão que eu tive com ela estão me deixando totalmente estressado.

— Podemos sair sozinhos esta noite? Minha irmã veio para casa esta manhã, e acho que eu estou tendo dificuldades com isso.

— Todo mundo vai se encontrar na praia — Landon diz.

— Eu sei, mas me sinto meio... sei lá.

— Olha, você sempre ficou puta de sua irmã ter ido embora. Agora ela voltou. Você devia estar feliz, Ash. Conseguiu o que queria.

Mas não parece que foi da maneira certa.

— Você tem razão. — Não quero ser a namorada resmungona. Landon me disse que sua ex-namorada, Lily, que frequenta a escola rival da nossa em Fairfield, reclamava o tempo todo. Ele disse que nada nunca era bom o bastante para ela e que o sufocou até a morte. Eu disse a mim mesma que nunca seria como a ex. Sou a namorada alegrinha mesmo quando não quero ser.

— Quando você vem?

— Eu te pego daqui a quinze minutos — Landon diz, então desliga.

Corro para me vestir, sabendo muito bem que não posso sair com Landon usando uma camiseta e moletom. Tento sete roupas diferentes antes de ligar para Monika. Não sou boa quando se trata de moda, mas minha melhor amiga é uma especialista. Mando-lhe mensagens sobre cada roupa, e ela escolhe uma: bermuda jeans e uma camisa rosa curta, com decote, e um corte que deixa à mostra a cintura da bermuda.

No banheiro, eu me inclino sobre a pia para passar gloss nos lábios.

Derek entra.

— Não sabe bater? — pergunto a ele.

— Não preciso bater se a porta está aberta — Ele se encosta na porta do chuveiro e fixa em mim seus olhos azuis vivos. — Encontro?

— É.

— Com seu namorado?

— É.

— Ele joga futebol também?

— Não que seja da sua conta, mas sim. — Eu me viro para encará-lo e queria que ele tivesse alguma cicatriz ou imperfeição, mas não consigo encontrar nenhuma. Ugh, as meninas da escola vão sair no tapa quando derem uma olhada em Derek. Imagino uma porrada de dramas e brigas por ele.

— Você veio aqui por algum motivo ou só queria esfregar na minha cara que eu tenho que dividir o banheiro com você?

— Preciso dar uma mijada. Você se importa?

— Eca.

— Como se você nunca tivesse feito isso antes.

— Já fiz. Só não preciso anunciar.

Pego minhas coisas e começo a sair, então me viro e digo:

— Mas não *ouse* deixar a tampa da privada levantada.

— E se eu deixar? — ele pergunta com um sorrisinho.

— Pode confiar, você não vai querer descobrir.

No meu quarto, eu me pergunto se Derek tem namorada e imagino como ela deve ser. Não que eu me importe. Na verdade, sinto pena da garota que tem que lidar com um cara tão sarcástico, tão metido a espertinho e tão bonito.

A campainha toca alguns minutos depois. Mal posso esperar para ver a expressão de Landon quando ele me vir toda pronta.

— Estou descendo! — grito, então agarro minha bolsa e corro para baixo. Landon está esperando por mim na entrada usando jeans e uma camisa abotoada que cobre seu corpo moreno. Dou-lhe um selinho quando Derek aparece usando um bermudão com ACADEMIA PREPARATÓRIA REGENTS bordado na perna. Não estou surpresa que ele venha de um colégio interno chique com o ego que ele tem. Ele está sem camisa novamente, mostrando músculos sólidos e um ar de confiança que desafia o de Landon. Não sou imune a ele, mesmo tendo dito que sou. Tem algo em Derek que atrai meu olhar para ele, mesmo que eu me odeie por reconhecer isso.

— Quem é você? — Landon pergunta, como se Derek fosse um intruso que precisasse ser chutado para fora da casa imediatamente.

— Só um marginal da Cali — Derek diz com uma piscadinha para mim, então abre a porta de tela e sai com um par de tênis de corrida nas mãos.

Landon aponta para a porta:

— Que diabos foi isso?

— É o enteado da Brandi — aceno com minha mão no ar, diminuindo a importância do cara morando no nosso quartinho. — Não ligue para ele.

— Enteado? — ele olha para Derek através da janela. — Não gosto disso.

— Nem eu. — Pego a mão de Landon e o puxo para fora da casa. Meu namorado é competitivo e definitivamente tem um nível alto de testosterona. Ele não se importa de eu sair com nossos colegas de time, mas tem ciúmes de gente de fora. Derek definitivamente é de fora.

— Venha, vamos comemorar o começo das férias de verão. Preciso me distrair.

Lá fora, Derek está sentado na entrada amarrando os tênis.

— Divirtam-se — ele diz quando seguimos para o carro de Landon.

— Vamos nos divertir — Landon grunhe de volta.

Do carro, olho para Derek. Nossos olhos se encontram e sinto um jorro de adrenalina. Quero ignorá-lo, fingir que ele não existe. Então por que tenho tanta dificuldade de manter os olhos afastados dele? Tenho a impressão de que há tristeza por trás dos seus olhos, algo com que consigo me identificar.

O telefone de Landon está no porta-copo quando toca no caminho para a praia. O nome de Lily aparece na tela.

— Por que sua antiga namorada está te ligando, Landon?

Ele olha o celular, mas não atende.

— Sei lá.

— Você nunca me disse que ainda falava com ela.

— Contamos as novas, vez ou outra. Nada demais.

Eu me pergunto por que ele quer saber das novas da sua

ex-namorada, se ele sempre reclama dela. Quero fazer mais perguntas sobre com que frequência ele fala com Lily e o que eles falam, mas ele chega à entrada da praia e para o carro antes de eu pedir que fale mais.

Achei que Landon e eu iríamos encontrar um bom lugar silencioso para nos sentarmos e conversar à frente de uma fogueira, mas ele sai para ficar com os meninos. Eu podia me juntar a ele, mas estou sentindo uma energia esquisita dele, hoje, e decido dar um espaço. Não quero chateá-lo como Lily fazia.

Jet está com latinhas de cerveja, parado ao lado do carro de Victor com um bando dos caras. No segundo em que me vê, ele acena.

— E aí, capitã? — ele me diz e me envolve num abraço de urso.

— Deixe disso, Jet.

— Você sabe que me ama, Ash.

— Não, não amo. Na maioria das vezes nem gostar de você eu gosto — brinco. — Tire suas patas de mim e guarde-as para as pobres meninas sem noção que se derretem por suas palhaçadas. — Dou uma cotovelada na costela dele. — O Landon está bem ali. Não o irrite.

Jet ri.

— Por que eu iria querer irritar nosso astro, nosso orgulho e felicidade, o príncipe, a pessoa mais importante do nosso time, o único *quarterback* que pode nos levar para o Estadual com uma mão nas costas?

— Deixa disso, Thacker. — Vic chega, calando Jet por um momento.

Depois que perdemos as finais, o jornal local publicou um comentário de Landon criticando Jet por não ter pego seus últimos dois passes. Landon diz que eles o deturparam, mas Jet ainda leva isso para o lado pessoal. Desde então os dois vêm trocando farpas, e eu tenho que acalmá-los para manter a paz.

Jet aponta uma menina à margem da água usando um microbiquíni fio dental.

— Que chances eu tenho de me dar bem com ela esta noite?

— Mais do que a maioria — digo-lhe. — Devo avisá-la de que você só quer uma noite para que ela não espere que você ligue no futuro?

Isso ganha um sorriso divertido de Vic.

— Diabos, não. — Jet não tem namorada. Ele gosta de "distribuir amor" e sair com quantas gostosas ele puder. O que também significa que ele já irritou uma boa quantidade da população feminina da escola em Fremont e nas comunidades ao redor. Jet precisou, algumas vezes, da minha ajuda, para ser resgatado de meninas grudentas, desesperadas por ter um relacionamento de verdade. Já perdi a conta de quantas vezes eu relutantemente agi como sua falsa namorada. Disse-lhe que um dia ele vai se apaixonar perdidamente por uma menina que vai tocar o coração dele, mas ele ri na minha cara. Ele acha que amor é uma bobagem completa.

Caminho até a fogueira onde Monika está sentada, e penso na conversa que Derek e eu tivemos na cozinha. E a briga que meu pai e Brandi tiveram. E o abdome absurdo que Derek mostrou hoje. E a culpa por Landon não ter sido eleito capitão. Quero que meu cérebro pare de pensar. Está sobrecarregado.

— Não posso acreditar que minha melhor amiga não me contou que foi eleita capitã — Monika diz se aninhando no seu namorado, Trey, nosso astro *running back*. — Parabéns, menina!

— Valeu.

Trey e Monika estão saindo desde o final do fundamental. Estão completamente apaixonados e não têm medo de demonstrar ou falar do futuro como se fosse claro que eles vão ficar juntos para sempre.

Depois que meus pais se separaram, desisti de encontrar o amor verdadeiro — algo vendido em filmes e livros para fazer as pessoas acreditarem no impossível. Trey e Monika renovaram minha fé. Ele olha para Monika como se ela fosse a única menina no mundo. É como se ela fosse sua corda de salvamento e ele ficasse perdido sem ela. Monika disse que Trey é a alma gêmea dela. Os dois estão planejando ir para a Universidade de Illinois, apesar de Trey precisar de uma bolsa para o colégio Big Ten para conseguir pagar.

Quando Landon se senta ao meu lado, eu me apoio nele.

— No que está pensando? — pergunto, atraindo a atenção do meu namorado. — Você parece tão sério.

— Não é nada — ele diz irritado, antes de abrir uma lata de cerveja e virar o troço todo.

Coloco minha mão no peito dele.

— É a coisa do capitão? Porque eu não sabia...

Ele agarra minha mão:

— Porra, Ash, você não vai parar de falar nisso? Só estou de saco cheio com o mundo agora, tá? Você foi eleita capitã. Grande merda. Tenho certeza de que o Jet organizou isso como retaliação por causa daquela matéria idiota no jornal. Tá tirando sarro de mim, né?

— Jet não organizou nada.

Ele dá uma risada curta, sarcástica.

— É, tá.

As palavras dele ferem.

— Por favor, diga que não está falando sério.

— Tudo bem. Não falo sério — ele diz, sem convencer.

Dou uma olhada em Monika e Trey, que estão se esforçando ao máximo para fingir que não estão ouvindo nossa discussão.

Tento engolir, mas há um caroço na minha garganta quando digo o que está na minha mente desde que Dieter escreveu meu nome na lousa esta manhã.

— Você... você não acha que eu mereço ser capitã, acha?

Ele não responde.

capítulo 7
DEREK

O sol está se pondo enquanto faço um cooper com Falkor. No último minuto decidi que podia tentar fazer as pazes com a fera e um pouco de exercício. Não tenho destino, mas o ar fresco quente que acerta meu rosto solta meus músculos tensos. Dentro de minutos, Falkor e eu passamos pela escola e pelo campo de futebol ao lado dela. Lembranças da minha mãe me assistindo jogar futebol tomam minha cabeça. Ela sempre foi a mãe mais barulhenta na torcida. Juro que os pulmões dela deviam ficar doloridos no final de cada jogo. Mesmo quando ela havia acabado de fazer quimioterapia e se sentia enjoada e cansada, ela estava lá. *Ver você jogar é a melhor coisa que eu faço*, ela dizia.

Faria tudo para jogar para ela só mais uma vez. Diabos, faria qualquer coisa só para falar com minha mãe de novo. Mas isso nunca vai acontecer.

A fera e eu corremos pela pista algumas vezes, antes de eu me entediar e me aventurar pela cidade. Quando paro num sinal vermelho e então sigo para a praia, penso em Ashtyn.

Cara, aquela camisa justinha e bermuda curtinha não deixaram muito para minha imaginação. Foi simplesmente uma completa transformação desta tarde, quando o corpo dela estava coberto por um moletom grandão. Talvez Ashtyn seja uma camaleoa, mudando para uma nova pessoa dependendo de com quem ela esteja. Eu me pergunto se o namorado dela gosta que ela use roupinhas sexy, para exibi-la como um troféu. Quando ele a pegou, me olhou como se eu fosse um oponente prestes a interceptar um dos seus passes.

— Não gostei do namorado dela — digo a Falkor.

A fera me encara com olhos cinza e ofega, sua longa língua pendurada no canto da boca.

— Da próxima vez que ele vier, você deve mijar na perna dele — sugiro.

Estou conversando com um cachorro. Sinto-me como naquele filme em que o cara está perdido numa ilha deserta e termina conversando com uma bola de vôlei como se fosse seu melhor amigo. Certamente, espero que isso não seja sinal de que estou destinado a ter Falkor como meu único amigo, enquanto eu viver em Chicago. Isso ia ser mais chato do que ficar preso no escritório do diretor Crowe ouvindo um sermão de uma hora.

Quando chegamos à praia, olho para a água calma. A água está mansa comparada a Cali, onde ondas traiçoeiras podem derrubar seus pés do chão sem aviso. Fico perto da água e olho a luz da lua com Falkor ao meu lado. Eu me pergunto como meu pai se sente ao ficar cercado apenas pela água. Ele, uma vez, me falou que morar num submarino é como escapar do mundo externo e viver na sua própria bolha. Enquanto alguns caras se alistam pelo dinheiro ou ensino, ou para se encontrar, meu pai diz que estar no Exército o faz se sentir útil.

Todo mundo tem um propósito na vida, ele me disse uma vez. *Encontrar o seu é crucial para saber quem você é e o que você quer ser.*

Qual é meu propósito? Não contei ao meu pai que vou me alistar, depois de me formar, numa tentativa de encontrar propósito para minha vida.

Conforme corro na praia, dou com um pequeno grupo ao redor da fogueira, escutando música e rindo. Reconheço Ashtyn imediatamente. Está sentada ao lado do seu namorado, mas eles parecem uma tristeza só. O cara está segurando uma cerveja numa das mãos e está apoiado na outra. Se ela fosse minha namorada, teria uma mão enrolada naquele longo cabelo loiro dela e a outra na sua cintura, puxando-a pertinho para que nossos corpos estivessem apertados um contra o outro, enquanto eu a beijasse até ela ficar sem fôlego. Mas não sou ele.

Falkor late, atraindo atenção de um bom número de pessoas, incluindo Ashtyn. Merda. Seus olhos desconfiados encontram os meus, antes de ela afastar o olhar e fingir que eu não existo.

Termino pegando um desvio e corro o resto do caminho de volta para casa. Queria que o exercício me fizesse parar de pensar tanto assim, mas ver Ashtyn me lembra de toda a merda com que tenho que lidar.

— A Ashtyn não é lá tudo isso — digo a Falkor.

Esse som estranho, como se fosse um grunhido, vem da boca do cachorro.

— Ela tem namorado. E não pode me suportar vivendo na casa dela, certo? Mas tem lábios carnudos bem beijáveis. E esses olhos que parecem mudar de cor com seu ânimo. Não consigo tirá-la da cabeça.

Paro e olho para o cachorro pedindo confirmação, já que ele a conhece melhor do que eu. Ele está olhando para mim com olhos caídos e perdidos.

— Estou falando com a droga de um cachorro e ela é quem é a louca — rio de mim mesmo.

De volta à casa, tento encontrar uma posição confortável no meu colchão de ar, mas não é fácil. Além de tudo, continuo imaginando os lábios de Ashtyn como se fossem algum tipo de obra de arte a ser admirada e analisada. Quando finalmente estou tão cansado e entediado que posso dormir profundamente mesmo nessa porcaria inflável, Falkor senta na cama comigo. Estou esperando esse colchão furar e explodir, mas não fura. Em segundos a fera está roncando.

Estou cochilando por pelo menos uma hora, quando alguém irrompe no quarto:

— Por que você está dormindo com meu cachorro? — Ashtyn questiona.

— Não estou — respondo num gemido sonolento. — Ele que está dormindo comigo.

— Já não é o bastante que minha irmã e meu sobrinho venerem o chão que você pisa? Ou quer roubar meu cachorro também? Eu te vi na praia com o Falkor. Não quero que pense que ele é seu cachorro. Ele é meu.

— Escute, Docinho de coco, o Falkor entrou no meu quarto. Não o convidei. Se você tem problemas com sua família, me deixe fora dessa! — Eu me sento e reparo que ela se trocou, e veste um moletom de hóquei e calça larga de flanela com caveiras e ossos estampados. Foi uma mudança drástica, considerando o que ela usava no encontro. — Só pegue seu cachorro e vá para a cama.

Eu me deito na cama e espero que ela saia, mas sinto o

olhar dela em mim. Quem dera eu não fosse tentado a me esticar, a puxá-la pertinho, calá-la com um beijo que a faria esquecer seu namorado.

— O quê?

— Se me chamar de docinho de coco de novo, vou te dar uma coça!

Estou tentado a dizer a palavra na ponta da minha língua. *Promete?*

capítulo 8
ASHTYN

Estou deitada na cama há três horas com os olhos bem fechados, desejando que minha vida pare de girar fora de controle. Landon e eu não nos demos nada bem na noite passada. Nem sei como as coisas vão ficar agora.

Olho meu telefone para ver se ele chamou ou mandou mensagem. Não mandou, apesar de ser sábado. Provavelmente ele ainda está dormindo.

Sigo lentamente para o banheiro. Estou prestes a sentar na privada quando de repente perco o equilíbrio e sinto que vou cair. A porcaria da tampa está levantada. Eu torço a cara quando a abaixo novamente, xingando Derek silenciosamente e querendo chamá-lo pro pau.

Primeiro preciso comer. Daí posso enfrentar Derek e ir praticar no campo. Apesar de Dieter não ter um treino oficial nos finais de semana, não queremos perder o pique.

Derek entra na cozinha alguns minutos depois de mim, usando bermuda e camiseta. Seu cabelo comprido está bagunçado e ele parece doce e inocente. Conheço esse tipo de menino, que parece inocente mas é bem o oposto. Falkor, que desapareceu do meu quarto no meio da noite, vem alegrinho atrás de Derek.

— Você atraiu meu cachorro de volta a seu quarto na noite passada? — pergunto num tom acusador.

— Ele ficou arranhando minha porta e chorando como um bebê, até eu o deixar entrar.

— Você está roubando Falkor.

Ele dá de ombros:

— Talvez esteja enjoado de você e queira uma nova companhia.

— Um cachorro não enjoa do seu dono, Derek, e fique sabendo que sou *ótima* companhia. Meu cachorro me adora.

— Se você diz. — Ele vai até a geladeira, tira alguns ovos, e, depois, pega um pedaço de pão na despensa. — O que aconteceu na praia com você e seu *pitchulo*? Parecia que vocês estavam tendo uma noite dos infernos — ele diz num sotaque preguiçoso enquanto prepara ovos mexidos com torrada.

— O que aconteceu com minha regra sobre não deixar a tampa da privada levantada? — retruco.

A lateral da boca dele se levanta:

— Tenho esse distúrbio, sabe. Não consigo receber ordens.

— A-hã, um distúrbio, você diz?

— É. É *bem* grave.

— Ahhh, sinto tanta peninha de você. Pobrezinho, recebendo ordens de uma mulher. Isso deve ameaçar sua masculinidade.

Pego um saco de Skittles da despensa e tiro os roxos, como sempre faço, daí começo a mastigar o resto.

Derek se inclina e cochicha ao meu ouvido.

— Nada ameaça minha masculinidade, Docinho de coco.

Uma comichão sobe pela minha espinha quando o hálito quente dele toca minha pele. Fico momentaneamente paralisada.

Ele abre a geladeira de novo.

— Além de ovos e torrada, você tem algo aqui que não seja lixo e comida processada?

Finjo que ele não surte efeito sobre mim:

— Não.

Derek se senta com seus ovos e torrada, mas olha para minha coleção de Skittles roxos com aqueles olhos azul-claros que pertencem a alguém que não deixa a tampa da privada levantada de propósito.

— Que nutritivo — ele diz.

— É comida caseira — digo-lhe.

Ele torce a sobrancelha, claramente impressionado.

— Se você diz.

— Argh, não me diga que você é todo natureba.

Ele pega uma garfada de ovos.

— Não sou todo natureba.

— Que bom. Olha — digo, empurrando minha coleção de Skittles roxos em direção a ele. — Pode ficar com os roxos. Tenho alergia.

Ele ergue uma sobrancelha.

— Tem alergia a Skittles roxo? — ele pergunta, com a voz carregada de ceticismo.

— Sou alérgica a corante roxo. — Pego um laranja e jogo na boca. — Mas não sou alérgica ao resto. Adoro Skittles.

— Estou bem com meu café da manhã, mas valeu. — Derek dá uma mastigada atrás da outra nos seus ovos e torrada. Quando Julian entra, Derek se volta para meu sobrinho.

— Ei, amiguinho, quer café da manhã?

Julian aceita.

— Posso ajudar — rapidamente digo a Derek. Preciso me redimir para que Julian não ache que sou a pior tia do mundo. Se eu tiver que trabalhar duro e muito tempo por aquele abraço, vou fazer isso.

Começo a sair da cadeira, mas Derek segura uma das minhas mãos.

— Deixe que eu faço.

Depois que minha mãe se foi, meu pai nunca fez refeições caseiras. Tenho que preparar eu mesma e comer o que ele traz para casa do mercado: congelados, comida de micro-ondas e porcaria. Obviamente a mãe de Derek passou mais tempo com ele do que minha mãe, comigo. Ainda que não seja culpa dele, sou muito ciumenta.

Julian senta-se na cadeira ao lado de onde Derek se sentara. A presença de Derek na minha casa me faz sentir insignificante e desnecessária. Eu poderia até ser invisível.

— Quer uns Skittles? — aceno com o saco na frente do rosto do meu sobrinho numa tentativa tosca de fazer com que ele se aproxime de mim. Nunca vi um moleque que não goste de bala. — É uma porcariazinha supergostosa de café da manhã.

Ele balança a cabeça. Meu sobrinho não quer nada que tenha a ver comigo. Minha Nêmises coloca um prato de ovos mexidos fumegantes e torrada na frente de Julian. Minha boca saliva com o cheiro de pão recém-torrado. Julian come, cantarolando empolgado a cada mordida. A música me lembra do grito de guerra da nossa escola, que é cantado pelos torcedores durante o intervalo dos nossos jogos.

Pensar na nossa música lembra-me que eu não olhei lá fora para me certificar de que a casa não foi coberta de fita adesiva por Fairfield. Estava tudo limpo quando fui para a cama na noite passada, mas Falkor dormiu no quartinho e pode não ter ouvido nada. Eu puxo as cortinas da sala. Minha mão voa para a boca quando avisto todo o jardim da frente.

Não, não, não, não!

É *pior* do que ser coberta de fita. Pior do que eu poderia imaginar e completamente humilhante.

Não há papel higiênico pendurado como bandeiras acenando dos galhos de cada árvore. Em vez disso, centenas de absorventes estão presos aos troncos das árvores e absorventes internos estão presos aos galhos como um bando de enfeites de Natal flutuando ao vento. Como se não fosse o suficiente, todos os absorventes têm marcas vermelhas falsas. Até na minha caixa de correio há absorventes colados.

Fervo de raiva e meu rosto queima, e corro para limpar o jardim, então respiro fundo e olho a entrada. Em letras grandes há três palavras escritas numa multidão de absorventes:

"PUTA DE FREMONT."

capítulo 9
DEREK

Ashtyn xingou um monte de vezes, então correu para fora da casa como se um zumbi estivesse atrás dela. Eu a encontrei, no jardim, olhando a sujeira no gramado e nas árvores.

Puta merda.

— Vá embora — ela grita enquanto tira freneticamente os absorventes que estão presos na entrada dizendo "Puta de Fremont". Ela tem o que parece ser ketchup por toda a mão. Suja seu blusão de hóquei quando empilha absorventes nos braços.

Como um cara que gosta de pegadinhas, estou impressionado. Isso precisou de um bom planejamento e esforço. Seria divertido planejar como dar o troco. Mas Ashtyn está respirando rápido, como um dragão prestes a cuspir fogo. Ela não está espantada ou impressionada. Está puta. Pego uma lata de lixo ao lado da garagem e começo a soltar os absorventes íntimos dos galhos. Ela puxa a lata para longe de mim.

— O que está fazendo?

— Ajudando.

Ela conseguiu sujar o rosto e o cabelo de ketchup. Ela tira mechas de cabelos espalhadas pelo rosto, mas isso só faz ficar pior.

— Não preciso da sua ajuda.

Olho os absorventes balançando no ar sobre ela.

— Deixe disso, Ashtyn. Você sabe que vai levar o dobro de tempo para fazer isso sozinha. — Puxo um absorvente de um galho e aceno para ela. — Ponha esse ego todo de lado, e me deixe ajudar. — Ela puxa o absorvente da minha mão e o joga no lixo.

— Não acho que você acharia isso engraçado se acontecesse com você.

Dando as costas, ela arrasta a lata para fora do meu alcance.

— Por que não ganha seus pontinhos ajudando minha irmã ou meu sobrinho, porque você é tão bom nisso? Não vai ganhar nenhum comigo, então pode voltar para a casa.

Se é assim que ela quer, ótimo. Levanto minhas mãos, me rendendo. Deixo que ela cuide da bagunça. Já sei, por experiências passadas, que me meter com meninas como Ashtyn, que leva a vida a sério demais, é mais problema do que vale a pena.

— Você é uma menina muito amarga.

— O que está havendo aqui? — Gus questiona, então se vira para mim.

— Você tem algo a ver com isso?

— Não, senhor.

Ashtyn continua arrancando absorventes das árvores. Gus bufa e olha para Ashtyn como se essa pegadinha fosse a pior coisa que poderia acontecer:

— Vou ligar para a polícia.

— Pai, não! — Ashtyn olha implorando a seu pai. — Se ligar para a polícia, todo mundo vai me acusar de ser uma menininha fraca que não pode lidar com ser capitã.

— Você *é* uma menininha, Ashtyn — Gus diz objetivamente. — Por que não deixa um menino ser capitão? Deixe que a família de outra pessoa lide com vandalismo no jardim.

— Gus, não é culpa dela — digo. Talvez eles precisem ouvir a voz de uma terceira pessoa isenta que não acha que levar um trote é o fim do mundo. — Foi só uma pegadinha.

Gus se vira para mim:

— Só uma pegadinha, hein? Pegadinhas não têm graça.

— Não é nada demais, Gus. Em vez de gritar com ela, por que você...

— Derek, fique fora disso. — Ashtyn fica na frente de Gus, exigindo a atenção dele. Ela está ereta, com os ombros para trás e a cabeça erguida. — Pai, prometo que limpo tudo antes de você chegar do trabalho. Não chame a polícia. *Por favor.*

Gus balança a cabeça, completamente frustrado enquanto seus olhos percorrem o jardim novamente.

— Se sua mãe estivesse aqui, ela nunca permitiria que você estivesse na equipe de futebol. Ela te inscreveria nas aulas de culinária ou dança, ou alguma coisa assim.

Ashtyn parece ter levado um tapa na cara com essas palavras.

— Gosto de futebol, pai. Sou boa nisso. Se for para um jogo ou treino e me ver... — a voz dela vira um sussurro, mas Gus despreza as palavras dela e caminha para seu carro.

— Certifique-se de que o jardim esteja limpo antes de eu voltar para casa, ou vou chamar a polícia! — Ele entra no carro e sai dirigindo. Depois que ele se vai, Ashtyn respira fundo, para se recompor, então volta a tirar os absorventes das árvores.

Começo a puxar aqueles em galhos altos demais para ela alcançar.

— Sabe — digo quando chego até ela e jogo os absorventes no lixo. — Só porque você pode lidar com merda sozinha não significa que precise fazer isso.

capítulo 10
ASHTYN

— **Ei, ei, alguém em casa?** — a voz de megafone humano do Jet ecoa pela casa. Ele nunca toca a campainha. Se nossa porta estivesse trancada, ele bateria tão forte que racharia a porta. Desço a escada correndo, torcendo para ter tirado todo o sangue falso. Derek e eu levamos uma hora para limpar o jardim. Ao final, parecíamos vítimas de um filme de assassinato.

Na sala, Jet se acomoda confortavelmente na cadeira favorita do meu pai, enquanto Trey e Monika se sentam, um do lado do outro, no sofá. Victor fica de pé na porta com as mãos cruzadas sobre o peito. Sei o que o está incomodando, mas ele nunca revelaria seu segredo.

Ainda estou pensando o que vou contar aos rapazes sobre o trote, quando Jet diz:

— Sabemos que sua casa foi coberta de absorventes na noite passada.

Estava torcendo para que o trote tivesse acontecido tarde o suficiente, e eu tivesse limpado tudo bem cedo, para que a notícia não se espalhasse. Esta manhã apenas alguns carros passaram pela nossa casa, e só um diminuiu para verificar a cena.

— Como você descobriu?

— Todos os caras do time receberam fotos anônimas por e-mail. — Trey mostra o telefone, passando foto após foto de absorventes por todo o meu jardim. E minha entrada com as palavras que ainda fazem com que eu me encolha.

— Também estão na internet — Jet acrescenta enquanto joga seu cabelo para o lado. — Hora de planejar a vingança, porque não vou ficar sentado sem fazer nada.

Monika bate no joelho de Trey e o incita a me dizer alguma coisa que eles obviamente estavam discutindo antes de chegarem aqui.

— Estávamos tentando descobrir como eles conseguiram todos os nossos e-mails — Trey diz. Monika acompanha-o com um gesto, concordando.

— Parece que foi alguém de dentro — ela acrescenta.

— Vocês dois estão vendo muito programa policial — Vic diz a eles.

— Não seria difícil arrumar nossa lista do time e os e-mails. Algumas pessoas que vivem no lado sul de Fairfield vão para Fremont — Jet murmura. — Estou com uma puta fome. O que tem para comer?

— Não tem muita coisa — digo-lhe, mas ele vai à cozinha mesmo assim, declarando que não pode pensar sem comer antes. Jet come uma tonelada e ainda assim é o cara mais esguio e rápido que eu conheço, queimando calorias com sua quantidade infinita de energia. Seu pai é um chef, então por que ele iria querer comer algo da minha casa eu não sei.

Nós todos seguimos Jet até a cozinha. Derek está sentado à mesa, digitando no laptop.

— E aí? — Derek acena para os caras.

Victor olha para Derek desconfiado, enquanto Jet pergunta:

— Quem é você?

— É o Derek... enteado da minha irmã — explico, antes de vasculhar a despensa e pegar um lixo aleatório para alimentar os meninos. Meus colegas não se importam se eu ofereço comida saudável ou não... qualquer coisa os abastece.

Posso quase ouvir as engrenagens virando na cabeça de Jet. Quem dera eu pudesse fechar sua boca para evitar que ele fale, mas isso iria requerer que eu tivesse força para segurá-lo por tempo suficiente.

— Espere. Ash, isso o torna seu meio-sobrinho. — Jet ri, achando muita graça. — Que *porra* isso.

— Nem fale — Derek murmura.

Jet pega um punhado dos Skittles roxos ainda numa pilha na mesa e joga na boca.

— Precisamos de um plano, Ash — diz, mastigando. — Aqueles filhos da puta em Fairfield precisam saber que não podem foder com a gente.

Minha irmã entra com seu cabelão preso no topo da cabeça num coque bagunçado. Ela olha para os caras.

— Que plano?

— Dar o troco — Jet diz antes que eu possa fazer sinal para não mencionar nada.

Brandi aponta o dedo para Derek, algo que minha mãe costumava fazer com a gente.

— Nem pense em se envolver — ela lhe diz... — Lembra da última vez que você fez uma pegadinha?

— O que houve? — Trey pergunta.

Derek balança a cabeça, enquanto minha irmã dá a notícia:

— Ele foi expulso por soltar porcos durante a formatura dos veteranos.

Expulso? Quando vi Derek em sua bermuda da Academia Regents ontem, a última coisa que eu esperava ouvir é que ele foi expulso.

Jet ri escancaradamente e bate as mãos com Derek.

— Que *épico*, cara.

Minha irmã se vira para Jet com as mãos na cintura, parecendo mais uma mãe do que uma menina que costumava ser uma maconheira que dançava pela casa de calcinha diariamente.

— Não é nada *épico*. É do tipo nada legal. — Ela volta sua atenção para Derek. — Não faça nada idiota com os amigos da minha irmã.

Derek caçoa dela com uma saudação de dois dedos.

— Aposto que aquele tal de Bonk foi o mentor disso — Vic diz depois que minha irmã pega uma xícara de café e sai do cômodo. Ele ainda está olhando para Derek como se ele fosse um superespião não confiável.

— Só para que fique claro, meu homem não vai brigar com ninguém — Monika diz. Ela pega carinhosamente as bochechas de Trey. — Ninguém vai zoar com esse rostinho lindo. Certo, baby?

Eles começam a se beijar e a fazer vozes de bebês.

Vic afasta o olhar.

Jet revira o olhar e finge engasgar.

— Sério, gente, vão para algum quarto.

Eu acotovelo Jet.

— Deixa eles. Quando você se apaixonar, não vai ser diferente.

— Deus queira que isso nunca aconteça. Se acontecer, me dê um tiro e acabe com meu sofrimento.

Victor recebe uma mensagem e murmura um palavrão.

— Preciso ir.

Jet levanta as mãos:

— Sou o único aqui pronto para apresentar um plano para dar uma coça em Fairfield?

— Talvez devêssemos, sabe, *não* descontar e mostrar que temos mais classe — sugiro.

— Quem disse que a gente tem classe? — Jet pergunta.— Eu não. Ash, você está se iludindo se acha que nosso time elegeu você capitã porque eles querem que você aja com classe. Vamos encarar, se votassem no cara mais bonitão do time, eu teria ganho.

Monika levanta a mão, mas mantém os olhos em Trey.

— Discordo. Meu bebê é o cara mais bonito do time.

Jet ri.

— Você é tendenciosa. Você, Parker, quer saber por que *você* foi eleita capitã?

— Na verdade, não. — Tenho certeza de que Jet vai dizer que é porque tenho os maiores peitões ou algo tosco assim. Ou dizer que ele falseou como Landon alegou, o que faria com que eu me sentisse terrível e desmerecedora. Quero saber a verdade... eu só espero que a verdade não seja o que Landon pensa que é.

— Quero saber — Derek se intromete.

Jet coloca seu braço ao meu redor e me puxa mais perto, apertando-me como uma boneca de pano.

— Ela foi eleita capitã porque é a garota mais bonita do time.

— Sou a *única* menina, Jet.

— Ainda não terminei. Ela também foi eleita capitã porque tem uns baitas culhões para uma menina. Ela não chora toda vez que se machuca ou se rala no campo. Ela faz um jogo de primeira toda vez. Ela nos motiva, com certeza. — Ele olha para Derek e diz: — Essa menina aqui se inscreveu no ano de caloura. Apostaram que ela iria desistir em uma semana. Eu sei bem, porque fui um dos caras que perdeu dinheiro nessa aposta. Não estou dizendo que alguns dos caras não tentaram fazê-la desistir, este aqui que vos fala sendo um deles, mas ela nunca desistiu. Ela conquistou nosso respeito.

Ele olha para meu peito.

— E tem os melhores peitos do time.

capítulo 11
DEREK

Com a menção ao peito de Ashtyn, afasto o olhar e finjo que estou interessado no resto dos Skittles roxos. Não quero notar o peito de Ashtyn, ou qualquer parte do corpo dela, por sinal. Já estou de olho demais na menina. Prestar atenção no corpo dela não é uma opção, por mais razões do que as óbvias. Eu fecho meu laptop quando o cara latino chama:

— Derek, espere. Que tal ajudar a gente?

Ashtyn diz:

— Não precisamos de ajuda, Vic. Além do mais, você ouviu o que minha irmã disse. Derek está proibido de nos ajudar.

É, mas isso só me faz querer quebrar a regra ainda mais.

— Que tipo de ajuda?

— Descontar por terem aloprado o jardim da Ashtyn.

Jet, o autodeclarado mais bonito, com uma boca grande, diz:

— Precisamos vir com um plano para que eles saibam que não devem se meter com a gente. Podemos usar qualquer ideia que você tenha.

Ashtyn se adianta entre mim e os caras.

— Ele não tem ideia nenhuma. Certo, Derek?

— Certo — estrago o curto momento de triunfo dela. — Mas vou pensar nisso.

— Não vai pensar nada — ela ordena enquanto seus colegas dizem:

— Ótimo, e nos diga se você arrumar alguma coisa.

Ashtyn me olha feio, então bate no ombro de cada um dos seus amigos:

— Falamos disso mais tarde. É trabalho do time. Vocês vão treinar. Eu chego lá daqui a uns minutos.

Depois que eles saem, Ashtyn se inclina na mesa, seu rosto próximo do meu. Queria muito que o Jet não tivesse mencionado os seios dela, porque, do jeito que ela está inclinada, tenho uma boa visão do seu sutiã rosa de renda.

— Parece que você acha que preciso de um salvador. — É difícil me concentrar nas palavras dela, e não no sutiã. — Não preciso. E ainda que eu aprecie você ter me ajudado a limpar a bagunça no jardim, sou mais do que capaz de fazer isso sozinha.

Eu pego meu laptop.

— Não sou salvador.

— Então o que está planejando, caubói? — ela continua. — Além de me irritar.

— Não tenho planos. Irritar você ocupou tanto do meu tempo, desde que cheguei aqui, que não sobrou tempo para mais nada.

Eu saio, torcendo para esquecer aquele sutiã rosa de renda e a menina que o usa. Deitado na cama inflável, abro meu laptop novamente. Quero ver vídeos aleatórios, mas em vez disso eu busco on-line fotos do gramado da frente da casa de Ashtyn. Não leva muito tempo para encontrá-los. Há algum perfil falso criado esta manhã, alguém alegando ser um estudante de Fremont chamado Booger McGee. Fotos de absorventes espalhados pelo gramado foram colocadas hoje. Ashtyn está marcada na foto como "A PUTA DE FREMONT".

Uma foto foi tirada da rua para mostrar a bagunça toda. Algumas outras são closes, mostrando a distribuição artística dos absorventes. Os piadistas foram cuidadosos de não se mostrarem, provavelmente com medo das consequências de serem reconhecidos.

Espertos, mas não tão espertos. Forço a vista numa foto que inclui o carro de Ashtyn. Há um reflexo na parte da frente de outro carro na janela lateral. Identifico facilmente a forma de um Jeep Wrangler com uma barra de luz de acessório no topo. Os Wranglers nunca são confundidos com outro carro.

Digo a mim mesmo que não quero ser o protetor de Ashtyn. A menina é mais do que capaz de lutar nas suas próprias batalhas, e para aquelas que ela não é capazes... Bem, ela tem um namorado e colegas de time para isso. Preciso me lembrar de ficar fora da vida dela, mesmo quando o instinto me diz o contrário.

Falkor salta no meu colo e esfrega a patinha em mim. Seu hálito tem cheiro de que ele andou comendo outra coisa além de comida de cachorro.

Passar o verão na Regents teria sido demais, com festas que duravam a noite toda. Agora estou no subúrbio de Chicago vivendo com uma madrasta que, de repente, quer me fazer ficar fora de encrenca, e com uma menina que usa sutiã de renda rosa e joga futebol americano, mas só quer que eu suma da face da terra.

Sem ter nada melhor a fazer, e precisando de uma aventura, decido dirigir até Fairfield para ver se consigo encontrar o jipe.

É fácil infiltrar-se no território inimigo quando ninguém o reconhece como inimigo. Eu uso jeans, botas e uma camisa xadrez com meu gorro, para enfatizar que não sou daqui. Quando conheci Jack na Regents, ele perguntou se eu vivia numa fazenda por causa da forma como eu falava. Eu podia falar como um caubói, mas parecia um cara da Califórnia que surfava e usava gorro. Morei em tantos lugares que não me encaixo em nenhum molde.

Fairfield é a cidade ao lado de Fremont. Eu marco meu GPS para Fairfield High, e encontro o campo de futebol americano de lá vazio. Conforme cruzo as ruas atento para encontrar um jipe, não leva muito tempo para eu perceber que há um lado rico da cidade e um lado não tão rico. Eu viro um quarteirão, depois outro onde os prédios estão marcados com símbolos de gangues. Os caras nos cantos das ruas parecem mais do que prontos para me vender drogas. Estou prestes a desistir, quando avisto um jipe com uma barra de luz customizada estacionado na frente de uma lanchonete chamada Rick's Subs. Um cara que parece com o namorado de Ashtyn, acompanhado de uma garota, sai de uma vaga dirigindo. Pego a vaga. Lá dentro, eu me sento no canto de um longo balcão e finjo olhar para o cardápio escrito a giz à frente. Esse é obviamente o ponto de encontro favorito da Fairfield High. Uns caras, em bando, que parecem ter minha idade estão numa cabine, rindo e agindo como se fossem os fodões.

— Bonk, sobe mais um *close* — um dos caras fala um pouco alto demais. Bonk tem a cabeça raspada e piercings nas orelhas e sobrancelhas. Ele diz ao cara para falar baixo e olha ao redor para se certificar de que ninguém está espiando.

— O que vai querer? — a garçonete pergunta.

Olho para o cardápio novamente.

— Quero um hambúrguer para viagem.

— É pra já — ela diz meu pedido para o chef, então me serve um copo d'água. — Você frequenta a Fairfield? Nunca te vi aqui antes.

— Nem, estou de visita da Califórnia — aponto em direção a Bonk e seu bando, que agora estão amontoados juntos. — Então, hum... esse povo é da Fairfield?

— Com certeza. Jogadores de futebol. Aquele de cabeça raspada é Matthew Bonk — ela acrescenta. — É nosso *receiver**, — ela diz orgulhosa como se ele fosse alguém famoso. — Ganhamos o Estadual, de novo, no ano passado. O Matthew é nossa celebridade local.

Ela vai anotar o pedido de outra pessoa.

Bonk caminha até o balcão. Ele me nota avaliando-o.

— Está olhando o quê? — ele pergunta como se fosse alguma divindade boa demais para meu olhar. Ele obviamente está levando essa coisa de celebridade local muito a sério. Hora de me divertir um pouco...

— Eu só... uau! Matthew Bonk em carne e osso. — Pego sua mão e o cumprimento com um entusiasmo exagerado. — É um prazer finalmente conhecer o famoso *receiver* da Fairfield High.

— Obrigado, cara. — Ele puxa a mão. — Quem é você mesmo?

— Payton Walters — digo, invertendo o nome de um dos maiores *running backs*** de todos os tempos. O cara nem percebe. — Estava me perguntando se eu podia pegar seu autógrafo para minha namorada. Ela é uma *grande* fã sua,

---

* *Receiver* é também uma posição estratégica de ataque do futebol americano. (N.E.)

** *Running back* é a posição do futebol americano que se alinha ao campo de defesa. (N.E.)

cara. Eu ganharia uns belos pontinhos com ela se ela soubesse que o conheci. — Agarro meu guardanapo e seguro para ele, enquanto a garçonete dedicada aparece apressadamente e fornece uma caneta.

— Escreva para *Docinho de coco* — espio sobre o braço dele enquanto ele alisa o guardanapo. — É assim que eu a chamo.

— Se é essa sua onda, cara... — Bonk dedica o guardanapo para Docinho de coco e assina: *Matthew Bonk, #7.*

— Posso tirar uma foto com você? — faço um sotaque sulista bem forçado. — A Docinho vai rachar o coco se eu mostrar a ela uma foto com seu guardanapo. Os Yankees frequentemente assumem que gente com sotaque do Sul é idiota. O que eles não sabem é que usamos nossos sotaques para nossa vantagem, quando descobrimos que é útil. Como agora, porque Bonk está posando com o guardanapo enquanto tiro uma foto com meu celular.

— Escuta, cara, preciso voltar para meus amigos — ele diz, enquanto me passa o guardanapo e pede um refrigerante à garçonete.

— Sem problema. — Pego sua mão novamente e cumprimento firme. — Valeu, cara!

Ele caminha de volta para seus amigos e eu o escuto dizendo que babacão que eu sou. Depois que pago meu hambúrguer, sigo Bonk e seus colegas lá fora. Eles estão ao lado do jipe, um dos caras menciona Ashtyn e sugere que eles arrombem o vestiário da Fremont e pendure absorventes nos armários.

Quando eles percebem que eu os estava seguindo, olham para mim como se eu fosse um alienígena.

— A foto ficou meio borrada — digo, me desculpando. — Posso encher o saco só para mais *umazinha*? Juro que minha namorada vai mijar na calcinha quando ela vir uma foto de você dando o autógrafo.

Bonk revira os olhos e ri, mas não protesta quando passo para ele de volta o guardanapo com a assinatura. Ele se encosta atrás do carro como se fosse um gostosão, e segura o guardanapo. Não podia ser mais perfeito, só que...

— Vocês todos podem sair na foto com ele?

Os caras nem pensam duas vezes em posar para a câmera.

Missão completa.

capítulo 12
ASHTYN

Monika aparece numa manhã de domingo com Bree, as duas cocapitãs da equipe de torcida. Elas querem minha opinião sobre uma nova coreografia e um hino que fizeram, como se eu conhecesse o gosto dos meus colegas.

No meu gramado da frente, Bree e Monika começam a bater palma e mover seus corpos como se fossem feitas de algum material secreto flexível. Não tenho ideia de como elas conseguem se mover assim. Tenho inveja, apesar de nenhuma delas poder jogar, arremessar ou chutar uma bola como eu posso.

Derek sai e segue para o barracão. Está bem masculino, usando jeans com botas de caubói e uma regata branca. Falkor segue-o de pertinho, nos calcanhares de Derek.

Bree para a coreografia:

— Quem é *esse*? — ela pergunta meio alto demais.

— Derek.

— É o enteado da Brandi — Monika lhe diz. — É...

— Um *tesão* — Bree interrompe quase sem ar. — Ai, meu

Deus! Você definitivamente escondeu isso de mim, Ash. Adorei as botas dele, e aquele chapeuzinho que ele usa é tão fofo.

— É um gorro — eu a corrijo. — Não conheço ninguém que use um no verão. É idiota.

— Discordo um zilhão por cento. — Bree está praticamente babando por Derek como se ele fosse um pedaço de carne para se devorar numa sentada. Estou tentada a perguntar se ela precisa de um babador.

— Um cara desses pode usar o que ele quiser. Me apresente a ele, Ash.

— Confie em mim, você não vai querer conhecê-lo.

— Ai, sim, quero sim. — Ela assentiu tão rápido que é de se espantar que a cabeça dela não desgrude. Monika e eu damos um olhar de cumplicidade. Somos amigas há tempo suficiente para saber que quando Bree está na caça, não há como detê-la.

Quando Derek reaparece, faço uma fraca tentativa de lhe acenar, esperando que ele ignore. Infelizmente, ele não ignora.

— Derek, essa é minha amiga Bree. Você já conhece a Monika.

— Ei, Monika. Prazer em conhecê-la, Bree. — Ele vira a cabeça como um perfeito cavalheiro do Sul. Estou surpresa de que ele não a tenha chamado de senhora.

— Quer nos assistir? — Bree pergunta. Ela enrola o cabelo no dedo e dá um grande sorriso para Derek. Ai, cara. Ela comprou totalmente a parada de cavalheiro sulista. — Viria a calhar outra opinião sobre nossa nova coreografia. Sou a capitã da equipe de torcida.

Derek olha para ela como se a apreciasse e diz:

— Não sei muito sobre torcida.

Monika olha o físico dele.

— Então, Derek... você pratica esporte?

— Parei.

— Sério. Com esse corpo? — Bree vira a cabeça de lado para ter uma visão melhor das costas de Derek. — Bem, então você deve malhar bastante.

Soa como se Derek estivesse tossindo, mas está obviamente cobrindo uma risada.

— Eu corro e levanto pesos. — E me lança um olhar travesso: — E tento ficar longe de sorvete, Skittles e cookies de café da manhã.

— O que há de errado em um pouco de comida *junk*? — pergunto-lhe. — Faz bem para a alma.

— Aposto que sim.

— Então, Derek — Bree interrompe. — O que você achou de Chicago até agora? Sei que *tecnicamente* não moramos em Chicago, mas você vai se acostumar com os suburbanos como nós tomando Chicago como nossa.

— É legal, acho — ele responde. — Digamos que não tenho um plano de tomar Chicago como minha. Estou planejando voltar para Cali na primeira chance que tiver, daí entrar na Marinha depois da formatura. — Depois de olhar para mim novamente, ele diz: — Bom, vou ver se consigo ligar o cortador de grama. Legal conversar com vocês.

Bree levanta uma sobrancelha, depois que Derek coloca os fones no ouvido e empurra nosso velho cortador detonado da garagem.

— O quê? — pergunto.

— Derek é um sonho, Ashtyn. Com um corpo daqueles provavelmente vai terminar como membro da equipe de elite da Marinha. Que coisa mais sexy!

Sexy? Sonho? Derek não é um sonho. É mais um pesadelo, em que a menina é continuamente irritada por um menino que a persegue.

— Ele não é tudo isso.

Minha amiga olha para mim como se eu estivesse maluca.

— Hummm, você deu uma olhada naqueles bíceps, e aquele cabelo... e aqueles olhos? Ai, meu Deus, aqueles olhos azuis podiam fazer qualquer menina derreter.

— Ele precisa de um corte de cabelo, e estava todo exibido com seu corpo — retruco.

— Da minha parte, sou grata pelo corpo dele. Tão lindo de olhar. Vou perguntar se ele quer sair amanhã de noite. Talvez eu possa dar uma olhada naquele abdome bem de pertinho. — Bree praticamente salta para Derek apressada, como se outra menina fosse roubá-lo dela, se ela não agir rápido.

Logo ela está rindo de algo que ele diz.

— Todas as meninas vão dar em cima dele, hein?

Monika concorda.

— Ah, sim. Ele não é um Trey Matthews, mas é superfofo.

— Sei lá — levanto as mãos, e ela me olha como se eu fosse louca. — Tá, admito que Derek é meio atraente, se você curte essa mistura de caubói com surfista da Califórnia, mas não é *mesmo* meu tipo.

Olho meu bracelete da sorte, uma lembrança do meu namorado. Não esqueço que não recebo notícias dele desde sexta, quando ele me deixou. Eu deveria sentir saudades de Landon mais do que sinto. Não sei por que não sinto. Os últimos dias foram um redemoinho de mudanças, e parece que estou tentando me atualizar, mas me movendo em câmera lenta.

— O que está havendo com você e o Landon, afinal? — Monika pergunta. Tem um olhar solidário no rosto como se esperasse que eu desabasse e chorasse a qualquer segundo. Tenho mais vontade de gritar a plenos pulmões. — Por um minuto achei que vocês dois estavam terminando na noite de sexta.

Ignoro a sensação no fundo do estômago, pois não tenho certeza do que está havendo com a gente. Sei que Landor gosta de ter o espaço dele quando está estressado, então o deixei em paz, mas, a cada dia que não nos falamos, eu me sinto mais distante e desconectada.

— Landon e eu vamos ficar bem. Só estamos passando por uma fase difícil.

Monika vira a cabeça para o lado. Ela tem esse olhar quando está analisando bem algo.

— Está havendo algo entre você e o *Derek*?

Posso sentir meu rosto quente só de pensar.

— De jeito nenhum. Por que diz isso?

— Sei lá — ela dá de ombros. — Só sinto uma estranha vibração entre vocês, e é estranho que você o odeie tanto. — Ela olha de volta para Bree e Derek, que estão conversando. — Parece que a Bree já está tomando posse dele. Olha, você viu isso? Ela toca o braço dele toda vez que fala.

— Ela se especializou na arte da paquera — murmuro. — E ele está caindo direitinho, apesar de que talvez seja ela que está sendo sugada pelo charme falso dele. Tenho a impressão de que nada que esse cara faz é sincero.

— Ei, Bree! — Monika grita. — Volte aqui para mostrarmos a coreografia a Ashtyn.

Um carro para na entrada e buzina, adiando o show de torcida mais uma vez. Monika grita de prazer quando Vic estaciona seu grande SUV na minha entrada e ela vê que Jet e Trey estão no carro com ele.

— *Épico* — Jet diz, completamente impressionado. Está usando um boné de beisebol ao contrário e veste um moletom cortado que, provavelmente, ele mesmo retalhou. — É tudo o que vou dizer.

— O que é *épico*? — pergunto.

Ele parece confuso quando ajeita seu cabelinho perfeitamente penteado para o lado.

— Quer dizer que você não tem nada a ver com isso?

— A ver com o quê?

— Eu te disse que não foi ela — Vic diz. — Ela não tem colhão pra isso.

Isso é tão ofensivo.

— Eu tenho colhão, Vic!

— Eu *sabia*! — Jet levanta as sobrancelhas e busca minha cintura.

— Vamos ver, Ash.

Reviro os olhos e bato na mão dele.

— Você precisa parar de ter uma vida e ficar mais on-line. — Trey tira seu celular. — Alguém criou esse perfil falso chamado Payton Walter e postou fotos de Bonk e seus colegas segurando placas.

Ai, não. Tenho quase medo de perguntar:

— Foto do quê?

Jet passa o telefone:

— Aqui, dê uma olhada.

Numa foto, Bonk e um bando de seus colegas de futebol estão apoiados atrás de um jipe. Estão segurando um guardanapo que diz "FAIRFIELD CHUPOU", em grandes letras grossas, e a placa do carro diz "CUZÃO". Quando olho para a segunda foto, perco o ar. Bonk está no Rick's Subs, em Fairfield, segurando um guardanapo que diz "QUERO SER A

PUTA DE FREMONT". Está assinado *Matthew Bonk #7*.

— Quem fez isso? — pergunto aos meninos.

Nenhum deles confessa. Isso é loucura. Os caras da Fairfield vão surtar quando olharem essas fotos que parecem ter sido feitas profissionalmente no Photoshop. É impressionante. Queria ter pensado nisso.

— Talvez tenha sido o Landon — depois que eu sugiro, os caras olham uns para os outros como se tivessem grandes dúvidas.

— É, certo — Jet diz. — Seu namorado é mesmo um herói.

— Você falou com ele? — Vic pergunta.

Balanço a cabeça negativamente.

— Hummm. — Trey diz. — O McKnight tomou chá de sumiço desde a noite de sexta.

Não conto que ele tomou chá de sumiço no nosso relacionamento também.

capítulo 13
DEREK

Na manhã de segunda, acordo tarde e percebo que todo mundo já saiu da casa. Quando tomo café, olho para o quintal desprezado. Esta casa está num terreno grande, mas ninguém se importa o suficiente para fazer o quintal dos fundos parecer decente, é como se eles fizessem a frente parecer boa e servir de fachada para todos os que passam.

O cortador que encontrei ontem está numa condição péssima, mas pelo menos consigo ligar o motor. Não vai ser fácil cortar a grama uma vez que todo o quintal dos fundos é um abrigo para ervas crescidas, mas preciso me ocupar ou vou ficar louco.

Ligo o cortador e coloco meus fones para poder viajar um pouco, como fiz ontem, quando vieram as meninas e os colegas de time da Ashtyn. Minha mãe costumava dizer que a música sempre a ajudava a escapar para outro lugar. Ela me fazia ouvir Ella Fitzgerald e Louis Armstrong, especialmente quando estava no hospital passando pela quimioterapia. Inicialmente eu odiei, mas então esses cantores viraram um símbolo dela.

Seguir em frente é duro pra caralho.

Uma hora depois estou pingando. Pedacinhos de grama se grudam às minhas costas, braços e pernas. Eu olho meu progresso, orgulhoso de ter feito uma área considerável. A cabana, o lugar onde Ashtyn e eu nos conhecemos, já viu dias melhores. Avistei umas tintas velhas lá e imaginei que já tinha passado da hora de uma nova pintura.

Enquanto ensaboo meu corpo no chuveiro, pensamentos de Ashtyn invadem minha mente, e meu corpo começa a reagir. Busco fantasiar o momento, feliz de ninguém poder ler minha mente. Depois me seco, e estou prestes a descansar no quarto, mas Falkor salta na porta da frente ofegante como louco. O pobrezinho quer sair. Coloco a coleira nele e caminho em direção ao campo de futebol. O lugar é como um ímã para mim.

Não leva muito tempo para chegar à escola. O time de futebol está no campo. Vejo alguns jogares treinando. Imediatamente eu penso como um deles novamente. Não faço parte de um time há quase dois anos, mas esses passes são tão familiares que eu poderia correr de olhos fechados.

Ashtyn está dando corridinhas. Ela não me nota, mas, quando notar, sinto que ela vai me atazanar por levar o cachorro para passear sem a permissão dela.

Eu a acompanho agarrando algumas bolas e correndo para o lado oposto do campo. Ela se move com graça quando prepara a bola e se posiciona. Alguns caras dos lados a observam impressionados. Posso ver que ela está tão focada que não nota nada além da bola e da trave branca. Ela chuta a primeira bola, que entra no gol com facilidade.

Quando se posiciona para outro chute, ela me avista na arquibancada. Ela fracassa nas duas tentativas seguintes, mas continua tentando. Em dez, acerta seis. Não é ruim, mas nada digno de nota.

Avalio o time, algo que eu costumava fazer com meus rivais. É fácil localizar o treinador chefe – está usando uma camisa de golfe preta e dourada e um boné do Rebels quando chama os jogadores. O cara está arregaçando com a linha de ataque desde que estou aqui, apesar de eu me impressionar com a execução deles. Sem *linemen* sólidos, o *quarterback* fica vulnerável, e o time é fraco.

Eu volto minha atenção para o atual QB, um cara magrelo usando o número três na camisa. O número três não parece muito confiante, mesmo estando em boa forma. Ele faz algumas jogadas, mas não consegue se conectar com os recebedores, quando a linha de defesa o apressa. O número três rende-se sob pressão. O problema é que ele sabe. Ele está com isso na cabeça. Ele tem que parar de pensar quando está no jogo e deixar o instinto tomar conta.

Depois de repetir o mesmo erro três jogadas em seguida, o treinador agarra o rosto do QB e dá um esporro nele. Estou longe demais para ouvir as palavras exatas, mas sei que ele está ouvindo umas boas.

— Ei, Derek! — Ashtyn chama. Ela joga uma espiral perfeita na arquibancada em minha direção, mas eu me esquivo e deixo passar. A bola quica nos bancos atrás de mim e Falkor a fareja. Não toco numa bola de futebol americano desde que minha mãe morreu. Ainda que meu instinto fale para pegá-la, estou em conflito.

— Oi?

— Quem disse que você podia levar meu cachorro para passear?

— Ele me implorou para eu levá-lo. Ele obviamente pensa que eu sou o alfa. Seu cachorro tem hierarquia. — Eu dou de ombros. — Só estou dizendo...

— Jogue a bola de volta, tá?

Olho para a bola lá, esperando ser colocada de volta no campo. Nunca pensei que iria pegar uma novamente. Não é como jogar novamente. *É só uma bola.*

Lentamente, pego a bola e a arremesso sorrateiramente para ela, a sensação familiar do couro macio rolando dos meus dedos lembra o passado. A maioria das meninas teria medo de quebrar uma unha quando a bola viesse voando para elas, mas Ashtyn corre e a pega sem hesitar.

— Você não é alfa. Eu sou! — ela coloca a bola debaixo do braço e começa a caminhar de volta ao campo. — Só estou dizendo.

capítulo 14
ASHTYN

Disse a Derek que eu era o alfa, mas no momento não me sinto assim. Eu estava totalmente fora do jogo hoje. Vê-lo sentado na arquibancada me olhando praticar só piorou, porque fiquei muito alerta e preocupada.

A puta de Fremont.

Faz dois dias que essas palavras ainda rodam na minha cabeça. Esta manhã, Dieter me ligou para dizer que ouvira o rumor sobre as fotos. Ele me disse que esquecesse qualquer rivalidade e só me concentrasse em ganhar.

Landon não apareceu para praticar. Também não respondeu às minhas chamadas ou mensagens. No ano passado ele nunca perdeu um treino ou jogo. Eu o chamei antes de sair de casa esta manhã, mas o telefone dele estava desligado. Suponho que ele tenha recebido o e-mail mostrando as temidas fotos do meu jardim. Por que ele não passou na minha casa como os outros caras, ou pelo menos me ligou ou me mandou uma mensagem para saber como eu estava lidando com a coisa?

Brandon Butter, um secundanista e nosso QB reserva, teve dificuldade em ocupar o lugar de Landon. Quando ele foi pressionado, seus passes viraram uma zona. Eu não queria que ele fosse desencorajado, então dei um tapinha nas costas depois da prática e disse-lhe que se esforçou bem. Acho que ele não acreditou em mim, mas aquilo o fez sorrir e torço para que tenha aumentado sua confiança. Só um pouco já ajuda.

Mesmo que os treinos no começo do verão sejam opcionais, sei que Dieter está decepcionado por seu astro QB não estar no campo. A verdade é que não temos um QB reserva competitivo e estamos fodidos se Landon se machucar. Ele é um jogador tão sólido que ninguém se preocupou muito com isso. Até agora.

Depois de me lavar no vestiário das meninas, ligo para Landon de novo. Ainda sem resposta. Mando uma mensagem para ele pela quarta vez hoje, mas ele não manda outra. Meu coração aperta um pouco, e fico ansiosa. Ele não está respondendo de propósito? Ugh, nunca fui insegura com nosso relacionamento. Eu me recuso a começar a ser insegura agora.

No estacionamento, Derek está encostado no meu carro com os pés cruzados nos tornozelos.

Falkor late me recebendo e baba no segundo em que me vê.

— Posso pegar meu cachorro de volta? — pergunto, irritada pelo fato de meu cachorro parecer achar que tem um novo dono. Eu pego a coleira do Derek, e me ajoelho para acariciar Falkor atrás da orelha esquerda, seu ponto favorito.

— Se quer uma carona para casa, meu cachorro vai de copiloto — abro a porta e deixo Falkor entrar no banco da frente.

— Acho que não — Derek se inclina para o carro. — Falkor, vá para trás. Meu cachorro, geralmente teimoso, salta obediente para o banco de trás como se Derek fosse um encantador de cachorros.

Ligo o rádio enquanto dirijo para casa.

— Você pode estar acostumado a mandar nas pessoas, mas não vai funcionar comigo — Derek diz.

— Não consigo ouvi-lo — minto, e coloco uma mão sobre a orelha.

Ele desliga o rádio.

— Por que a birra? Não aja como se eu tivesse pedido para estar aqui, porque não pedi. — Eu me pergunto se ele liga e desliga aquele sotaque quando quer. — Diabos, se eu não tivesse sido expulso e a Brandi não estivesse de barriga, eu teria encontrado uma forma de ficar na Cali.

Espera aí. Eu ouvi certo?

— Minha irmã está g-grávida? Grávida, quer dizer, esperando um bebê?

— É o que "de barriga" geralmente significa.

Olho de lado para ele e continuo dirigindo. Quando paro na minha entrada, eu me viro para ele.

— Seja honesto pelo menos uma vez. Está brincando sobre minha irmã estar grávida, certo?

Ele suspira e revira os olhos enquanto abre a porta. Falkor salta atrás dele.

Olho o painel. Minha irmã grávida de novo? Ela não disse nada, mas eu não tive notícia nenhuma dela nos últimos sete anos. Desde que ela voltou, tenho-a evitado como evito Derek.

Brandi é como minha mãe. Levou muito tempo para eu perceber que minha mãe nunca iria voltar. Brandi voltou, mas não adianta ficar próxima dela quando eu sei que ela vai embora novamente. Irrita-me bem que Derek saiba mais sobre minha irmã do que eu. E que meu sobrinho prefira o Derek a mim. E que Falkor siga Derek como se ele fosse o alfa.

Olho em direção à garagem e fico chocada em ver Landon sentado no conversível com seus óculos de sol. Quando ele chegou, e há quanto tempo está ali?

— Onde você esteve hoje? — caminho na sua direção quando ele sai do carro. Nem sei o que dizer depois da nossa briga na noite de sexta. Eu não menciono nossos problemas de relacionamento ou Lily. — Você faltou ao treino.

— Meus pais me fizeram ir a um brunch de família — ele diz. — Não pude sair.

— Ah. — No passado, o pai de Landon nunca o faria ir a um brunch de família em vez de treinar. Landon não parece querer falar mais disso.

— Você viu as fotos da minha casa na internet? E as do Bonk?

Ele confirma lentamente:

— É, eu vi.

— Você que postou as do Bonk? Ninguém mais confessou.

Ele confirma:

— É, mas não diga a ninguém.

— Como você os fez posar assim? Quero dizer, não consigo imaginar o Bonk querendo posar.

— Tenho meus modos. Então, como foi o treino?

— O Butter está se preparando — eu o informo. — Mas os caras estão frustrados com a forma como suas jogadas não são precisas e seus passes são desleixados. Você sabe que o time precisa de você.

Há um longo silêncio desconfortável. Sinto uma pontada de tristeza quando ele se estica e toca o bracelete com um coração e um símbolo de sorte no futebol que ele me deu de aniversário ano passado.

— Desculpe por sexta — ele diz. — Meu velho estava em cima de mim para eu ser líder do time no meu último ano e usar o desejado C que ele usou quando jogou.

Entendi. Carter McKnight foi uma lenda em Chicago quando jogou. Ele tem expectativas superaltas. Landon sempre quis corresponder ou superá-las. Até eu ser eleita capitã, ele havia feito isso.

O treinador Dieter me fez perceber que eu não quero desistir de ser capitã. Quero liderar e motivar minha equipe. Gosto de saber que meu lugar na equipe significa mais do que estar naquela lista de escalação.

— Nunca quis tirar nada de você, Landon.

Ele evita me olhar nos olhos.

— Tá. Certo. Eu sei disso, Ash.

Há um silêncio desconfortável novamente. Não sei o que dizer para acertar isso... nos acertar. Não posso mudar o que aconteceu ou voltar no tempo, nem ele.

Ele toca meu bracelete da sorte novamente.

— Estraguei tudo entre nós?

— Não. — Não quero que outra pessoa na minha vida me deixe. Pelo menos tenho Landon. Não estou sozinha. — Mas... você me fez sentir terrível na sexta de noite. A coisa toda com a Lily me fez surtar, e você não me liga nem me manda mensagem há dias. Não sei mais o que pensar.

— Esqueça isso.

Ele se abaixa para me beijar. Por um momento tudo parece estar certo. Quero acreditar nele, mas é difícil. Desde que minha mãe partiu, não confiei totalmente em ninguém. Mesmo em Landon.

Conversamos sobre treino. Pergunto se ele começou a fazer a mala para nossa viagem ao Texas no final do mês. Nós dois fomos aceitos num acampamento de futebol americano de elite, um acampamento de treinamento que é praticamente impossível de entrar. Apenas os melhores jogadores das escolas do país são aceitos. O plano é dirigir até lá e ficar em hotéis ricos de graça descontando os pontos de milhagem que o pai de Landon pegou e disse que podíamos usar.

— Então qual é o troço com esse tal de Derek? — Landon pergunta. Ele olha sobre meu ombro. Derek está cortando o gramado enquanto escuta música nos fones de ouvido. Eu não tenho ideia de por que ele quer arrumar nossa casa. Não que meu pai se importe se o quintal estiver bonito. Meu pai corta o gramado da frente da casa de tempos em tempos, então todo mundo que passa acha que estamos bem. O quintal dos fundos nos representa melhor.

— Não tenho ideia. Só sei que concordamos em ficar um fora do caminho do outro, e eu finjo que ele não existe. — Não é exatamente verdade. Estou tentando fingir que ele não existe, mas ele não está me deixando fazer um bom trabalho com isso.

Landon aponta para minha casa:

— Seu velho está em casa?

— Não sei. Provavelmente não, já que o carro dele não está aí. Ele prefere ir trabalhar, porque pode se afogar em projetos na firma de contabilidade em que trabalha.

Landon me puxa pertinho e cochicha na minha orelha:

— Que tal você e eu irmos para seu quarto agora mesmo? Eu curtiria uma massagem nas costas.

Agora? Eu olho para Derek.

— Talvez não seja uma boa hora.

— Vamos, Ash. — Ele pega minha mão e me conduz para a casa. — Você sempre diz que não temos muito tempo só para nós dois. Vamos aproveitar enquanto temos.

No meu quarto, Landon tira a camiseta e se esparrama na minha cama. Eu me sento ao lado dele e começo a massagear suas costas, apertando seus músculos tensos.

— Isso é bom pra cacete! — ele geme quando eu esfrego seus ombros. — Você me relaxa totalmente, Ash.

— Por que você não me relaxa massageando meus pezinhos doloridos de chutar a bola tantas vezes hoje?

— Pé me dá nojo — ele diz. — Os únicos pés que eu toco são os meus. — Ele se vira para me olhar e lentamente desliza a mão sob minha camisa. Ele solta meu sutiã, então esfrega seus dedos nos meus peitos.

— Mas posso massagear outras partes do seu corpo.

Paro a mão dele, porque me divertir agora com ele não vai me relaxar.

— Landon, preciso conversar sobre minha vida louca.

As mãos dele ainda estão nos meus peitos quando ele coloca os lábios no meu pescoço. Ele beija meu pulso, então o lambe sem parar. Lembra-me Falkor quando baba no meu rosto.

— Então fale, estou ouvindo.

Quando ele começa a beijar meu pescoço prestes a me dar um chupão, eu o empurro para longe.

— Você não está ouvindo. Você está tentando me distrair.

— Está certa. Posso te ouvir mais tarde? Agora só quero me divertir.

Em segundos suas calças estão abertas. Ele olha para a virilha, uma dica não tão sutil para eu descer lá.

Vejo o material protuberante na cueca dele.

— Não estou no clima agora.

— Está falando sério? Vai, Ash — ele geme numa voz frustrada. — Você sabe que quer. Eu quero. Vamos nessa.

capítulo 15
DEREK

A cama range acima de mim.

Eu olho para Falkor.

Ele olha para mim.

Faço uma pausa no corte da grama e entro para relaxar, mas saber que Ashtyn e seu namorado estão lá em cima transando está me deixando enjoado.

— Me diga por que tenho vontade de subir lá e chutar o namorado dela para fora da casa?

Falkor levanta a cabeça como se fosse responder, mas em vez disso começa a montar num dos seus brinquedos de pelúcia.

— Você precisa de uma namorada — digo ao cachorro. Ele olha para mim com seus olhos caídos, então vira a cabeça para um lado. Posso imaginá-lo falando, *você só está com ciúmes*. Quando o namorado dela a beijou, lá fora, eu não perdi a vibração de *vá se foder, ela é minha* que ele me enviou. Ashtyn não tem ideia. O cara obviamente pensa que ele é um presente de Deus para o universo, com seu Corvette preto conversível e óculos escuros que ele nem tira quando a está beijando. É como ficar de meia quando você está fazendo sexo — um movimento completamente babaca. Estou surpreso por Ashtyn ter caído na desse tipo de cara, cujo carro é uma extensão do seu pau. Por que eu me sinto protetor de Ashtyn vai além da minha compreensão. A menina pode cuidar dela mesma, e não precisa de mim para proteger sua virtude.

A cama lá em cima range novamente. Merda, não posso ouvir isso e ficar são.

Volto ao quintal, pronto para a segunda rodada. Ligo o cortador e escuto música. Ouvir aquela cama rangente, sabendo que o cara a está tocando, me faz querer socá-lo. Não tenho direito de me sentir assim, o que é um saco ainda maior.

Após empurrar o cortador por uma área tomada pelas ervas, olho para a janela do quarto. Não sei o que há comigo, não curto meninas como Ashtyn. Ela não é meu tipo. Gosto de meninas que gostam de ser divertir e não levam a vida tão a sério. Então por que fico pensando em como deve ser beijá-la e sentir as mãos dela em mim?

Depois que Landon vai embora e Ashtyn está prestes a caminhar de volta para casa, depois de se despedir dele, tiro meus fones do ouvido.

— Por favor, não me diga que você voltou com ele — falo do outro lado do quintal.

Ela me olha de cima a baixo.

— Puxe sua calça para cima. Está caindo. Posso ver sua cueca! — Esta menina é mestra em mudar de assunto.

— Quero dizer, sério, quem usa óculos escuros quando beija uma menina?

— Com quem eu saio e beijo não é da sua conta.

Droga. Eu balanço a cabeça e me aproximo.

— Sabe quando um cara está te sacaneando, não sabe?

Ela me dá uma revirada impaciente de olhos.

— Você entende bem disso, né?

— Com certeza. — Estou parado na frente dela agora. Levanto o queixo com meu dedão e indicador até nossos olhos se cruzarem. Droga, ela é bonita. Cada vez que eu a vejo olhando para mim, é difícil afastar o olhar. Agora não é diferente. — Um cara está te sacaneando quando ele não te olha nos olhos — digo.

Ela quebra nossa aproximação pelo olhar...

— Pare.

— Pare o quê?

— De me fazer questionar meu relacionamento com o Landon. Posso fazer isso sem sua ajuda, muito obrigada. — Ela aperta minha mão e sai batendo perna para a casa.

Isso foi interessante, estou prestes a ir atrás dela, quando meu celular toca. É a amiga de Ashtyn, Bree.

— Ei — Bree diz quando respondo. — Será que você quer sair no sábado à noite?

— Sábado?

— Acho que seria bacana se nós nos conhecêssemos melhor. Sabe, porque você vai precisar de alguém para te mostrar as coisas na escola. A Ashtyn está meio preocupada com o Landon e o futebol. Posso preencher os buracos.

Os buracos. Há tantos buracos na porra da minha vida que é cômico. Preciso começar a mudar as coisas agora mesmo, porque se eu continuar no mesmo caminho, vou acabar ficando louco.

— É — digo a ela, sabendo que tenho que preencher esses buracos o quanto antes. Evitar Ashtyn é o que eu preciso fazer para ficar com a cabeça no lugar. — Parece ótimo.

capítulo 16
ASHTYN

As festas em Fremont são lendárias, especialmente quando são na casa de Jet. Seus pais foram passar o final de semana fora, então ele está fazendo a primeira balada do verão. Landon me pegou. Estou determinada a acertar as coisas entre nós.

Landon pega minha mão enquanto andamos até a porta. Jet está sentado na sala participando de um jogo que ele inventou chamado Verdade ou Baq, tipo Verdade ou Babaquice. Eu já joguei antes. Uma coisa sobre jogar esse jogo: alguém vai acabar completamente bêbado no final da noite.

Jet faz sinal para que nos juntemos a ele. É óbvio que eles começaram a jogar há um tempo, porque os olhos de Jet estão vermelhos, e Vic está sorrindo como se ele não tivesse preocupações no mundo. Vic dificilmente sorri. Está sempre carrancudo e de saco cheio porque seu pai estraga sua vida.

Jet se aproxima para que possamos sentar ao lado dele.

— Ei, Ashtyn. Verdade ou Baq...

— Não estou brincando, Jet — digo. Da última vez que jogamos, Jet ficou tão bêbado que começou a vomitar por todo canto. Achamos que ele havia tido intoxicação alcoólica.

— Vai, capitã, não seja estraga prazeres. Verdade ou Baq? Monika e eu ficamos na sétima série.

Olho para Monika e Trey. Ela está sentada no colo dele e com os braços ao redor do seu pescoço.

Essa é fácil.

— É babaquice.

— Isso mesmo — Monika diz orgulhosa. — Não curto caras branquelos. Gosto de homens pretinhos que nem meu chocolate. Certo, baby?

Trey a beija.

— Isso mesmo. Só porque você nunca esteve com um branquelo — Jet diz brincando, fazendo Trey revirar os olhos e Monika rir.

Jet toma um shot quando um bando de meninas da escola passa, incluindo Bree, que está usando um minivestido preto sem alça que mal cobre seu...

— Porra! A Bree definitivamente está querendo aprontar esta noite — Jet diz para si mesmo, e dá um assobio curtinho.

Derek entra. Bree olha-o de volta e sorri, então o pega pelo ombro e o conduz para se sentar com a gente.

— Ei, pessoal! — ela diz, completamente empolgada de ter Derek como seu par. Eu não perco os olhares de todo mundo interessado em saber mais sobre o cara novo de braço dado com ela. Derek não me falou que viria esta noite. Estava escondido em seu quarto e não me deu uma pista de que estava saindo com Bree.

— O Derek é virgem no Verdade ou Baq — Landon diz.
— Acho que precisamos desvirginá-lo.

Jet acena concordando.

— Acho que não — protesto.

— Estamos fazendo uma brincadeira de beber que chamamos Verdade ou Babaquice. Topa, Derek? — Landon pergunta, me ignorando.

Cutuco meu namorado com um olhar zangado:

— Landon, não.

— O quê? — Landon aponta para Derek. — Você quer brincar, não quer? Digo, se acha que não dá conta...

— Manda — Derek diz sem hesitar, como se Landon estivesse desafiando sua masculinidade.

— Aqui estão as regras — Landon diz. — Primeiro, você tem de tomar um shot. São apenas shots de gelatina batizada. Daí tem que responder sem pensar.

Derek aceita. Ele não tem ideia de que o shot tem mais vodca do que gelatina.

— Faço uma pergunta para você — Landon explica mais. — Então você me faz uma pergunta. Para cada resposta que você acha que é verdade, você toma outro shot. Se acha que minha resposta é babaquice, você diz Baq. E se estiver certo, não precisa tomar outro shot. Posso desafiá-lo no Baq, e o grupo dá um voto. A maioria ganha.

— É justo — Derek diz, nem um pouquinho intimidado.

Eu não lhe digo que geralmente você não tem que tomar um shot de antemão, mas Landon parece estar fazendo suas próprias regras esta noite. Dois metidões, indo cabeça a cabeça, não vão terminar bem. Preciso terminar este jogo antes que comece:

— Landon não faça isso.

— Tudo bem, Ash — Derek diz. — Entendi tudo.

Bree coloca os braços ao redor de Derek.

— Vamos jogar, Ash. Não seja uma estraga prazeres.

Deveria me levantar e me recusar a assistir ao desastre que está prestes a acontecer, mas Landon tem um braço ao redor da minha cintura e me incita a ficar.

Derek e Landon tomam um shot cada. Eu prevejo que os dois vão ter uma ressaca dos diabos de manhã, e não fico feliz.

Landon pigarreia.

— Verdade ou Baq? Você apara as bolas do saco.

Derek não tira os olhos de Landon quando pega um copinho e vira num gole.

Derek se inclina para a frente.

— Você odeia que Ashtyn tenha sido eleita capitã.

— Baq.

Derek balança a cabeça com a cabeça de Landon.

— Está mentindo. Digo que seu Baq é Baq.

— Não é parte do jogo. Verdade ou Baq, você odeia morar em Fremont. — Derek toma outro shot, então dispara sua própria pergunta.

— Todo mundo acha você um pentelho.

Landon toma um shot.

— Verdade ou Baq... você bateu uma punheta pensando na minha namorada.

— Landon! — grito.

— O quê?— Landon levanta a mão, como se fosse completamente inocente.

— Estamos apenas brincando.

Derek não responde nem olha para mim.

— Aposto que é Verdade — Trey murmura para si mesmo.

— Quer entrar nessa? — Derek pergunta a Landon, todo inflamado agora. — Quer mesmo tornar pessoal assim?

— É, vamos entrar nessa.

Derek toma outro shot e diz:

— Está trepando com outra garota escondido da Ashtyn.

O que está havendo? Isso está completamente fodido e estou no meio. Landon está puto e fica de pé. Derek não disse o que eu acho que ele acabou de dizer. É uma mentira completa, mas todo mundo está olhando para nós.

— Parem! — grito, mas ninguém escuta. Olho, suplicante, Jet e Vic, mas Vic nem nota, e Jet está se divertindo demais para parar isso.

— Tome um shot — Derek diz, aparentemente satisfeito consigo mesmo. — Você hesitou.

Landon estreita seus olhos enquanto pega o copo de shot e vira, então bate na mesa. Landon não gosta de ser superado, e vai haver um confronto.

— A Ashtyn é minha, viu? — Landon diz.

— É o que você acha — Derek retruca. — Não é você que está com ela toda noite.

Derek engole. Então olha para mim. Suas mentiras parecem um soco forte no seu rosto. Meu rosto fica quente, e o resto do corpo parece anestesiado. Ele não acabou de dizer isso.

Eu o empurro e corro para fora da casa.

capítulo 17
DEREK

— **Ashtyn, espere!** — grito quando deixo a casa e corro atrás dela. Ela está descendo a rua.

— Minha vida não é um jogo, Derek.

— Eu não disse que era — sinto um leve enrolar nas minhas palavras quando o álcool atinge meu sistema. Mas meus pensamentos estão claros por enquanto. Se alguém não está pensando claramente, é Ashtyn. Ela até deixou a jaqueta para trás, mas eu a peguei. — Por que está me culpando? O Landon me fez jogar esse jogo idiota. Nem fazia sentido.

— Culpo vocês dois, por virem com perguntas idiotas e por fazerem as pessoas pensarem que o Landon está me traindo ou você e eu estamos nos pegando. Se não consegue controlar seu ego, fique em casa.

Não vou deixá-la ir tão fácil:

— Já te disse que não pedi para vir para Chicago, docinho. Eu fui intimado a isso, como fui intimado a jogar esse jogo idiota do seu namoradinho.

— Eu te disse para não jogar, mas não! Seu ego foi mais forte que seu cérebro e do que suas bolas depiladas.

— Eu não disse que eu depilava. Eu aparo.

Ela olha para mim como se eu fosse louco.

— Grande diferença. Você deveria ficar fora da minha vida, e eu fico fora da sua. Esse foi o acordo, mas você continua quebrando as regras.

— Como eu iria saber que ele faria uma pergunta sobre você? Qual é o problema, afinal? Me dá um tempo, porra. Encare a realidade, Ashtyn. Sou um adolescente com hormônios a mil que não teve muita ação recentemente... admito que bato punheta. Sinto muito. Eu caí no jogo do seu namoradinho de quem tem o pau maior.

— Você não bate bem, Derek Fitzpatrick. Tem atestado de loucura.

Bêbado é mais preciso.

— Não acredito que você e o Landon conseguiram me envolver nesse joguinho de um ser melhor que o outro — ela continua. — Você sabe que as pessoas vão fofocar agora, não sabe?

Eu passo a mão nos cabelos querendo não ter essa conversa:

— Eu não dou a mínima para o que o povo desta cidade pensa.

Landon sai da casa com um bando de gente o seguindo.

— Ashtyn, venha cá.

Ashtyn olha para mim como se eu fosse o inimigo.

— Só para que você saiba, você é o sobrinho de quem eu menos gosto — ela diz entre dentes cerrados, então caminha até Monika. — Leve-me pra casa — ela implora à sua amiga.

Depois que ela entra no carro de Monika, a música dentro da casa me lembra que a festa ainda está rolando. E Bree está provavelmente se perguntando por que eu não disse Baq para o comentário idiota de Landon sobre eu bater punheta pensando em Ashtyn. Caminho por um labirinto de gente até chegar em Bree.

— Podemos conversar?

Bree passa uma mão na minha bochecha.

— Você é tão fofo. Se quer se desculpar, não precisa. Eu sei que era uma ideia sua para tirar o Landon do seu pé. Acho que deu certo.

— Valeu.

— Foi um prazer.

Ficamos mais um tempinho na festa, mas logo estou tão bêbado que só quero dormir para passar. Em algum ponto Bree quer ir embora e pegamos uma carona de alguém que não tomou tantos shots de gelatina. Quando entro em casa, sei que tenho que endireitar as coisas com Ashtyn.

Ela deixou claro que não quer ter nada comigo, então posso apagá-la da minha mente? O que eu pensava, só porque me sinto em sintonia com ela, que ela se sentiria o mesmo e acreditaria que seu namorado lhe é infiel?

É uma piada. Na verdade é bom que Ashtyn sinta minha presença em sua vida, porque, se não sente... poderíamos complicar mesmo nossas vidas já complicadas. Sou eternamente grato pelo fato de a porta da frente estar destrancada, mas minha sorte dura pouco. Brandi ainda está acordada. Ela está, diante do computador, fazendo um vídeo de si mesma. É meio estranho que ela tenha puxado a camisa para mostrar a barriga crescendo.

— Estou em casa — passo pelo escritório tentando esconder qualquer vestígio de que andei bebendo.

— Ei, Derek. Estou gravando o quanto minha barriga cresce a cada dia. Acho que, quando seu pai chegar em casa, ele vai querer ver o progresso.

Ela esfrega sua barriga nua, que é algo que eu definitivamente não quero ver.

— Sinto horrores de saudades dele. Venha gravar uma mensagem para o seu pai.

Aceno para a câmera, e espero que ele não perceba que estou embriagado quando assistir.

— Ei, pai. Espero que esteja dando certo o que quer que você esteja fazendo aí no meio do oceano. Falou.

É um saco ter um pai tão longe, especialmente sabendo que não posso falar com ele. Quando ele está longe, sinto como se ele fosse um conhecido, alguém nos arredores da minha vida, mas não parte dela.

Antes de eu deixar o escritório, Brandi diz:

— Quanto você bebeu esta noite?

— Um monte.

— Senti no segundo que você se aproximou — ela abaixa a camisa para cobrir a barriga. — Tá. Bem, acho que eu deveria, sabe, te dizer que não é uma boa ideia beber sendo menor de idade.

— Você bebia?

Ela confirma.

— É. Provavelmente não posso dar sermão sobre os benefícios de ficar longe de festinhas de escola. Só que... não extrapole, tá? Ou não faça mesmo, é o que eu deveria dizer. Se seu pai soubesse, tenho certeza de que ele não ficaria feliz...

— Se quiser, pode contar. — A essa altura, o que ele vai fazer? Não é que ele possa me deixar de castigo ou tirar meu carro. Ele não está aqui para reforçar nenhum tipo de regra. Ninguém está.

Ela balança a cabeça:

— Que tal se eu deixar você contar a ele?

— Legal... — A vida está de volta ao estado normal de anormalidade em questão de segundos.

Antes de ir embora, eu me viro para Brandi:
— Sabe onde está a Ashtyn?
— Sim. Está lá em cima dormindo. Está tudo bem entre vocês dois?

Coço a nuca.
— Não sei.
— Quer um conselho?

Antes de eu poder dizer a ela para manter suas opiniões para si mesma, ela coloca as mãos para cima e exclama:
— Minha irmã vive intensamente e ama intensamente. Está na natureza dela, igualzinha a mim.

Penso por um minuto, o que é bem foda quando estou tão bêbado assim.
— Valeu, Brandi.

Brandi sorri com orgulho:
— Não tem de quê. Boa noite, Derek.
— Boa noite.

Quando eu era moleque, minha mãe costumava se deitar na cama comigo e nós criávamos histórias. Ela começava uma frase e eu terminava. *Era uma vez um menino chamado...* Ela começava, e eu inseria *Derek*, daí ela continuava: *Um dia, Derek queria ir pro...* e eu inseria o lugar que eu queria e, juntos, nós fazíamos uma aventura louca. Toda noite ela vinha ao meu quarto e toda noite continuávamos o ritual. Quando fiquei velho demais para essas histórias, ela me dava conselhos sobre meninas, escola, futebol e qualquer coisa que eu quisesse conversar.

Brandi é totalmente diferente da minha mãe, então sinto mais falta dela. Só queria poder conversar com minha mãe mais uma vez, ver o sorriso dela mais uma vez, criar uma das nossas histórias de mãe e filho mais uma vez. Eu faria qualquer coisa para perguntar-lhe o que fazer com Ashtyn, porque provavelmente ela teria a resposta. Acho que estou sozinho para resolver isso.

Eu fico de cueca, xingo minhas bolas aparadas e subo para escovar os dentes. No caminho do banheiro eu me lembro de que me esqueci de dar a Ashtyn a jaqueta que ela deixou na festa. Depois de descer e pegá-la no meu quarto, eu fico na frente da porta dela. Bato suavemente, mas tenho medo de que Falkor comece a latir feito cachorro louco e acorde Julian no quarto ao lado.

— Ashtyn — digo baixinho. A porta está levemente aberta. Eu empurro a porta aberta e espio dentro.

Falkor está dormindo aos pés da cama, um guardião para sua princesa. Eu entro com o único propósito de deixar a jaqueta dela na cadeira, mas quando dou uma olhada em Ashtyn deitada na cama com os olhos abertos, me encarando, eu congelo.

— Vá embora — ela diz amargamente.

Eu seguro a jaqueta dela.

— Você deixou na festa. Podia fingir estar grata e dizer obrigada.

— Desculpe. *Muito obrigada* por trazer minha jaqueta — ela diz sarcasticamente. — Agora *por favor* deixe aí e *por favor* vá embora.

Coloco a jaqueta sobre a cadeira. Ela quer me odiar tanto, mas por quê? De repente me ocorre.

— Acho que você gosta de mim. — As palavras saem antes que eu possa segurá-las.

— Sério?

— É. Quando estiver pronta a admitir, avise-me.

capítulo 18
ASHTYN

A melhor coisa em ter amigos íntimos é que eles sabem tudo sobre sua vida.

A pior coisa em ter amigos íntimos é que eles sabem tudo sobre a sua vida.

Monika vem de manhã trazendo dois *lattes*.

Ela me passa um quando se senta no canto da minha cama e dá golinhos no outro.

— Quer conversar?

Dou um gole do líquido quente e suspiro.

— Falar sobre o quê? O fato de que o Landon e eu não estamos nos acertando, ou o fato de que o Derek Fitzpratick é o veneno da minha existência?

— Veneno da sua existência? Isso é pesado, especialmente para você. — Normalmente você é quem apoia os meninos. Você é tipo a melhor amiga do mundo dos meninos, Ashtyn. Você entende os meninos. Qual é o problema com o Derek?

Tiro as cobertas.

— Ele mostra o pior de mim.
— Por quê?
Eu dou de ombros:
— Não sei. Ele não leva nada a sério. Oh, exceto o que ele come. Já te disse que ele é obcecado com comida saudável?
— Jogo as mãos para cima. — Ele não toca nem num Skittle. E deixa a tampa da privada levantada de propósito, só para me irritar. Eu quase caí outro dia. Estou ficando puta só de pensar no quanto Derek se meteu na minha vida. Ando de um lado para o outro enquanto bebo o leite.
— Ele te pegou.
— Nem me fale. — Olho para Monika de lado e sei o que está passando na cabeça dela. Minha melhor amiga acha que leva jeito para interpretar as pessoas e as situações. — Não exagere na análise.
Monika vira o resto do seu leite.
— Não vou. Se você não exagerar no que eu vou te contar.
— O quê?
Sento-me ao lado de Monika. Tenho sido uma porcaria de amiga, tão autocentrada que deixei de perguntar como minha melhor amiga está indo. Acho que apenas pensei que Monika tinha essa vida perfeita e relacionamento perfeito com o Trey com quem não espero que ela tenha problemas.
— O que há de errado?
— Nada de errado. Só que... — ela deita de costas na minha cama e geme. — Então, o Trey e eu... faço sinal para ela continuar.
— Não terminaram, terminaram? — pergunto quando ela hesita. Nunca lhe revelei que Victor tem uma puta queda por ela desde o primeiro ano. Jurei segredo e nunca trairia a confiança de Vic.

— Não! Nada disso. Promete que não vai contar a ninguém.

— Dou minha palavra.

Ela respira fundo.

— Não fizemos ainda — ela agarra meu travesseiro e cobre o rosto, completamente envergonhada.

Levanto o canto do travesseiro.

— O que você quer dizer? Tipo sexo?

— É.

— Espera. Achei que vocês tinham feito no Dia dos Namorados. — Trey tinha economizado por meses e planejou essa noite super-romântica. Ele alugou um quarto de hotel e a levou para jantar. Eu a ajudei a planejar a noite porque ele queria se certificar de que fosse perfeito para ela. — Quando eu perguntei como foi, você disse que tinha sido a melhor noite da sua vida. Na verdade, eu me lembro de que você disse que foi *mágica*.

— Eu menti.

— Por quê?

Monika costumava dizer que perder a virgindade não era nada de mais, e se Trey quisesse ela topava na hora. Eu sei que eles se pegam. Na maior parte das vezes, eles não tiram a mão um do outro.

— Nós jantamos e fomos para o hotel e estávamos nos pegando. Só que pareceu estranho e forçado, sabe. Eu não estava no clima. — Ela começa a descascar seu esmalte.

— Trey disse que tudo bem e que faríamos quando estivéssemos prontos, mas sei que ele ficou decepcionado.

É tão estranho ouvir a verdade dela, porque da forma como Trey fala quando ela não está por perto, você acha que eles estão aproveitando toda chance que têm. Eu o ouvi dizer que eles transaram três vezes numa noite. E que transaram em Ravinia debaixo de cobertores durante um show. E, no carro dele, em várias ocasiões; ele disse que uma vez a camisinha estourou. Ele faz parecer que eles têm uma vida sexual loucamente ativa, o que secretamente enlouquece Vic.

Como eu equilibro o relacionamento que tenho com Monika e a amizade que tenho com Trey e Vic? Os caras são meus colegas de time. Eles contam segredos para mim. Obviamente Trey não queria revelar a verdade sobre sua vida sexual. É uma coisa de homem.

Bato na mão de Monika.

— Seu segredo está seguro comigo.

— Eu o amo, Ashtyn. Sério. Sei que parece idiota, mas eu fantasio casar com o Trey e ter filhos com ele um dia. Juro que ele é minha alma gêmea. Quero fazer amor com ele, e ele é sempre tão paciente e vai devagar comigo. Só que... eu não sei. Talvez tenha algo de errado comigo.

— Não tem nada de errado com você, Monika. Você só não está pronta.

— Eu queria que meus pais não o odiassem. Eles nem veem nada além do fato de que ele mora em The Shores.

The Shores é o complexo de apartamentos do lado sul da cidade. Não é o lugar mais seguro para viver em Fremont e, definitivamente, há membros de gangues vivendo lá. Mas Trey fica longe de toda essa merda. Os pais dele podem não ser os mais ricos da cidade, mas eles são superpróximos e o pai de Trey é o cara mais engraçado que já conheci.

Monika parece mais relaxada agora que eu sei a verdade. Ela sai da minha cama como se fosse projetada por uma mola, então olha pela janela.

— Então, qual é a história do Derek?

— Sei lá. Ele é da Califórnia, o pai dele está na Marinha, ele não come porcaria e foi expulso de algum colégio interno por soltar uns porcos aí. É isso.

— Ele tem namorada?

Dou de ombros.

— Ele gosta da Bree, ou tem tesão por você como o Landon sugeriu?

Eu rio.

— Garanto que ele não tem tesão por mim. Ele só gosta de me azucrinar.

— São as preliminares.

— Você tá louca. Olha, eu sei que você quer ser algum tipo de superespiã ou investigadora do FBI e tal, mas o Derek está fora de cogitação.

— Por quê?

— Só... porque sim. Não quero que ele interfira na minha vida, e prometi não interferir na dele. É simples assim.

Minha melhor amiga ri.

— Não me parece uma razão boa o bastante para mim. — Ela coloca a mão no meu ombro. — Escute, amiga. Acho que precisamos fazer uma missão de reconhecimento e descobrir mais sobre o cara morando no seu quartinho. — Ela segue para o andar de baixo com propósito e determinação.

Eu corro atrás dela.

— Não vamos espiá-lo.

— Por que não?

— Porque não é bacana. E provavelmente é ilegal. A porta do quartinho está aberta. Monika entra sem hesitar.

— Fique de vigia e me avise se ele estiver vindo — ela instrui.

— Só para registrar, sou contra espionagem.

— Só para registrar, você está curiosa com o que pode achar.

Não posso discutir isso com ela.

Meu coração está acelerado quando espio por uma das janelas do quartinho e observo Derek empurrar nosso cortador de grama pela grama alta. Ele está com a camisa enfiada no bolso traseiro da calça e suas costas musculosas brilham com o suor. Eu me abaixo de maneira que ele não possa me ver, se olhar para essa direção.

— Com certeza ele gosta de botas. — Monika segura uma bota de couro marrom. Quando ela a abaixa, um monte de notas de cem dólares cai. — Uau. Ele é cheio da grana. De onde ele tirou o dinheiro? — ela pergunta enquanto enfia as notas de volta na bota.

— Não faço ideia. Vamos sair daqui.

— Calma. Bem, bem... olha só! — Monika diz levantando a tampa da mala de Derek. — Parece que seu garoto usa cueca boxer, colônia Calvin Klein e joga pôquer. Talvez ele tenha ganho essa grana toda no pôquer.

— Pôquer?

Monika pega na mala e tira um bando de fichas de pôquer.

— É. Obviamente ele joga.

Ela abandona a mala enquanto olho de volta pela janela. Derek agora está reunindo a grama cortada e enfiando em sacos. Ela espia algumas caixas, mas não encontra nada.

— Ohhh, a carteira dele!

Eu corro para a Monika enquanto ela abre a carteira de couro marrom.

— Você não pode olhar na carteira dele.

— Por que não?

Eu a arranco da mão dela.

— Porque é, tipo, superpessoal.

— Exatamente. Que forma melhor de descobrir sobre alguém? Além do telefone, a carteira de um menino é uma janela da sua alma.

— Sério? — Escuto a voz de Derek atrás de nós. — Nunca tinha ouvido isso.

Ai, merda.

Eu viro e desejo não estar com cara de que estávamos xeretando. Derek olha para a carteira, então para mim. Meu coração para um segundo. Eu me sinto como uma criança que foi pega com a mão dentro de um pote de biscoitos. Eu rapidamente jogo a carteira na sua cama e dou um passo para trás, como se de alguma forma isso fosse apagar meu envolvimento no esquema.

— Oi, Derek. — Consigo grasnar. — Só estávamos... — dirijo-me a Monika em busca de ajuda.

Monika caminha até Derek com um sorriso inocente no rosto.

— Ashtyn e eu estávamos discordando, e *tínhamos* que vir ao seu quarto para resolver a questão.

— Discordando no quê? — ele pergunta.

— Boa pergunta — murmuro pra mim mesma.

Enquanto lutamos para pensar em algo que não parece a verdade — que estávamos xeretando porque podemos ter descoberto que ele joga pôquer e está guardando um monte de dinheiro na bota.

Eu devia tentar tirar a gente dessa.

— Queremos saber se você...

— Tem camisinha na carteira! — Monika aponta para a carteira dele. — É. É isso! A Ashtyn apostou que os caras carregam camisinha na carteira, e eu disse que é algo, tipo, algo que os caras faziam nos anos 80.

Camisinha? Monika não podia ter vindo com algo menos... embaraçoso? A lateral de sua boca se levanta.

— Então qual é o veredito, mocinhas?

Olho para a carteira dele.

— Não tivemos chance de descobrir, mas tudo bem.

Derek pega a carteira e passa para mim.

— Aqui. Abra. Você veio até aqui para descobrir, por que parar agora?

Pigarreio enquanto olho para ela. Monika gesticula para eu acabar logo com isso. Pigarreio novamente, então desdobro o troço e espio dentro. Há um bando de notas. Verifico o bolso lateral e pego uma foto de uma linda mulher usando um vestido azul vivo e parada perto de um cara num uniforme branco da Marinha. Devem ser os pais dele, porque a mulher tem os olhos de Derek e o cara tem a estrutura óssea entalhada de Derek. Verifico o outro bolso lateral, que está vazio.

— Sem camisinha — digo.

Ele tira a carteira de mim.

— Acho que você perdeu.

capítulo 19
DEREK

Uma semana depois que Ashtyn e Landon se reconciliaram, ela entra na cozinha e joga um envelope da FedEx na mesa:

— Este é endereçado a você — ela vira e abre a despensa.

Uma carta da FedEx. Inicialmente uma pontada de medo se apodera de mim, achando que pode ser má notícia sobre meu pai. Porém más notícias para famílias de militares não vêm por FedEx. A hora de entrar em pânico é quando alguns caras de uniforme aparecem na sua porta.

Recuo quando vejo o endereço do remetente. É da minha avó no Texas, a mãe da minha mãe. Como ela sabe onde estou? Ela costumava mandar o obrigatório presente de aniversário, mas eu não a vejo pessoalmente há anos.

Minha avó Elizabeth Worthington odiava que meus pais tivessem se casado. Meu pai não era da nata da sociedade texana como minha mãe. Quando eles se casaram, os pais da minha mãe romperam com ela. Minha avó nem foi ao velório da minha mãe. Em vez disso, ela mandou um caminhão de flores. Ela achava que flores fossem curativos que iriam reparar todos os anos perdidos? Grande chance de isso acontecer. Eu não dou a mínima para o que *Elizabeth Worthington* tem a me dizer. Jogo o envelope fechado no lixo.

— O que diz? — Ashtyn pergunta, virando-se com uma pilha de biscoitos na mão. Obviamente ela não tem ideia de que eu não abri o troço.

— Achei que a gente não devesse se meter nos assuntos um do outro.

— Só estou curiosa. Além do mais, você me deve uma.

— Pelo quê?

Ela abre bem a boca, chocada.

— Ora, caubói. Você disse que não ia se meter na minha vida e de repente está cumprimentando meus amigos com soquinhos, fazendo brincadeiras idiotas de beber com meu namorado e paquerando minhas amigas.

— Paquerando? Quem?

— Bah. A Bree.

Levanto a mão e digo:

— Escute, a menina perguntou se o combustível e o óleo iam no mesmo buraco do cortador de grama ou em buracos separados. Daí me ligou e pediu para eu sair com ela na noite de sábado. O que você quer que eu faça, que a ignore?

— Se acha mesmo que ela estava interessada em combustível e óleo, você é um idiota. Ela quer te dar uns amassos.

— O que há de errado com isso? — Quando ela não responde, eu digo: — Se você precisa saber o que está no envelope da FedEx, é uma carta da aceitação da equipe olímpica americana — minto.

As sobrancelhas dela se erguem.

— Pelo quê?

— Salto ornamental sincronizado masculino. — Tiro poeira imaginária do ombro. — Não quero me gabar, mas ganhei o campeonato nacional no ano passado.

— Não existe salto ornamental sincronizado, Derek.

Eu bato no topo da cabeça dela como se ela fosse criança.

— Existe sim.

Ela revira aqueles olhos azuis brilhantes que me atraem tanto. Digo a mim mesmo que gosto de encher o saco dela, mas a verdade é que gosto de estar perto dela quando ela está toda irritadinha.

— Você é um mentiroso.

Ashtyn está errada. O pior é que ela acha que não está.

— Quer apostar, Docinho de coco?

Ela coloca as mãos na cintura.

— Sim, quero apostar. Vamos ao computador para eu provar a você.

Isso está ficando interessante.

— Qual é a aposta então?

Ela pensa por um minuto, daí esfrega as mãos como se tivesse tido a ideia mais brilhante.

— Se eu perder, você tem que comer um saco *inteiro* de Skittles.

— Os roxos também? — eu rio. A menina não sabe pegar pesado.

— Fechado. E se eu ganhar, você tem que sair comigo uma noite.

Ela engole em seco.

— Q... quê? Acho que não ouvi direito, porque acho que você disse "sair com você".

— Só se eu ganhar — esclareço.

— Uau, tipo, um *encontro*? Hum... tenho namorado, lembra?

— Não se empolgue, docinho. Disse alguma coisa sobre encontro? Só disse que tem que sair comigo uma noite. Isso é, se eu ganhar.

— O Landon não vai gostar disso.

— Pergunta se eu ligo?

— Você, ligar para *alguma coisa?* — ela me pergunta.

— Na verdade não.

— Isso é patético — ela diz. Logo ela está de volta carregando o laptop, com um sorrisinho presunçoso. — Tenho um saco inteiro de Skittles com seu nome na despensa, caubói. Tamanho jumbo — ela acrescenta.

Minha boca se curva num sorrisinho safado.

— E tenho uma noite inteira planejada só para você.

Ela não parece nada preocupada enquanto procura.

— Salto ornamental sincronizado. — Não leva muito tempo para a expressão dela mudar e a presunção desaparecer. Ela se inclina à frente com sobrancelhas franzidas enquanto um grande sorriso se forma no meu rosto. Geralmente cada movimento dela é calculado, mas não agora. Enquanto ela examina vários sites que provam que estou certo, ela se senta de volta e torce o narizinho bonito, derrotada. — É um esporte de verdade — ela murmura.

— Eu te disse. Da próxima vez, deve confiar em mim.

Ela foca seus olhos cinza em mim quando se joga na cadeira.

— Não confio em ninguém.

Que saco.

Ela concorda:

— Com certeza.

— Bem, pode me chamar de otimista, porque já eu acredito que confiança pode ser conquistada. Talvez eu te surpreenda e você mude de ideia.

— Duvido.

Dou-lhe um leve soquinho no queixo.

— Ah, um desafio. Gosto disso.

Deixo Ashtyn fervendo de pensar em sair comigo e encontro Julian no seu quarto, olhando um livro de fotos de castelos de areia. Julian mostra uma enorme criação detalhada com fossos e pontes.

— O papai fez um castelo de areia comigo na última vez em que estivemos na praia — ele abaixa o livro. — Isso foi antes de ele entrar no submarinão.

Papai. É como eu costumava chamar meu pai quando eu tinha a idade de Julian. O moleque nunca mencionou seu próprio pai, então não deveria me surpreender que ele considerasse meu pai seu pai também. Mas surpreende. É como se toda vez que eu me virasse, eu fosse lembrado como parte de uma nova família, e minha antiga está desaparecendo rápido. Quero rejeitar tudo isso, mas quando olho para o moleque... não sei. Eu me sinto conectado com ele, como um irmão mais velho se sentiria. Eu me ajoelho perto do meu irmão postiço e digo:

— Bem, que tal perguntar à sua mãe se você pode colocar uma roupa de banho e você e eu podemos ir à praia fazer um castelo de areia.

— Sério? — ele joga o livro na cama e salta com um grande sorriso. — Eba!

Na praia, Julian fica todo empolgado quando começamos a cavar a areia. Alguns outros moleques nos veem e começam suas próprias criações por perto. Julian se senta um pouco mais alto sabendo que ele tem o maior e melhor castelo até agora.

— É meu irmão mais velho — ele diz a um dos moleques que admira o fosso impressionante que criamos.

— Quer nos ajudar? — pergunto ao moleque. — Poderíamos usar algumas mãozinhas a mais.

Quando esse moleque se junta a nós, outros se aproximam. Logo reunimos um pequeno exército de minissoldados que olham para mim como se eu fosse algum deus dos castelos de areia, e eles falam com Julian como se ele tivesse doze anos em vez de cinco. Nossa criação parece com um reino inteiro agora, com múltiplos castelos, fossos e túneis. Quando estou pronto para dar por encerrada a criação do castelo, corro com Julian até o lago Michigan para me lavar, tirar a areia e mostrá-lo como boiar, segurando suas costas. Nós jogamos água e brincamos até o garotinho começar a se queimar de sol, então ele sobe nos meus ombros, quando eu o carrego de volta para a praia.

Ele se abaixa e abraça meu pescoço:

— Estou feliz que você é meu irmão, Derek.

Levanto o olhar para seu rostinho, e ele olha-me como se eu fosse seu herói.

— Estou feliz também.

O fato de seu próprio pai tê-lo abandonado, e agora meu pai que está longe, me torna o único homem na sua vida. Eu queria que o avô tivesse se interessado por ele, mas não vi Gus ter interesse em nada, exceto em desaparecer e ficar ranzinza.

Depois que nos secamos e estamos prontos para partir, Julian concorda em ir fazer compras comigo. Compro iogurte, couve, frutas e vegetais que, aposto, nunca agraciaram a propriedade dos Parker antes.

De volta, em casa, o envelope da FedEx da minha avó ressurgiu magicamente do lixo. Está no meu travesseiro. E está aberto. Merda. Ashtyn teve algo a ver com isso, sem dúvida.

Encontro Ashtyn na sala, assistindo atentamente a algum reality show enquanto come batatinhas. Seu cabelo está numa trança novamente, e ela usa um moletom cortado e uma camiseta com as palavras ATLÉTICA FREMONT.

Balanço o envelope na frente do rosto dela.

— Por que você tirou isso do lixo?

— Por que você mentiu sobre isso? Não é um convite para participar da equipe de salto sincronizado. — Ela joga um biscoito para Falkor e se levanta.

— É da sua avó.

— E...?

— Você nem leu, Derek.

— E é da sua conta porque...

— Não é da minha conta — ela diz. — É da sua, leia.

Não quero saber o que há na carta. Está na categoria de coisas com que não me importo.

— Está ciente de que é ilegal abrir a correspondência de outra pessoa? Invasão de privacidade não significa nada para você?

Ashtyn não parece nada culpada, quando tira outra batata do saco e coloca na boca.

— Não era mais seu. Você jogou fora. Legalmente falando, não é invasão de privacidade.

— Que foi, virou advogada agora? Que tal, da próxima vez que você receber uma carta, eu abrir? Tudo bem para você?

— Se você jogar fora, é justo. Fique mais do que à vontade para ler.

Ela aponta para o envelope na minha mão com seus dedos engordurados:

— Você *precisa* ler essa carta, Derek. É importante.

— Quando eu quiser seu conselho, eu peço. Enquanto isso, fique longe das minhas coisas pessoais.

128 Simone Elkeles

Entro na cozinha e jogo a carta no lixo, por uma segunda vez, então pego o liquidificador.

— Por que você e a tia Ashtyn estão brigando de novo? — Julian pergunta quando chega e me vê tirar coisas da geladeira.

— Não estamos brigando, estamos discutindo. Quer um lanche?

Ele consente.

— Sabe que é preciso mais músculos para franzir a testa do que para sorrir?

— Pelo menos estou dando aos músculos do meu rosto uma boa malhação.

Faço uma batida de iogurte com banana e espinafre para Julian, então passo a ele um copo alto:

— Aqui está. Aproveite.

— É *verde* — ele olha para o líquido como se fosse veneno. — Eu... eu não gosto de bebida verde.

Minha mãe acordava toda manhã de domingo e fazia batidas para nós dois. Tínhamos um ritual de bater nossos copos antes de virar.

— Experimente. — Sirvo um copo para mim mesmo e seguro o copo. — Saúde!

— Derek, nenhuma criança gosta de comer essa porcaria natureba. — Ashtyn tira uma caixa de biscoitos e um saco de marshmallow da despensa.

— Julian, vou te fazer algo que não parece grama líquida.

Eu a vejo fazendo empolgada sanduichinhos de biscoito com marshmallow e colocá-los no micro-ondas.

— Precisa tomar cuidado para não cozinhar por muito tempo — ela diz.

Ela espia pelo vidro do micro-ondas, que está provavelmente fritando seus neurônios com os sanduíches de biscoito.

— Do contrário, você queima o marshmallow. Ela tira o prato e mostra para Julian, orgulhosa da sua criação. Julian olha para os sanduíches de biscoito, depois para a batida, daí para mim, e finalmente para Ashtyn. Julian é o juiz final da nossa pequena competição.

— Acho que quero só um palitinho de queijo. — Ele tira um da geladeira e acena para nós quando sai. — Tchau!

Ashtyn faz questão de comer seus sanduíches rejeitados, enquanto eu tento ignorar aquele gemido prazeroso que ela dá, mordida após mordida. Esses gemidos me fazem pensar em coisas que eu não tenho direito de pensar. Quando ela termina, tira novamente a carta do FedEx do lixo.

— Apenas deixe aí.

— Não — ela segura para mim e, praticamente, enfia na minha mão. — Leia. Porque sua avó está doente e quer te ver. Acho que ela está morrendo.

— Não dou a mínima! — Pelo menos não quero dar a mínima. Abaixo o copo e olho o envelope.

— Vai, você não é insensível assim. Leve alguma coisa a sério na vida, além dessas vitaminas nojentas suas.

Ela deixa o envelope esfarrapado no balcão. Pertence ao lixo. Ai, inferno. Se ela não tivesse tirado e lido, eu podia fingir que não existe. Eu não saberia que minha avó está morrendo. Não que eu me importe. Nem conheço essa mulher. Ela não esteve lá para minha mãe, mesmo quando ela ficou doente e precisava. Por que eu deveria visitá-la? A resposta é simples: não vou.

Agarro o envelope e o jogo de volta no lixo.

Mais tarde, Julian corre para fora, quando vê vaga-lumes no quintal da frente. Eu trago um jarro de vidro, que encontrei na cozinha, para poder ajudá-lo.

— Por que você briga sempre com a tia Ashtyn? — ele pergunta enquanto espera que os vaga-lumes apareçam. Era só esperar para o menino mencionar aquilo de novo.

— É divertido, acho.

— Minha mãe diz que às vezes as meninas brigam com os meninos porque elas gostam deles.

— É, bem, sua tia Ashtyn não gosta muito de mim.

— Você gosta dela?

— Claro que gosto dela. É a irmã da sua mãe.

Ele não parece convencido:

— Se ela não fosse irmã da minha mãe, você *ainda* gostaria dela?

Decido colocar nos termos de um moleque pequeno, para que ele entenda.

— Julian, às vezes as meninas são como comer porcaria. Elas parecem boas, e com certeza têm um gosto bom... mas você sabe que não fazem bem a você e provocam cáries, então é melhor deixá-las para lá. Entendeu?

Ele me olha com olhos grandes e brilhantes.

— Então a tia Ashtyn é como Skittles?

Eu faço que sim.

— É. Um sacão bem grande deles.

— Odeio ir ao dentista — ele diz, então volta para pegar os insetos. Depois de colocá-los no jarro, Julian se senta na grama e os estuda. Ele mantém um foco intenso nas luzes piscando aleatórias.

— Quero soltá-los.

— Boa ideia.

Ele abre a tampa e esvazia o jarro todo.

— Agora vocês estão livres — diz aos insetos numa voz empolgada que lembra a da sua mãe.

Eu escuto a porta de tela se abrir. Ashtyn caminha na nossa direção, seus olhos delineados e sombreados com uma maquiagem escura esfumaçada. Seus lábios brilham com batom. Está com um vestido de verão rosa justinho que mostra seu bronzeado e as curvas tonificadas. A forma como aparece poderia deixá-la em apuros, se o cara errado a olhasse. Qual é a verdadeira Ashtyn, aquela que usa moletom com capuz preto e camiseta ou aquela que usa roupas justinhas e curtas para atiçar os caras?

— O que estão fazendo? — ela pergunta.

— Pegando vaga-lumes — Julian responde, numa imitação bem decente do meu sotaque do Texas.

— Posso ajudar?

Eu passo o jarro vazio.

— Chegou tarde. Já terminamos — O leve sorriso dela vai embora. — Desculpe aí.

Julian toca um amuleto no bracelete dela.

— Bacana.

— Meu namorado que comprou — ela lhe diz.

O namorado dela chega no seu Vette, o que explica o vestidinho sexy.

Landon sai do carro e puxa Ashtyn para perto, depois de admirar sua roupa. Eles se beijam, mas vejo mais paixão quando Falkor lambe suas bolas.

capítulo 20
ASHTYN

Landon me leva para jantar num rodízio japa. Dividimos uma mesa com outras seis pessoas que estão lá para comemorar seus aniversários. É um grupo barulhento e completamente bêbado.

— Você não é o filho do Carter McKnight? — um dos caras pergunta.

Landon incha o peito:

— Com certeza.

De repente Landon vira o centro das atenções. Ele termina falando com eles sobre futebol pelas duas horas seguintes. Eles perguntam sobre a próxima temporada e se Landon vai seguir os passos do pai. Ele responde:

— Meu plano é ter uma carreira maior do que a do meu pai. — Sua declaração é recebida com elogios pelo grupo, como se eles estivessem vendo um profissional em formação. Ele não menciona que eu também jogo. Foi tudo em função dele esta noite.

Enquanto a garçonete limpa nosso prato, Landon pede licença e vai ao banheiro.

— Eu já volto.

Um minuto depois o telefone vibra. Ele deixou o celular na mesa, então olho para a tela. É Lily novamente... mas desta vez ela envia uma foto dela mesma diante do espelho, usando nada além de calcinha. Ela tapa os seios com um braço, seu telefone obviamente na outra mão enquanto ela sorri para a câmera. Eu afasto o olhar, dizendo a mim mesma que não tenho inveja da pele azeitonada dela sem defeitos, seu longo cabelo preto brilhante, ou seus exóticos olhos escuros. Quero pensar que ela é feia. Mas ela não é.

— Lembra disso? — diz o texto.

Quando Landon volta para a mesa, eu lhe passo o celular.

— Você recebeu uma mensagem.

Ele olha o celular, então se senta lentamente.

— Não é o que você pensa, Ash.

— Acho que é uma foto pelada da sua ex-namorada.

As outras pessoas na mesa estão escutando nossa conversa. Landon começa a se contorcer.

— Podemos falar disso depois? — ele murmura entre dentes cerrados.

Eu não me importo se ele está envergonhado.

— Me leve para casa — eu exijo depois que pagamos a conta. Não espero uma resposta. Sigo para a porta.

— Deixe-me explicar — ele diz quando entramos no carro.

— Vai lá. Tenho certeza de que há uma razão perfeitamente lógica para a Lily te mandar fotos dela pelada.

— Não é minha culpa. Ela quer voltar, acho.

Quando ele sente que não estou satisfeita com sua explicação, suspira frustrado.

— Sabe que eu detesto esses draminhas de menina ciumenta, Ash. Não há nada entre mim e a Lily. Eu te amo. Confie em mim — Ele evita meu olhar quando dá partida no carro.

Eu me lembro da conversa com Derek. *Um cara está te sacaneando quando ele não te olha nos olhos.* O fato de que ele pode estar certo só me deixa mais fula.

Estou tão ocupada bufando que não percebo que Landon não está me levando para casa até pararmos na frente do Club Mystique. Na fronteira, entre Fremont e Fairfield, fica a boate mais popular do subúrbio que só permite entrada se você tem mais de dezessete. Landon adora este lugar...

— Landon, não estou no clima para dançar.

— Se não quer dançar, não dance — ele diz, colocando a mão no meu joelho. — Vamos para a parte VIP apenas curtir. Vou provar que você é a única para mim. Beleza?

Faço que sim, relutante:

— Beleza.

Ele aperta meu joelho.

— Essa é minha menina. Confie em mim.

Ele para e dá as chaves ao manobrista com uma nota de vinte. É noite de segunda, mas o lugar está cheio porque supostamente um DJ famoso de LA está tocando. E é verão, quando os alunos da faculdade e do colégio tratam todo dia como final de semana.

Os braços de Landon estão sobre mim quando passamos pela fila e caminhamos para a porta destinada aos VIP. O segurança imediatamente reconhece Landon e faz sinal para a gente entrar. A maioria dos moleques tem que mostrar um documento e provar que tem pelo menos dezessete. Landon não.

Sinto o chão vibrando com a batida da música. O lugar está tão cheio que é difícil me mexer. Está escuro, com exceção das luzes piscando na pista. Landon pega minha mão e me conduz em direção às escadas, para a parte VIP separada, onde todos com dinheiro ou status têm assento e álcool garantidos. Terminamos nos sentando num sofá de veludo vermelho que dá para a área de dança. Quando uma garçonete vem com um biquíni fio dental com babados brancos para perguntar se ele quer um shot, sem verificar pela marca de "acima de 21" na mão dele, Landon abre uma conta e fica feliz em ser servido por ela. Ela levanta uma garrafa de tequila sobre a cabeça de Landon e ele vira a cabeça para trás, esperando que ela sirva o shot direto na sua boca à espera. Ele balança a cabeça e engole rápido o líquido.

— Quer experimentar um? — ele pergunta, enquanto limpa a boca com a mão.

— Não.

Ele passa uma nota de vinte para a menina, uma gorjeta generosa demais. Ela lhe dá um grande obrigada com uma piscadinha e sorriso ensaiados. Ele olha a bunda dela, enquanto ela sai para servir outros clientes.

— O que há de errado com você, Landon? — Ele está se mostrando. Esse não é o Landon que eu conheço, o Landon por quem eu me apaixonei e com quem namoro há meses.

— Nada. Relaxe um pouco, para variar, Ash. Viu, até o Derek sabe como se divertir — ele aponta onde as luzes estão piscando e a pista está cheia.

Examino a multidão e vejo Derek dançando com Bree. Ela está de costas para ele, se esfregando nele. Monika e Trey estão dançando ao lado deles. Estão todos dando risadas. Não posso evitar me sentir excluída e irritada. Não sou dona de Derek, nem quero ser, mas, por algum motivo idiota, é difícil vê-lo com outra. Para aumentar minha irritação, Derek dança muito bem e não tem medo de mostrar isso na pista. Eu pensaria que se ele soubesse dançar seria dança de quadrilha de música caipira. Nunca pensei que ele impressionaria num clube que tocasse house.

Desde quando minha melhor amiga e seu namorado saem de casalzinho com Derek e Bree? Eu só queria que eles não tivessem vindo ao mesmo lugar que nós esta noite. Ver Derek aqui revira algo em mim que eu não quero sentir.

Bree vem e enrola seus braços ao redor do pescoço de Derek. As mãos dele agora estão na cintura dela, enquanto os dois se movem juntos com a música. Eu só quero partir para não ter que vê-los. Quando a música termina, ele levanta o olhar. Eu afasto o meu, para que ele não me pegue o encarando e, de alguma forma, perceba que eu posso me perder nos olhos dele que dão um vislumbre da sua alma.

Landon se aproxima e lambe meu pescoço.

— Você está com um cheiro bom, Ash — ele cochicha no meu ouvido antes de sugar um pouco e descansar sua mão na minha coxa. — E está sexy para danar.

Normalmente eu não me importo quando Landon tenta me excitar, mas estou acostumada que isso seja em particular. Isso parece um grande show e completamente sem sentimento.

— Preciso ir ao banheiro. Eu já volto. — Agarro minha bolsa e sigo para o banheiro mais próximo. Eu me tranco num dos reservados e encosto minha cabeça na porta enquanto tento pôr minhas emoções confusas em ordem.

Ver Derek com Bree abriu uma ferida que eu nunca soube que existia. Bato minha cabeça na porta do reservado frustrada. Isso não pode estar acontecendo. Não agora, quando tudo estava começando a voltar ao seu lugar. Sou capitã do time de futebol. Minha irmã e meu sobrinho voltaram para casa, pelo menos por enquanto. Derek está arruinando tudo, porque, na realidade, isso me acerta como um atacante num drible surpresa. Derek não apenas invadiu minha casa, meus amigos e minha vida, ele deu um jeito de entrar no meu coração.

Tenho uma queda por Derek que não vai embora tão cedo. E preciso terminar com Landon.

Minha vida está uma zona.

Volto para Landon e fico chocada em vê-lo conversando com Matthew Bonk como se eles fossem velhos amigos. É como se eu estivesse em outra dimensão. Bonk e Landon se odeiam. São rivais no campo e fora dele, então por que estão sorrindo e se cumprimentando com tapinhas? Bonk não ficaria furioso por Landon estar por trás daquelas fotos humilhantes que foram postadas?

— Até mais, cara. — Bonk dá a Landon um tapinha nas costas como se eles fossem colegas de time. O cara me dá uma risada maligna em particular quando passa por mim, lembrando um predador prestes a atacar.

— Por que estava falando com o Bonk? — pergunto a Landon. Tenho uma sensação desconfortável no fundo do estômago. Landon e Bonk são de times rivais. Fairfield joga sujo dentro e fora do campo. Landon sabe disso. Ele também sabe que Bonk instiga as coisas. Não confio nele. Ninguém da equipe confia.

— Sente aí, Ashtyn — Landon ordena.

Balanço a cabeça e dou um passo atrás quando ele busca meu pulso.

— Não até você explicar por que você e Bonk de repente estão agindo como melhores amiguinhos.

Ele se estica de novo e pega meu cotovelo desta vez, prendendo os dedos no meu braço e me forçando a sentar ao lado dele.

— Não faça escândalo.

Tento me soltar, mas ele me aperta como um torniquete. Ele nunca foi assim. Está me assustando. Faço uma careta quando seus dedos afundam na minha pele.

— Estou saindo de Fremont e me transferindo para Fairfield. Já que eu vivo na fronteira entre os dois bairros, posso escolher a escola. Então, quando me ofereceram a posição de capitão, eu peguei — ele admite.

A dor no meu braço não é nada comparada à traição que despenca sobre mim.

— Está desistindo? — De repente tudo se encaixa. — Você faltou no treino porque estava sendo recrutado em Fairfield, não porque estava ocupado com compromissos de família. — Aperto meus olhos. — Você mentiu!

— Não menti. Aceitei o que me ofereceram. — Ele age como se não fosse grande coisa mudar de time. — Se Fremont quer você como capitã, tudo bem.

Tento respirar normalmente mesmo ficando tonta de choque.

— Se você for embora, nós só teremos Brandon Butter. Não tem jeito de chegarmos ao Estadual.

— Escute, preciso fazer o que é bom para mim, não o que vai agradar a todos.

— Por que você me levou para sair hoje? Por que me fez pensar que estava tudo bem entre nós? Quando vai me abandonar? Quando vai abandonar seus colegas de time? Você disse que me amava. Era mentira também?

Ele dá de ombros.

capítulo 21
DEREK

Tento me concentrar em Bree, para não ficar olhando o camarote onde Landon está com Ashtyn. Essa batalha interna de deixá-la sozinha está sendo perdida, porque não há nada de que eu gostaria mais que trocar de lugar com o cara.

A noite ia ser boa, até Ashtyn aparecer com seu namorado. Bree se esfrega em mim como se eu fosse seu poste pessoal de stripper. Ela dança bem. Quando me chamou para sair com ela, Monika e Trey, achei que seria um alívio ter uma noite sem Ashtyn agindo como se eu estivesse arruinando a vida dela.

Diabos, na verdade é o oposto. Eu olho para o camarote, incapaz de me conter. Espero ver Ashtyn juntinha de Landon naquele sofá vermelho.

Mas Ashtyn não parece feliz de estar sentada com seu namorado.

Landon está com os dedos presos, firmes ao redor do braço de Ashtyn. Parece que ela está tentando se soltar, mas ele aperta firme e não vai soltá-la. Ela parece alarmada e chateada e... ela faz uma careta de dor.

Porra!

Com a raiva me acionando uma descarga de adrenalina, eu empurro a multidão e corro para a escada. De jeito nenhum que vou deixá-lo machucá-la na minha frente. Não dou a mínima se ela quer que eu fique fora da vida dela.

Vejo o segurança grandalhão bloqueando a parte VIP reservada que leva ao segundo andar.

— Duas meninas estão brigando lá. — Aponto para o centro do salão. — Melhor ir rápido, porque acho que uma delas está com o vestido todo rasgado.

O segurança abandona o posto. Eu salto a corda VIP. Enquanto subo dois degraus de cada vez, vejo Ashtyn enfiar suas unhas na bochecha do namorado.

Landon solta o braço dela para tocar o rosto e percebe que ela a cortou. Ela fica alta e orgulhosa, olhando para ele com nojo. O olhar dele vai de um lado para o outro, notando que todos estão olhando. Ele está puto agora e sua mão está levantada, como se estivesse prestes a bater nela. Eu corro até Ashtyn e me coloco entre ela e Landon, antes de ele ter chance de tocá-la.

— Coloque uma mão nela e eu te parto ao meio — digo com fúria, minhas mãos fechadas preparadas para lutar.

— Quer se meter comigo? — Landon desafia, me empurrando. Ele me olha de cima a baixo, como se eu fosse insignificante.

Eu o empurro de volta.

— Cara, não fui com sua cara desde que te vi — digo Agora não tem mais volta. McKnight não vai recuar, e de jeito nenhum vou deixá-lo se safar por machucar Ashtyn.

— Tire as mãos de mim! — Ashtyn grita às minhas costas.

O pânico se apodera de mim quando eu a vejo sendo arrastada por um dos amigos de Bonk. Ela está tentando arranhá-lo e chutá-lo para se soltar, mas o cara tem duas vezes o tamanho dela.

Quando viro a cabeça, McKnight acerta um gancho firme no meu queixo. Porra, isso doeu. Eu perco o foco e me torno vulnerável. Se há uma coisa que aprendi lutando no clube de boxe da Regents, é que você nunca tira os olhos do seu oponente.

Hora de voltar ao jogo.

Dou um soco em Landon e me certifico de que ele está no chão antes de olhar de volta para Ashtyn. Bonk está avançando para mim com fúria escrita no rosto e cinco caras atrás dele. Avanço em direção ao cara que segura Ashtyn, mas Bonk e seu bando me cortam:

— É o cara que tirou a foto — Bonk fala a seus amigos.

Ele mira um soco em mim, mas sou bem rápido e desvio antes. Dou um soco forte na lateral dele, mas seus amigos me puxam. Eles me seguram enquanto luto, e Bonk me soca. Luto para me soltar, mas há uns seis caras me segurando. Não posso me soltar. Bonk está fazendo a festa. Sinto gosto de sangue do meu lábio partido, e mesmo dando um bom chute que faz Bonk cair para trás, não importa, porque um dos seus amigos está bem aí para continuar de onde o outro parou.

Sei como desviar de socos, mas não com quatro caras me segurando. Estou respirando rápido e começando a ficar tonto. Então Trey e um bando de caras do time de futebol entram na briga. Eles afastam os caras de mim e começam a bater nos seus rivais. O camarote todo está um caos, com punhos voando e segurança tentando interromper.

Eu examino a multidão desesperado à procura de Ashtyn. Ela conseguiu se soltar do cara que a segurava, então eu fico entre ela e a briga e a conduzo para um canto.

— Fique aí — digo-lhe, então me viro para ajudar Trey e os caras.

Eu deveria saber que não podia confiar que Ashtyn fosse me ouvir, porque a vejo pegar o braço de Bonk quando ele ia brigar com Victor. Agarro Bonk e o puxo de volta, esperando que Ashtyn se assuste o suficiente para voltar para o cantinho.

— Você nunca vai me escutar? — pergunto-lhe.

Ela balança a cabeça e diz simplesmente:

— Não.

capítulo 22
ASHTYN

Estou devastada. E chocada. E louca e machucada. Mas não sou uma diva que precisa ser resgatada por Derek. Estou prestes a saltar nas costas de um jogador da Fairfield quando alguém vem atrás de mim e me joga ao chão.

Antes de eu poder me levantar, Derek está lá para me puxar de pé. Sua boca é uma bagunça sangrenta, e seu rosto está ferido.

— Merda, Ashtyn. Por que não se esconde no canto onde vai ficar em segurança?

Agora seguranças grandalhões estão subindo as escadas.

— Deixe-me em paz — eu o empurro.

— Tá bom que eu vou. Vou é tirar você daqui. — Ele me joga no ombro e me carrega pela multidão.

— Solte-me, seu idiota — digo, tentando me livrar do seu aperto. — Não preciso da sua ajuda.

Ele não responde. Em vez disso me leva para fora e me coloca na frente do seu carro.

— Entre no carro, agora.

Abro a boca para protestar, mas ele levanta a mão:

— Não discuta comigo.

Sento-me no carro fervendo de raiva com tudo o que aconteceu, enquanto Derek vai falar com os caras que estão agora saindo da boate. Vic parece bem feliz porque chegou a tempo na briga.

Os dedos de Bree passam gentilmente pelo rosto ferido de Derek, e suas sobrancelhas perfeitas se franzem de pena.

— Bree, você está pegando pesado — murmuro para mim mesma.

Trey e Monika vão embora no carro de Trey, e Derek oferece o banco traseiro para sua acompanhante.

— Obrigada. — Bree entra no carro.

— Ai, meu Deus, Ashtyn! Você acredita no que aconteceu? Esses caras da Fairfield são terríveis. Sinto *tanto* pelo Derek, quero dizer, viu quantos daqueles caras da Fairfield o seguravam?

— Eu não estava contando.

— Foram uns quatro ou cinco!

Derek está no carro. Ele segura a lateral e se move lentamente.

— Você está bem para dirigir? — pergunto.

— Estou bem.

— Certeza? Porque seu rosto parece um pedaço de carne crua.

— Hum-hum — ele sai do estacionamento como se a briga nunca tivesse acontecido e como se não houvesse manchas de sangue em sua roupa e seu lábio não estivesse partido. Vejo Bree se esticando no banco da frente e acariciando os ombros de Derek, deslizando ocasionalmente seus dedos sob seu colarinho, num flerte não tão sutil. Quando ele olha para mim, finjo olhar algo superinteressante pela janela.

Não leva muito tempo até ele parar à entrada da casa de Bree e levá-la até a porta da frente.

— Não a beije — murmuro. — Sua boca está sangrando, e é nojento e não saudável.

E não quero que você goste dela. Por favor, não a beije. E não tenha nenhum contato físico com ela. Apenas vá embora. Vá embora. Tipo: agora seria uma ótima hora.

Quero afastar meus olhos das duas silhuetas, mas não posso.

Bree é uma paqueradora experiente e nada sutil. É uma garota que se acostumou a ter o cara que ela quer. Ela tem um corpo perfeito, rosto perfeito, cabelo perfeito. Ela é feminina, líder de torcida, e ri bastante. Bree envolve com os braços o pescoço de Derek e ele a puxa para um abraço curto. Então deve ter dito algo engraçado, porque ela ri e coloca a mão no peito dele. Ela precisa tocá-lo a cada dois segundos?

Estou tentada a tocar a buzina, mas é tarde e não tenho certeza se os vizinhos de Bree vão ficar felizes se eu os acordar. Finalmente Bree entra em casa, e Derek volta para o carro.

— Levou um bom tempo — digo bufando quando ele desliza lentamente para o banco do motorista, fazendo uma cara de dor.

— Está brincando, certo?

Não respondo, porque meus sentimentos estão em carne viva como o rosto dele. Sei bem que estou sendo imatura e irracional. A verdade é que não quero que ele fique com Bree. Estou com ciúmes, vulnerável, e lidando com a traição de Landon e o reconhecimento de que estou a fim de Derek, e provavelmente, ele está a fim de Bree.

— A Bree é bem bonita — murmuro.

— É.

— Gosta dela?

— Ela é bacana.

Ele não entendeu.

Quando ele chega à nossa casa, quero dizer a ele o que estou sentindo. O problema é que não tenho ideia do que dizer — minha mente é um emaranhado de emoções sem sentido. Ele provavelmente riria de mim e correria para a direção oposta se eu lhe dissesse que não quero que ele saia com Bree.

Abro a boca para expressar algo mais do que animosidade em relação a ele, mas tudo o que vem é:

— Eu podia ter cuidado do Landon sozinha.

Ele limpa a boca com sangue com o verso da mão.

— Fique falando isso que você pode acabar acreditando.

Ashtyn, diga-lhe que sente algo por ele. Diga a Derek que vê-lo machucado te assusta. Diga a ele que você quer abraçá-lo. Diga que precisa dele. Saio lentamente do carro e ignoro todas as vozes internas me dizendo o que fazer. Porque expressar qualquer dessas coisas vai me tornar vulnerável, vai me deixar emocionalmente ferida de novo.

Estou quase na porta quando Derek diz:

— Ashtyn, espere.

Mantenho-me de costas para ele, mas ouço o cascalho abaixo dos seus pés quando ele se aproxima. Está escuro exceto por uma pequena luz amarela na varanda da frente que tem um leve brilho.

— Você é uma menina, sabe — ele diz. — E não pode vencer todas as suas batalhas sozinha. Você pode ser jogadora de futebol americano, mas não pode se defender de um *linebacker** de cem quilos. Ele me vira, então olha as marcas

---

* *Linebacker* é uma posição do futebol americano cujos jogadores se posicionam atrás da linha defensiva. É uma posição da defesa, que objetiva parar a ofensiva adversária, assim como o *quarterback* adversário. (N.E.)

feias no meu braço, do aperto de Landon. — Ou do seu namorado.

— Ele não é mais meu namorado. — Landon mentiu para mim. E me manipulou. E está se transferindo para Fairfield no outono. Terminou. Estamos completamente fodidos. Não sei... talvez eu possa convencê-lo a voltar, se eu der a ele o posto de capitão. Nossa divisão é forte. Precisamos de um bom *quarterback* para conseguir alguma atenção de olheiros.

Esfrego os olhos e desejo que alguém me diga que vai ficar tudo bem. Mas não vai.

Derek respira lentamente quando minhas palavras o atingem:

— Vocês terminaram?

Faço que sim.

Estamos parados a alguns metros um do outro. Seria tão fácil diminuir a distância entre nós, mas nenhum dos dois se move. Tenho vontade de me esticar e tocar suavemente o lado do seu rosto cortado e machucado. Por um momento, sinto a dor dele como se fosse minha. Mas não importa o que acontece na superfície, eu tenho que me lembrar de que Derek e eu nunca vamos acontecer. Ele é o cara que vai te amar, depois te deixar sem olhar para trás. Não posso fazer isso... poderia destruir a fina esperança de que eu posso ter sentimentos por alguém que não vai virar as costas para mim e ir embora. Estou lidando com mais do que o suficiente de traição esta noite. Não preciso de mais.

Derek entra em casa e vai para seu quarto. Eu preparo um pano molhado, reviro nosso armarinho de remédios e encontro uma bolsa de gelo no freezer. Encontro Derek sentado na cama olhando o celular.

Ele levanta o olhar para mim.

— Se veio aqui para dar uns amassos, não estou mesmo numa boa forma, mas se quiser fazer tudo sozinha enquanto eu fico sentado, está valendo.

— Sossegue seu ego. Eu só vim ajudar a desinfetar esses ferimentos. Fique quieto, ou vou embora.

— Sim, senhora — ele diz e vai para o meio da cama para me dar espaço. Estou surpresa de que ele jogue seu onipresente telefone de lado.

Eu me ajoelho na cama e esfrego gentilmente o pano molhado na sua sobrancelha cortada. Estou bem ciente de que estamos na mesma cama e se as coisas fossem diferentes...

Não. Não posso deixar minha mente vagar para aquele "e se" porque a realidade é o que é. Derek deixou claro que dar uns amassos é um jogo para ele. Eu não faço esse tipo de coisa.

Como posso esconder o fato de que tenho uma queda por ele, quando, agora mesmo, estou tendo uma crise de nervos? Estou tentando fazer minha mão parar de tremer, mas ainda há um leve tremor na ponta dos meus dedos. A única ocasião em que eu fico agitada assim é durante um jogo onde ganhar ou perder depende de eu marcar um gol. Geralmente afasto a sensação, e me concentro na tarefa com as mãos.

— Por que está fazendo isso? — Derek pergunta, com a voz profunda enchendo de eletricidade minhas veias.

Se eu olhar nos seus olhos claros e hipnóticos, ele vai saber imediatamente o que estou sentindo? Ele riria de mim, se pudesse ler minha mente e meu corpo. Evito a atração visual, e concentro-me em limpar, agora, o sangue seco do seu lábio.

— Porque não quero ver você com uma infecção — digo.

— Não se envaideça, caubói. Isso é mais para meu benefício

do que para o seu. — Limpo o sangue, cuidadosa para não fazê-lo se contorcer de dor.

Nunca cuido de um ferimento dos caras do meu time. Quando um de nós se machuca ou se corta, tomamos conta de nós mesmos, ou deixamos um dos treinadores fazer isso. Aqui e agora, meus instintos femininos de proteger e curar se acionaram. Quando todo o sangue seco se vai, passo um pouco de pomada antibacteriana nos ferimentos. Parece tão pessoal e íntimo.

— Suas mãos estão tremendo.

— Não estão não — minto enquanto passo pomada na sua quente pele lisa. — Estou nervosa, cansada e irritada. — E frustrada comigo mesma por querer que Derek me puxe para perto e me segure à noite toda. Fantasias nunca são tão boas como a realidade. Eu me sento nos calcanhares e vejo meu trabalho. De repente estou cansada e me sentindo emocional e fisicamente fraca. Se Derek tivesse me puxado, eu iria me aconchegar no seu peito. Agora mesmo, se ele perguntasse como eu me sinto, ficaria tentada a lhe contar.

Ele se inclina na cama e segura o fôlego, uma indicação de que seu rosto não é a única coisa ferida.

— Obrigado, Ashtyn.

— Não terminei. Tire sua camisa, e vou verificar suas costelas.

— Se eu tirar a roupa, você vai querer mais do que verificar minhas costelas.

Faço como se não me importar fosse uma expressão normal para mim. E aponto para minha expressão impassível:

— Olhe minha cara de impressionada.

O entorno da sua boca se ondula, quando ele levanta a camisa acima da cabeça e a joga de lado. Ele flexiona os peitorais.

Bocejo em resposta, recusando-me a mostrar qualquer sinal de admiração. Eu me concetro nas marcas vermelhas que estão começando a se formar pelos lados das costelas. Vai levar mais do que alguns dias para ele se curar.

— Quer que eu tire a calça também? — ele caçoa levantando as sobrancelhas sugestivamente. — Acho que estou com um inchaço aqui embaixo.

Tudo é brincadeira para ele. Eu o olho bem nos olhos enquanto enfio um dedo no cós da sua bermuda e enfio o saco de gelo lá dentro.

— Pronto — digo quando me levanto para ir embora. — Isso deve ajudar.

capítulo 23
DEREK

— Que diabos aconteceu com você? — Gus grita, quando eu passo por ele a caminho do banheiro, de manhã.

— Entrei numa briga.

— Não preciso de um delinquente ou encrenqueiro na minha casa. Brandi! — ele grita novamente, sua voz grave ecoando pelas paredes da casa.

Brandi está com um muffin grandão na mão quando sai da cozinha.

— Que foi, pai?

Gus joga as mãos para o alto:

— Seu enteado entrou numa briga. Olhe pra ele, todo quebrado, parecendo um marginal. Os Parker com certeza gostam dessa palavra.

Uma olhada no meu rosto e Brandi respira fundo:

— Oh, meu Deus! Derek, o que aconteceu?

— Não foi nada. Só tive uma briga aí, nada de mais.

— Briga por quê? Com quem? Chamaram a polícia? Como você dirigiu para casa assim? — Brandi pergunta, me bombardeando com perguntas quando eu só quero dar uma mijada e tomar um analgésico.

— Não é grande coisa.

— Claro que não é grande coisa para você — Gus retruca —, porque sou eu quem vou ter que pagar o pato, se a pessoa com quem você brigou decidir prestar queixa e te processar.

— Um processo? — É uma piada, considerando que fui eu quem levei porrada. Você acha que ele iria perguntar se eu quero prestar queixa? — Não vai ter pato nenhum pra pagar, Gus.

— É o que você pensa.

Eu penso que o cara só quer ser miserável. Não quero me meter no drama da família Parker. Se eu quisesse, diria a Gus que ele deveria se preocupar mais com sua família do que se eu vou ou não ser processado por uma briga.

No banheiro, eu me olho no espelho. Droga. Ashtyn estava certa. Vejo um pedaço de carne que passou pelo moedor várias vezes. Há sangue seco nos meus lábios, minha bochecha está preta e azul, e em volta das minhas costelas está roxo.

Ashtyn veio para meu quarto na noite passada para cuidar dos meus ferimentos. Ela não tinha ideia de que eu estava tentado a dar uns amassos nela, numa tentativa de me fazer esquecer a dor lancinante no corpo. Só a ideia me deixou excitado. A menina tem poder sobre mim. Quando ela me olha, eu me sinto como um puto virgem novamente. Não que ela me olhe com frequência. Ela evita contato comigo na maioria das vezes.

Só de me ver, obviamente ela já fica enjoada. Ela praticamente me disse isso na noite passada. Ela disse que não estava impressionada, eu tirei sarro do comentário dela e fingi zoar, mas, na verdade, eu queria que ela admitisse que sentiu algo por eu estar tão próximo dela. Diabos, eu senti. Mal sabia ela que eu precisava de fato daquela bolsa de gelo na minha bermuda.

— O que você está fazendo? — pergunto a mim mesmo.

Eu não deveria me meter na vida caótica de outra pessoa. Já tenho meus problemas para lidar. Até agora, não fui nada mal, passando por aí sem ficar envolvido ou interessado demais em alguém.

Ashtyn Parker é perigosa. Ela tem esse exterior durão, fala como um cara e se veste como um, na maior parte do tempo. Daí tem a outra metade, a metade que é vulnerável e insegura, e usa roupas sexy para se certificar de que as pessoas saibam que ela é uma mulher por baixo daquela fachada de durona. Achei que a irritando, ela se afastaria. Mas talvez fosse para destruir aquele muro que ela construiu.

Esta manhã eu a vi saindo da casa. Sua cabeça estava abaixada, quando ela levou Falkor para passear. Ugh, se ela continuar se arrastando assim, vou ficar irritado. Está sofrendo por aquele namorado cuzão? Ela disse que eles terminaram. Aposto que o cara vai voltar e tentar puxá-la para a vida dele de novo.

— Derek, está aí? — a voz de Julian ecoa do outro lado da porta.

Abro a porta e deixo o carinha entrar. Seus olhos se esbugalham e sua boca cai quando olha minha cara. Ele se afasta com medo.

— Parece pior do que é — digo-lhe —, eu juro.

— Você brigou.

— É.

— Acho que você perdeu.

Eu rio:

— Parece isso, hein?
Ele confirma.
— Você fica valentão com ferida no rosto. O papai te ensinou a brigar?
— Nah.
— Vai me ensinar?
— Amiguinho, você não quer aprender a lutar. Apenas use as palavras, como sua mãe diz.
— Mas e se alguém me bater primeiro?
— Conte a um professor ou à sua mãe.
— Daí todos os meninos vão me chamar de dedo-duro e não vou ter mais amigos. — Ele coloca a mão na cintura. — Você não quer que eu seja um dedo-duro sem amigos, quer?

Esse moleque devia ser advogado, porque já sabe negociar. Só para diminuir a curiosidade dele, eu me ajoelho e mostro as palmas das mãos.

— Tudo bem, me mostre o que você sabe.

O baixinho levanta os punhos e acerta minha palma.

— Que tal?
— Nada mal — eu digo.
— De novo.

Ele faz mais algumas vezes. Posso ver que sua confiança está aumentando, porque seus socos estão ficando mais fortes e ele começa a relaxar.

— Eu estava vendo luta livre profissional na TV, quando minha mãe não estava na sala — ele diz. — Randy Raider deu uma curra num cara aí.

— Deu uma curra?

— O que está fazendo, Derek? — Brandi pergunta, aparecendo de repente atrás de Julian. — Está ensinando meu filho a lutar e falar palavrão?

Hum...

Julian se vira empolgado.

— Mãe, o Derek só estava me mostrando...

— Julian, vá para seu quarto. Preciso conversar sozinha com o Derek.

Julian está prestes a protestar, mas Brandi o faz sair do banheiro. Quando ele está fora de vista, Brandi joga para trás seu longo cabelo:

— Julian ficou empolgado quando eu lhe disse que você vinha morar com a gente. Ele te chama de irmão e se espelha em você — ela suspira lentamente, uma pista de que uma revelação bem pensada vai sair da sua boca em seguida. Espere por isso... Espere por isso... — Pensei em tornar Julian e você irmãos de verdade.

Do que ela está falando? Ela espera que a gente faça um ritual como nos cortar e esfregar sangue para sermos irmãos de sangue?

— Brandi, odeio te dar essa notícia, mas não importa o que aconteça, Julian e eu não viemos da mesma mãe.

— Eu sei. — Ela vira a cabeça para o lado. — Mas, achei que seria legal se eu, você sabe, tornasse oficial adotando você.

— Não sou órfão.

— Eu sei. Eu só pensei que você e o Julian... você sabe, se algo acontecer comigo e com seu pai...

Entendi. Ela não quer ser minha mãe mais do que eu quero que ela seja. É pelo bem de Julian. Hora de dar um sossego aos pensamentos extravagantes dela:

— Julian é meu irmãozinho, Brandi. Ponto.

— Bom. Precisamos estar combinados. E quanto a você e minha irmã...

Ai, cara. Talvez Brandi esteja mais ligada do que eu acredito. Isso não é bom:

— Não há nada entre nós — digo-lhe. — Sua irmã me deixa louco. Eu nunca sairia com uma menina dessas, mesmo se nós...

Brandi de repente explode rindo, me cortando.

— Está brincando, né? — ela diz enquanto tenta recuperar o fôlego. Ela aperta a barriga como se estivesse tentando evitar que o bebê fosse sacudido violentamente enquanto ela ri. — Ai, meu Deus! Que *hilário*! Sem querer ofender, mas você não é *mesmo* o tipo da minha irmã. Eu só... — Ela explode rindo de novo, resfolegando no meio. — Eu só... espera, você achou mesmo que eu acreditava que estava rolando algo entre você e a Ashtyn?

Hum...

— Não. Qual é o tipo da sua irmã?

Ela limpa os olhos e segura a risada:

— Ela gosta de caras sérios, dedicados e empenhados. Não é você *mesmo*.

Não, não sou eu. E nenhuma menina vai me mudar, especialmente uma que gosta de caras sérios, dedicados e empenhados. Ashtyn e eu nunca vamos dar certo.

Mesmo que eu quisesse ter me enrolado nos lençóis com ela na noite passada.

capítulo 24
ASHTYN

Depois da minha corridinha com Falkor esta manhã, vou ao quarto de Derek para dar uma checada nele. Bree está lá, sentada ao seu lado na cama. Se essa visão não fosse suficiente para fazer-me sentir doente, Bree está dando biscoitinhos a ele. Ela está com a mão na sua boca, e ele a abre como um filhote de passarinho prestes a ser alimentado por sua mãe.

— Ei, Ash — Bree diz quando me nota. — Só vim me certificar de que o Derek vai sobreviver. Fiz biscoitos de alfarroba e germe de trigo, porque você me disse que ele gosta de comida saudável.

— Isso é tão... fofo.

— Eu sei, certo? — Ela o alimenta com outro biscoito. Ele está bem feliz enquanto ela busca outro no pacote. — Divirta-se no treino hoje.

Aceno me despedindo, sabendo que não tenho direito de ficar chateada porque Bree pegou meu lugar na cama dele e quer ficar lá permanentemente.

A coisa com Bree é que ela vai ficar feliz com qualquer atenção que Derek der a ela. Se ele de repente ficar cansado da relação, ela não vai ficar devastada. Ela vai começar a ficar a fim de outro na mesma hora.

Meus sentimentos não funcionam assim, o que me faz perceber que Landon e eu havíamos terminado muito antes do fim.

Landon. Preciso contar a novidade sobre ele para a equipe o quanto antes. Não estou ansiosa por isso, mas precisa ser feito. Durante o treino, puxo Trey, Jet e Victor de lado, quando Dieter faz um intervalo para beber água.

Esses caras são meus amigos e colegas, caras que eu nunca quis decepcionar. Mas eles merecem saber a verdade.

— Que foi, capi? — Jet segura uma garrafa d'água e a aperta na boca.

Se eles ao menos soubessem, antes, que me eleger capitã iria fazer Landon abandonar a equipe, eles teriam mudado os votos. Todos esses caras teriam se certificado de que Landon fosse o capitão. Estou achando difícil perguntar como eles se sentiriam se eu recusasse ser capitã e disesse a Landon para voltar para Fremont.

— Vocês sabem que o Landon mora na divisa entre Fremont e Fairfield, certo?

Victor bate nas minhas costas:

— Sabemos que ele está se transferindo, Ash.

Quê?

— Vocês sabiam?

Eles todos reconhecem que sabiam disto também.

— Desde quando?

Jet e Trey olham para Victor:

— Meu pai descobriu no final de semana — Vic diz. — Um dos treinadores assistentes tem negócios com meu pai, e ele contou a notícia. Dieter já sabe também. Nós estávamos meio esperando que ele lhe desse a notícia para que a gente não precisasse fazê-lo.

Não sei se isso os torna bons amigos ou maus amigos. Neste ponto, eu não confio em nada que venha da boca de outrem.

Quando chego em casa, meu pai está vendo televisão na sala.

— Pai, preciso falar com você sobre o acampamento de futebol.

Ele abaixa o volume.

— O que tem?

— Você sabe que o Landon e eu deveríamos dirigir juntos no carro dele, mas os planos mudaram. Ele vai sozinho. Eu não tenho mais ninguém com quem ir e sei que meu carro não vai dar conta, então pensei que, talvez, você pudesse me levar no seu carro, ou me emprestar o seu. — Espero que ele sinta solidariedade o suficiente para me ajudar.

— Não posso. Preciso trabalhar. Encontre amigos para ir com você, ou não vá. — Ele aumenta o volume novamente. — Essa viagem já está me custando uma fortuna e é só uma porcaria de semana. Vou ficar mais do que feliz por pegar meu dinheiro de volta.

— Eu quero ir! — Eu *preciso* ir.

Ele faz um gesto com as mãos:

— Então dê um jeito. Você sabe que eu acho que você ir para o Texas numa tentativa de ser notada por olheiros é uma perda de tempo. Se você acha que vai ser escolhida e vai ter uma bolsa, pense de novo. Eles não recrutam meninas.

— Katie Callhoun foi recrutada. Ela é menina.

— Katie Calhoun provavelmente vai ser cortada na primeira temporada. Anote minhas palavras — ele diz.

Ligo para Monika, mas ela está no curso de verão e não vai conseguir ir. Ligo para Bree, mas o agente dela acabou de colocá-la num curta que estão filmando em Chicago este verão, então ela está fora. Trey tem que economizar para faculdade, Jet tem que ficar em casa para ajudar seu pai a abrir um novo restaurante. E o pai de Victor ameaçou acabar com ele, se ele saísse da cidade.

Neste momento tudo parece perdido.

Quatro dias depois, ainda estou tentando descobrir como vou para o acampamento de futebol, quando alguém bate na porta do meu quarto:

— É o Derek. Abra.

Abro a porta e fico lá, olhando para um garoto adolescente bem irritado.

— O que há de errado? — pergunto-lhe.

— Você.

— Que tem eu?

Ele gesticula com as mãos no ar.

— Não tem mais graça morar com você. O que aconteceu com a menina que costumava tirar sarro das minhas vitaminas e me chamava de marginal? O que aconteceu com a menina que bocejava quando eu tirava a camiseta, quando estava na cama comigo?

— Não estava na cama com você. Estava limpando seus ferimentos.

— Quero dizer, pô, tínhamos um cotidiano e você está quebrando as regras. O que está havendo?

— Está bravo porque não estamos discutindo ou batendo

cabeça? — pergunto, completamente confusa. Será que ele se importa que eu lhe dê o mínimo de atenção ou não? Nós discutimos a maior parte o tempo, então que diferença faz? Bree está zanzando com ele a semana toda, enquanto eu ando completamente deprimida.

— Pelo menos reparou que eu estou levando a droga do seu cachorro para passear a semana toda e ele está dormindo no meu quarto toda noite? Sério, Ashtyn, aposto minha bola esquerda que você nem notaria se eu mudasse meu nome para Duke.

— Sua bola esquerda? — pergunto. — Por que não a direita? Os caras nunca dizem que eles apostam a direita, só a esquerda. Por quê?

— Porque qualquer cara sabe que a bola direita é a dominante, então apostar a esquerda é mais seguro. Agora não mude de assunto, e responda às minhas perguntas.

Essa é a coisa mais ridícula que já ouvi. Tento segurar a graça, mas uma risada escapa da minha boca.

— Você acredita mesmo que sua bola direita é dominante? Está de zoeira, né?

Ele não parece impressionado.

— Responda à minha pergunta.

Uso as minhas mãos para me expressar:

— Me dá um tempo, Derek. Não posso ficar deprimida?

— Com o quê?

Você. O futebol. Tudo. Quero dizer a ele toda a verdade, mas em vez disso digo:

— Não é da sua conta.

— Tudo bem. Você teve alguns dias ruins desde que você e Landon terminaram — ele diz, com agitação e irritação na voz. — Sai dessa de uma vez, tá irritando.

— Que tal se eu sair dessa quando você ler aquela carta da sua avó? — pronto, isso deve tirá-lo do meu pé e mudar o foco por um tempo. Derek me dá um perdido descendo as escadas.

Eu o sigo:

— Você não vai escapar tão fácil, Derek. Só quer que eu te divirta para que você não tenha que pensar na carta. Mas não ler está te corroendo por dentro, não está?

— Não, nem um pouquinho — ele diz. — Eu nem pensei na carta *ou* na minha avó.

— Mentiroso. Quer um desafio. Acabei de te dar um.

Derek quase tropeça em Falkor indo para seu quarto.

— Falar sobre minha avó ou aquela carta está proibido. Sério, Ashtyn, não vou entrar nessa. Você não tem ideia do que aquela mulher é capaz.

— Por que está com medo de uma velhinha?

— Não tenho medo — ele tenta rir, mas não me convence nadinha.

— Está agindo como se tivesse. Ela quer que você vá vê-la antes de morrer, Derek. Você precisa ir. Ela sabe que cometeu erros.

— Está falando como se conhecesse a velha — ele diz, enquanto abre um pote de biscoitos de alfarroba que Bree lhe deu. Ele dá uma mordida no biscoito, e faz uma careta como se fosse feito de terra.

— Você não sabe nada sobre ela. Você leu aquela carta e acha que ela é uma pobre velhinha que merece que o último desejo dela seja satisfeito. Que se foda.

— Então você está dizendo que não tem problema em negar a uma velhinha seu último desejo? Sério, Derek, você *não* tem coração.

Ele segura o pote de biscoitos:

— Quer um? Te aviso que é uma mistura de papelão e lama.

— Pare de tentar mudar de assunto, Derek.

A carta da avó dele quase me fez chorar. Eu queria ter alguém da família que quisesse ficar comigo tanto quanto a avó de Derek quer ficar com ele.

Estamos no quartinho agora. Caixas tomam um lado do cômodo. As malas de Derek e seus pertences estão do outro. Derek está se esforçando ao máximo para não prestar atenção naquele envelope que agora está em cima de uma das caixas. Eu coloquei lá porque ele precisa ler.

— Quando eu te disse que te queria de volta da forma que você é, eu não queria dizer a irritante Ashtyn. Quis dizer a Ashtyn que separava seus Skittles, enfiava um pacote de gelo na minha bermuda e não se debulhava atrás do panaca do namorado dela só porque ele a deixou.

— Para sua informação, não estou me debulhando pelo Landon.

Derek revira os olhos:

— Que seja, Ashtyn.

— Se está proibido falar sobre sua avó, está proibido também falar sobre o Landon! — Não quero lhe dizer que Landon está jogando para Fairfield como uma vingança para meus colegas.

— Ótimo.

— Ótimo. Mas você ainda precisa ler essa carta. — Deixo o quarto dele.

— E Landon ainda é um panaca — ele exclama.

capítulo 25
DEREK

Fecho a porta e olho o envelope. Ontem de manhã eu estava tentado a ler, queimar e nunca mais pensar nisso. Mas não o fiz.

Em vez disso, fiquei olhando essa desgraça que me pareceu uma eternidade. Enquanto Ashtyn quer que eu leia a carta, Falkor não parece se importar comigo, sem fazer nada, só olhando para o papel.

— Falkor, pegue! — Jogo o envelope para ele como um Frisbee.

O cachorro vê o envelope pousar a poucos centímetros das suas patinhas esticadas. É capaz de ele ser o cachorro mais inútil do planeta.

Ashtyn disse que eu tinha medo de ler a carta. Não tenho medo.

Tinha medo de perder minha mãe. No dia que ela sentou comigo e disse que tinha câncer, fiquei assustado. Não passou um dia depois disso que eu não tivesse medo. Quando suas células sanguíneas estavam baixas, pensei que era o fim.

Quando ela ficou tonta e enjoada depois da quimioterapia, fiquei apavorado. Quando o cabelo dela caiu e ela pareceu frágil, eu me senti perdido. Quando segurei a mão frágil dela no hospital, quando ela pareceu só uma casca do que era antigamente, fiquei destruído.

Certamente não tenho medo de ler uma carta da minha avó, que era uma estranha completa.

Apenas faça isso.

Pego o envelope, sento-me numa cama e abro. A carta está escrita num cartão rosa pesado com as iniciais da minha avó gravadas no topo com letras douradas. Acho que o papel foi borrifado com um tipo de perfume, porque tem cheiro de mulher.

Só para não ter que ouvir mais Ashtyn me enchendo o saco com isso, desdobro a carta e leio:

> Querido Derek,
> Estou escrevendo esta carta para você com o coração pesado. Eu fui diagnosticada e tenho refletido sobre os erros que cometi na vida. Há coisas que eu preciso acertar antes da minha morte iminente. Como você é meu único neto, é imperativo que nos encontremos, depois do meu tratamento, em 20 de junho. É meu último desejo em vida. Há coisas que você não sabe — que você deveria saber — que você PRECISA saber.
> Com amor eterno,
> Elizabeth Worthington (sua avó)

Ashtyn estava certa... minha avó está morrendo. Ela não especificou o que foi diagnosticado. Minha mente está a mil com as possibilidades. Deve ser ruim, já que ela não mencionou. Eu me pergunto se é câncer de pulmão, como minha mãe tinha. Minha mãe foi uma dessas almas azaradas que teve câncer de pulmão mesmo que não tenha fumado um cigarro em sua vida. Hereditariedade e o ambiente foram os culpados, creio eu.

Ou talvez minha avó tenha câncer pancreático, que é uma sentença de morte para qualquer um diagnosticado com isso.

Ou alguma terrível doença debilitante que é dolorosa demais para mencionar.

Merda, agora não consigo parar de pensar nisso.

A maioria dos adolescentes provavelmente estaria num avião agora, correndo para o lado da vovozinha doente. Mas a maioria dos adolescentes não tem Elizabeth Worthington como avó, famosa por pensar que seu status social é algo a se admirar e aspirar. Tenho certeza de que ela percebeu agora que seu sangue não é azul e nenhuma quantidade de dinheiro pode comprar saúde.

Leio a carta mais duas vezes, antes de colocá-la de volta no envelope e dizer a mim mesmo para esquecer isso. Eu quase desejo não ter lido o troço. É tudo culpa de Ashtyn. Se não fosse por ela, eu não teria que carregar essa culpa. Preciso tirar isso da minha cabeça ou vou ficar pensando a noite toda.

Uma pessoa tem a habilidade de tirar minha cabeça da carta. Ashtyn está no seu quarto com o laptop. Seu quarto é rosa com flores pintadas pela parede. Ela até tem bichinhos de pelúcia sobre a cama. Sobre sua escrivaninha há pôsteres do Chicago Bears e uma foto 8×10 de alguém chamado Katie Callhoun usando um uniforme de futebol americano do Texas.

— Este é o quarto mais feminino em que já estive. Só de estar aqui faz meu nível de testosterona despencar.

Ela levanta a cabeça do computador:

— É piada, né?

— Mais ou menos — pigarreio e me apoio na penteadeira dela. — Só queria te dizer para você estar pronta às sete esta noite.

— Para quê?

— Você perdeu a aposta, lembra?

— É, bem, eu não tenho que cumprir essa aposta porque você disse que a carta era um convite para fazer parte da equipe olímpica de salto ornamental sincronizado. Você mentiu.

— Não faz diferença nenhuma. Você disse que não havia equipe olímpica de salto ornamental sincronizado, e eu apostei que havia, Ashtyn. Você perdeu. É hora de pagar, e a noite é essa.

capítulo 26
ASHTYN

Estou sentada no meu quarto olhando para o relógio. São seis e meia. Eu não iria deixar o Derek alegrinho e de fato ir a esse "não encontro", mas não quero que ele pense que eu estou fugindo do nosso acordo. Derek provavelmente espera que me arrume, mas ele vai perceber rapidinho que não é o caso.

Tenho certeza de que estou com olheiras e uma aparência de merda porque não dormi muito na noite passada, o que é perfeito para meu não encontro com Derek.

Determinada a passar por isso, cambaleio até o banheiro para pegar um elástico e prender meu cabelo... e fico cara a cara com Derek. Ele está encostado na pia, se barbeando... com uma toalha enrolada bem abaixo da cintura.

— Você não trancou a porta. — Cubro os olhos com as mãos para não ter que olhar esse corpo seminu ridiculamente gostoso.

— É isso o que você vai usar hoje à noite, Docinho de coco? Moletom e camiseta?

Fico com a mão nos olhos:

— Sim.

Posso escutá-lo molhando a lâmina na pia.
— Sexy.
— Não estou tentando ser sexy.
— Ashtyn, olhe para mim.
— Por quê? — Estou com uma comichão no meio da barriga, porque estamos tão próximos e ele só está vestindo uma toalha que mostra seu V, e estou tentando manter distância mesmo sem querer.
— É bom você subir sua toalha, que está caindo.
— Não está caindo, a não ser que você queira puxar.
— Vai sonhando. — Tiro a mão dos olhos. — Acho que você tem um problema de autoestima.
— Problema de autoestima? — ele olha para mim de lado, daí ri. — É. Tá.
— Derek — digo na minha voz mais feminina e suave —, admitir isso é o primeiro passo para a recuperação.
— Não estou dizendo que não tenho problemas, mas autoestima provavelmente não é um deles. Estou feliz que você tenha voltado a ser a velha Ashtyn. Pode ficar aí enquanto me barbeio. Numa boa. Vai elevar qualquer autoestima que você ache que falte em mim.
— Não quero ficar vendo você, Derek. Quero um elástico de cabelo.
Estico-me ao redor dele e puxo uma gaveta. O cheiro da sua pele recém-lavada misturado à colônia que ele usa envolve meus sentidos. Queria que ele não tivesse tomado banho como se estivesse se preparando para um encontro de verdade. Este não é um encontro de verdade. É um pagamento por perder uma aposta.
— Quer me dar uma ideia de onde a gente vai? — pergunto-lhe, para que eu possa me preparar para o pior.

— Não. Não gosta de surpresas?

Fiquei surpresa quando meus pais anunciaram que iam se separar. Fiquei surpresa quando minha mãe fez as malas e foi embora. Fiquei surpresa quando Brandi desapareceu com Nick. Olho-o com uma expressão bem séria:

— Não, nem um pouco.

— Que pena. — Ele ergue uma sobrancelha e sorri, maliciosamente. — Adoro surpresas.

Fecho a porta e caminho de volta para meu quarto, para esperar até exatamente as sete antes de descer para um não encontro.

Minha irmã e Julian estão jogando algum jogo de cartas na sala, quando desço as escadas dez minutos depois. Derek está provavelmente no seu quarto, pensando na melhor forma de tornar minha vida miserável.

Ele não sabe o que sinto por ele... não pode saber o que sinto por ele. Esconder meus verdadeiros sentimentos vai ser tão difícil. Vou ter que sabotar nossa noite juntos o máximo que eu puder.

— Derek disse que vocês estão saindo — Brandi diz. — É *tão* legal que vocês estão se dando bem. Parece que está virando uma nova página. Gosto disso.

Eu faço que sim:

— Hum-hum.

Minha irmã, empolgada, bate palmas:

— O que vai usar?

Aponto meu moletom:

— Isto.

— Oh — ela diz, confusa por eu ter escolhido algo tão casual. — Hum... quer usar algo meu?

— Não. Isso está perfeito. É confortável.

Claramente ela não concorda que confortável seja o melhor para sair num sábado à noite:

— Experimente outra coisa. Talvez confortável não seja a melhor ideia, especialmente quando um menino te leva para sair.

— Não é um menino. É o Derek — digo a ela.

— Está pronta? — um Derek bem barbeadinho diz atrás de mim.

Ele usa jeans e uma camisa abotoada que eu nunca o vi usando antes. E está com as botas de caubói. O cabelo dele ainda está molhado. Parece que está indo para um encontro de verdade. Hora de me certificar de que ele saiba que não vou tornar esse troço oficial.

Olho meu celular:

— Tá, já passou das sete. Onde vamos e quando vamos voltar? — calço minhas sapatilhas confortáveis, recebendo um riso de Derek e um ar de espanto da minha irmã.

— Já te disse que é surpresa — ele mostra as chaves do seu SUV. — Vamos nessa.

— Preciso voltar às dez — digo-lhe quando estamos na rua para sabe-se lá onde.

— Você fica sexy pra danar com esse moletonzinho — ele diz sarcasticamente olhando meu traje.

— Valeu. Pra onde a gente vai?

— E seu cabelo. Deve ter levado horas para você arrumá-lo assim.

Levou um tempinho para eu prender meu cabelo num coque bagunçado com mechas caindo de cada lado:

— Para onde a gente vai mesmo?

— Não falei. — Ele pega a rodovia, seguindo as placas para Chicago.

— Por que você joga futebol? — ele pergunta depois de um tempinho. — Conheço um monte de meninas que gostam, mas ou elas se tornam marias-chuteiras ou líderes de torcida. Elas não jogam.

— Você não joga mais, então não vai entender.

— Experimente.

Inicialmente, eu não iria lhe contar. Mas quando olho seu rosto, eu o deixo saber a verdade:

— Sempre assisti ao futebol com meu pai. Tenho certeza de que você já reparou que ele é meio... bruto no trato. Mas foi um *kicker* da Fremont.

— Então você quis jogar para chamar a atenção dele.

Eu dou de ombros:

— Não funcionou, mas não importa. Era algo em que eu era boa, algo que podia distrair minha mente sempre que alguma merda acontecia na minha vida real. Aposto que você acha que é idiota.

— Não acho idiota, Ashtyn. Nem de longe! — Depois de um tempo, ele acrescenta: — É seu pai quem está perdendo.

Ele é a primeira pessoa a me dizer isso. Não respondo, porque meus olhos se enchem de lágrimas e não consigo falar. Queria que meu pai me visse jogar e tivesse orgulho de eu seguir seus passos. Mas eu poderia ser invisível.

Derek termina estacionando o carro no local chamado Jumpin' Jack.

— O que estamos fazendo aqui, Derek?

Nós entramos no lugar. É um ginásio grande cheio de trampolins.

Um cara e uma menina, usando collants vermelhos combinando, nos cumprimentam na entrada.

— Bem vindo ao Jumpin' Jack. Eu sou o Jack e essa é minha parceira, Gretchen. Vocês dois devem ser o Derek e a Ashtyn.

Derek cumprimenta Jumpin' Jack:

— É. Valeu por nos aceitar em cima da hora.

— Foi um prazer. Ashtyn, siga a Gretchen para o vestiário feminino, enquanto eu te sigo para o masculino.

Bato nas costas de Derek. Assisti a vídeos de salto sincronizado. Tenho medo de que não serei uma espectadora:

— Derek, por favor, me diga que não vamos fazer o que acho que vamos fazer. — Ele pisca para mim.

— Minha mãe sempre disse para ser imprevisível, e você nunca ficará entediado.

Não quero ser imprevisível. Imprevisível é impulsivo e perigoso. O imprevisível nos traz o desconhecido. Achei que Landon fosse previsível e ele não era. Eu sei que Derek é imprevisível. Não quero cair na teia dele, porque só vai terminar em desastre.

Apesar de tudo, sigo Gretchen e me encontro cara a cara com um collant azul brilhante pendurado num dos cubículos do vestiário. Gretchen, que provavelmente poderia entrar numa fechadura de tão mignon, diz num sotaque russo pesado:

— Vista-se, daí nos encontramos no ginásio.

Quando ela sai do quarto, vejo a malha azul e penso... que coisa horrível eu fiz para merecer isso?

capítulo 27
DEREK

Estou ridículo e idiota. Examino-me no espelho do banheiro. Quero ir embora. Estou usando uma malha colante na pele, collant obviamente criado por mulheres que não têm ideia sobre os enchimentos dos homens. Porque o contorno do meu pau é indecente. Os caras que fazem esse esporte não usam uma saqueira ou algo assim? Eu já estive numa cama elástica, mas nunca fiz salto sincronizado.

Olhando-me no espelho, posso entender o porquê. Achei que ter aulas particulares de salto com dois profissionais seria engraçado, algo completamente sem noção. A ideia se voltou contra mim.

Escuto uma batida alta:

— Derek, venha! — Jumpin' Jack grita à porta do vestiário masculino.

Eu me endireito e espero poder evitar mais constrangimento não tendo uma ereção durante o treino. Quando saio para o ginásio, Ashtyn está parada no topo da cama elástica do centro, usando um collant combinando com o meu que não deixa nada para a imaginação.

O olhar dela desce, e a mão dela voa para a boca, quando ri:

— Minha nossa... Derek, você é, hum...

— Enorme, eu sei. Pare de olhar ou logo você vai ver quão impressionante fica. — Aponto para o peito dela. — Está com frio, Docinho de coco?

Ela cruza os braços sobre o peito quando percebe que eu não sou o único com partes do corpo protuberantes.

— Deem as mãos. — Gretchen instrui.

Ashtyn olha para minhas mãos como se nem pensasse em tocá-las tão cedo.

— Não saltamos em camas elásticas diferentes? — pergunto. Isso não era para ser uma sessão íntima de segurar mãos. Já vi os vídeos on-line. Deveríamos pular em camas elásticas diferentes.

— Vocês precisam encontrar e sentir o ritmo um do outro primeiro.

Isso parece trepar, não pular, mas estou no jogo. Estico minhas mãos. Ashtyn respira fundo, então desliza sua mão na minha. Seu toque manda um raio de eletricidade através de mim. Busco um sinal de que ela também sente isso. Ela obviamente não sente, porque seus olhos estão desviados, e parece estar em qualquer lugar menos aqui.

— Comecem a pular! — Jumpin' Jack ordena.

Nós pulamos. Ashtyn tenta ficar de pé, mas cai para trás. Como nossas mãos ainda estão presas, eu quase caio sobre ela.

— Desculpe — murmuro. Isso é muito mais próximo do que achei que seria, e está me desviando do objetivo. A noite era para fazer com que eu parasse de pensar na minha avó.

Devia ser divertido tirar sarro dela no não encontro, que eu manipulei para que ela fosse, para começar.

Ashtyn fica de pé e estica a mão para que possamos começar novamente:

— Isso é ridículo. Você sabe disso, não sabe?

— Eu sinto o ritmo — digo, então pisco para ela numa tentativa de deixar a situação mais leve.

Ela vira a cabeça e sorri docemente:

— Vai se foder.

Ela tenta puxar as mãos, mas eu seguro firme e continuo pulando.

— Sinta a energia do seu parceiro — Jack instrui. — Não lute contra isso. Equipare, não imite, até vocês serem uma mente só.

— Da próxima vez que sairmos, lembre-me de usar um sutiã esportivo — Ashtyn murmura. — E é bom que você use uma saqueira.

Eu tento esconder um sorriso:

— Já está ansiosa pela próxima vez?

— Não. Só quis dizer... Esqueça o que eu quis dizer e se concentre — ela diz, atrapalhada.

— Você fica uma graça quando fica nervosa, Docinho de coco.

— Não estou nervosa.

— Claro que está. Suas mãos estão suadas e...

— Parem de falar e se concentrem! — Gretchen grita.

Leva quinze minutos antes que Jumpin' Jack anuncie que estamos prontos para nos separarmos e tentar camas elásticas um ao lado do outro.

Em cada salto, Ashtyn parece relaxar. Finalmente pegamos o jeito e ela até começa a sorrir e soltar risadinhas quando pulamos. Jumpin' Jack e Gretchen levam esse troço bem mais a sério do que precisa ser, o que é uma comédia.

Gretchen briga com a gente toda vez que Ashtyn e eu falamos ou rimos, o que nos faz rir ainda mais.

— Quando vocês saltam sincronizados — Gretchen diz depois que Jumpin' Jack nos ensina alguns truques —, seus corpos e almas se tornam uma entidade. É como fazer amor.

Olho Ashtyn e nossos olhos se encontram. Imagino o que seria ter intimidade com ela, com ela me olhando com esses olhos expressivos e lábios carnudos. Eu começaria lento, saboreando cada momento... daí eu a deixaria conduzir o ritmo. Será que ela iria largar sua casca protetora feroz, ou sempre estaria lá, um lembrete de que ela nunca vai abandonar totalmente suas inibições?

Merda, melhor eu parar com esses pensamentos antes que alguém no salão perceba o que estou pensando. Se Ashtyn soubesse o que há na minha mente, provavelmente me socaria na virilha — que ela não teria problema em encontrar com esse collant. Digo a mim mesmo que estou sexualmente frustrado porque não trepo com uma menina há meses. Preciso resolver isso, e não com uma menina como Ashtyn. Ela é feita para caras que querem compromisso. Eu sou feito para meninas que querem se divertir. Enquanto podemos saltar em sintonia, nossas personalidades no que se trata de namoro se chocam como óleo e água.

No final da hora, e com uma foto que Gretchen insistiu que tirássemos de collant, nós dominamos como saltar e fazer alguns truques em sintonia. Gretchen e Jumpin' Jack estão impressionados com nosso progresso e nos convidam a voltar para outra aula.

No carro, Ashtyn e eu estamos em silêncio, enquanto nos dirigimos a uma lanchonete. Ainda estou tentando me convencer de que não estou atraído por ela. Não estamos em sintonia nenhuma, em nada. Exceto em cama elástica. Nós detonamos esta noite.

— Esses saltos foram uma ideia bem idiota — Ashtyn diz. Ela voltou ao seu moletom, parecendo pronta para um treino intenso na academia em vez de uma noite na cidade.

— Você gostou. Admita.

Ela se remexe no assento e olha pela janela do carro:

— Não vou admitir nada. Agora me leve para casa, para eu poder me refestelar. Estou morrendo de fome.

— Vou te levar para jantar — paro no estacionamento do White Fence Farm, na cidade de Romeoville.

— White Fence Farm?

— Parece que eles têm o melhor frango do mundo, feito de frango de verdade. Admita que você não tem ideia do que há naquela porcaria congelada que sua irmã esquenta toda noite.

— Por acaso eu gosto de porcaria congelada, muito obrigada.

Temos que esperar mais de uma hora pela nossa mesa, então Ashtyn caminha pelo museuzinho de antiguidades dentro do restaurante. Ela parece gostar de um dos carros antigos no case do museu. Um cara pegajoso, com calça caída e parecendo estar à caça, aproxima-se dela. Ele diz algo que eu não consigo ouvir, daí sorri quando ela responde.

— Que foi, cara? — digo a ele, colocando o braço ao redor do ombro de Ashtyn. Ele aproveita a deixa e se vai. Ashtyn tira minha mão.

— O que está fazendo?

— Certificando-se de que o cara saiba que você não está disponível. Ninguém te falou para não falar com caras que só querem um traseiro?

— Um galinha reconhece o outro, hein?
— Tipo isso.
— Talvez o cara só estivesse tentando ser legal.
— Não acho.

Ela passa pelo museu lotado até a frente do restaurante. Quando estamos finalmente sentados de frente a um bando de caras usando camisetas de futebol que dizem FUTEBOL DO COLÉGIO ROMEOVILLE, Ashtyn fica em silêncio.

— Quer conversar?

Ela não levanta o olhar do desenho de um frango no prato:

— Não estou com vontade.

— Bem, que bom que não estamos num encontro. Se fosse, você definitivamente seria um fracasso.

Ela abre a boca para protestar, mas a garçonete vem. É uma mulher grandalhona com cabelo ruivo encaracolado que se apresenta como Tracie. Ela faz sua apresentação de boas vindas, então anota o pedido:

— Nossos acompanhamentos são à vontade, podem pedir mais — Tracie diz com um sorriso, então se abaixa para cochichar algo importante. — Nossos bolinhos de milho são lendários e viciantes.

— Graças a Deus — digo a Tracie, que parece que já comeu bolinhos demais nesta vida. — Porque minha namorada aqui é lendária e viciante. Certo, Docinho de coco?

Ashtyn balança a cabeça e me chuta debaixo da mesa. Pobre Tracie. Seu sorriso desaparece sem saber o que responder, então ela pede licença e diz que a comida vai chegar logo.

— Graças a Deus que este não é um encontro de verdade — Ashtyn diz. — Porque se fosse, eu já teria chamado um táxi e estaria voltando para Fremont.

— Se esse fosse um encontro de verdade, você já estaria no banco de trás do meu carro, sem roupas.
— Eeeeca. Quer apostar? — Ashtyn diz.
Dou um grande sorriso.
Ela levanta uma mão:
— Esqueça o que eu disse.

capítulo 28
ASHTYN

Estou feliz que esses caras de Romeoville não me reconhecem. Nós jogamos contra eles, neste ano, e os vencemos por 21 a 20 no primeiro round da revanche. Houve uma briga entre nossos jogadores, depois que fiz um gol para vencer o jogo. A polícia foi chamada para dispersar.

Derek acena com uma mão na frente do meu rosto:

— Pare de olhar para os outros caras quando você está comigo.

— Não estou olhando para os outros caras.

— Não sou idiota, Ashtyn. A cada dois segundos você está dando uma conferida nos jogadores de futebol na mesa atrás de mim. Obviamente você tem um fraco por esportistas.

— Tenho nada. Eles são... rivais. Só espero que eles não me reconheçam.

— Então pare de olhar para eles e preste atenção no seu encontro.

— Este não é um encontro.

— Diverte-me fingir que é.

— O que a Bree diria se ela soubesse que você e eu estamos num encontro?

— A Bree? — ele ri. — Ela só queria dar uns amassos. Nada mais.

Não quero saber o quanto ele deu uns amassos em Bree. Eu não gosto de caras que acham que são um presente dos céus para as meninas e não têm objetivos além de pegar o máximo de mulheres possível, o que é a definição de Derek Fitzpatrick. Então por que eu gosto de ficar aqui com ele, tentando superá-lo na escala de comentários espertinhos? O cara faz piadas idiotas e não leva nada a sério — especialmente seu relacionamento com as mulheres. Quero dizer, quem pensa em levar uma menina num encontro para pular em trampolim sincronizado?

Não que este seja um encontro. Não é. É um pagamento por uma aposta perdida, nada mais. Derek está fingindo que é um encontro real, mas só porque ele gosta de brincar. Levar-me para sair é outro jogo para ele, outra forma de se divertir.

Quando Tracie traz os bolinhos de milho empilhados numa pequena tigela de cerâmica, eu experimento um. Juro que o bolinho praticamente derrete na minha boca, perfeitamente quentinho e doce. É tudo o que Tracie disse que seria e mais.

Jogo outro na boca enquanto Derek me observa com esses olhos azuis elétricos.

— Você precisa experimentar — lhe digo. Tracie traz uma segunda travessa depois que eu devorei a primeira.

— Não, valeu.

— São *incríveis*, Derek. Altamente viciantes.

— Obviamente.

Eu me estico na mesa e levanto um bolinho:

— Experimente. É fresco e tem milho. Considere um vegetal cercado por delícias deliciosas.

Ele olha para o bolinho, daí para mim:

— Coma *você*.

Quando percebo que é inútil, enfio na minha boca. Não tem por que desperdiçar um bom bolinho com alguém que não dá valor.

Tracie traz o resto da nossa comida. Derek dá uma mordida no frango e geme:

— É assim que um frango deve ser.

Fico surpresa de Derek curtir o frango tanto assim. Ele até se estica e pega a asinha do meu prato, quando digo que estou cheia e não aguento mais uma mordida. Isso me faz pensar em Trey e Monika, que dividem a comida o tempo todo. Landon e eu nunca dividimos comida.

Tá, eu admito. A noite parece sim um encontro. Quando estávamos no trampolim de mãos dadas, eu não conseguia olhá-lo nos olhos. Derek tem mãos fortes e capazes que cortam grama e arrumam cabanas velhas com martelos enferrujados. Meu coração se acelerou quando ele caiu sobre mim no trampolim e eu pude sentir seu corpo próximo ao meu. Quando saltamos em sincronia, senti uma conexão.

Eu sei que soa ridículo, e estou certa de que Derek iria rir se eu mencionasse isso, mas pude sentir quando ele iria saltar sem nem mesmo olhar para ele.

Depois do jantar, ele me leva de volta para casa.

Eu não faço contato visual quando ele estaciona na entrada, porque posso me sentir tentada a me inclinar e beijá-lo.

— Eu tive uma noite bem... interessante — não quero dizer-lhe a verdade... que esta noite foi a primeira há muito tempo em que não me senti deprimida.

Estou superconfusa e emotiva. Não quero fazer nada de que me arrependa. Abro a porta, mas Derek se estica para me impedir de sair.

— Espere! — ele diz. — Quero te dar algo... — ele se estica até o banco traseiro e pega uma bola de futebol americano. — Aqui, está assinada pelos Dallas Cowboys de 92. Tem até uma assinatura do Aikman.

Meus dedos tocam as assinaturas. Estou segurando uma parte da história do Texas.

— Como você conseguiu isso?

Ele dá de ombros:

— Minha avó me mandou no meu aniversário, há um tempinho.

— Isso é muito bacana, Derek. Você devia guardar.

— Quero que fique com você.

Dou-lhe um grande abraço:

— Valeu, caubói.

Quero me afastar imediatamente, mas quando ele me abraça, eu me vejo fechando os olhos e recebendo seu abraço quente.

Eu quero isso. Esperei por isso. Meu coração está batendo rápido, e me sinto sem fôlego com as mãos fortes dele nas minhas costas.

Eu me inclino para trás lentamente. Nossos olhos se cruzam. Os olhos dele praticamente brilham no escuro.

Seu olhar se move para meus lábios:

— Quero tanto te beijar agora.

— Você geralmente pergunta a uma menina ou apenas beija?

— Geralmente eu só beijo.

As palavras saem sem que minha razão avalie as consequências.

AMOR EM JOGO   185

— Então o que está esperando?

Uma parte do lábio dele se eleva, mas não de arrogância. Acho que ele está chocado porque eu não bati nele no rosto e fui embora do carro. Eu o estou desafiando. Suas mãos tomam minha nuca, seu dedão lentamente acariciando minha pele sensível. Oh, estou numa baita encrenca agora, porque quero *tanto* isso!

Minha respiração fica entrecortada quando Derek se inclina à frente. Eu umedeço os lábios com a ponta da língua, ávida por ver como é ter seus lábios pressionados contra os meus.

Sua respiração está ofegante:

— Droga, isso é sexy.

Eu sorrio:

— Você sabe que a gente não devia estar brincando assim.

Meus lábios provocantes estão a um suspiro dos dele.

— Eu sei. Essa é mesmo uma má ideia — ele concorda, mas não parece querer recuar.

— E que você seja tão bom nisso quanto você pensa que é.

— Sou bom, Docinho de coco.

Eu recuo só um tiquinho, sabendo que deveria me proteger e correr para a casa. Ele quer brincar com isso, então estou jogando da única forma que conheço. Conheço caras como Derek. Eles gostam de desafios e do jogo de gato e rato.

— Espere — coloco uma mão no seu peito. Sinto os músculos abaixo da sua camisa e a batida rápida do seu coração.

— Nossos estilos de beijo provavelmente não são compatíveis.

— Experimente — ele cochicha, então se adianta e coloca lentos e pensativos beijos nos meus lábios. Luto com a vontade de gemer. Esses selinhos são feitos para me deixar louca. E estão deixando.

— Que tal? — ele pergunta.

— Hum...

A língua dele traça a linha entre meus lábios.

— E isso?

Tá bom. Vou com tudo agora. Pego a nuca dele e o puxo para um beijo completo com meus lábios ao encontro dos dele, e ele parece tão diferente e gostoso, e meu corpo começa a se transformar em fogo líquido...

Os lábios dele fazem os meus se abrirem. Sua língua quente e escorregadia busca a minha. Nossas línguas se misturam numa dança sexy. Gosto demais disso.

— Acho que somos compatíveis — ele grunhe contra minha boca.

— Acha? — estou ofegante e querendo que isso dure mais.

— Talvez a gente devesse continuar fazendo isso, só para se certificar. — A mão dele busca e ele tira lentamente o elástico do meu rabo de cavalo, e meu cabelo cai pelos ombros.

— Ei — ele diz. — Por que fechou os olhos?

Eu dou de ombros.

— Olhe para mim, Ashtyn. Não quero ser o cara sem rosto.

Eu abro os olhos. Seus lábios reluzem na leve luz da varanda.

— Você é uma princesa guerreira, sabe disso? — ele gentilmente tira o cabelo do meu rosto. — Tão bonita.

O momento é intenso demais e parece tão real. Não parece um jogo, mesmo que eu saiba que é. Ele está confundindo minhas emoções já à flor da pele, que é exatamente o que ele quer.

— Está falando sério?

Minha pergunta tem uma porção de implicações, porque, se ele fala sério, significa que o jogo acabou.

Ele hesita, então se encosta de volta no banco do motorista:

— Você já deveria saber. Eu não levo nada a sério.

— Era o que eu pensava.

— Na verdade — ele acrescenta —, esperava que você me deixasse tirar uma foto da gente, para que eu pudesse colocar na internet e sacanear seu ex-namorado. Que tal?

Uma foto para postar na internet? Eu quase fui levada a expor todos os meus sentimentos a Derek, quando, o tempo todo, isso era só uma piada para ele. A piada é comigo.

— Que tal este encontro estar oficialmente encerrado? — Eu o empurro e corro para fora do carro, jurando nunca mais brincar de beijar Derek Fitzpatrick.

capítulo 29
DEREK

Bem, tenho um diploma de canalha. Não queria ficar com Ashtyn. Beijá-la foi tão bom... e me fez querer perder o controle com ela. Por isso que inventei aquela história idiota de postar uma foto da gente se beijando. Eu não sabia outra forma de afastá-la, para que ela me odiasse.

Ashtyn não é uma menina qualquer. É a irmã de Brandi e uma menina que nunca ficaria com um cara sem pensar que terminaria em namoro. A mãe dela deixou-a, a irmã dela deixou-a, o pai dela bem podia tê-la deixado. É preciso que ela pense que sou um canalha, porque não importa o que aconteça entre nós, vou embora em breve, e não vou voltar.

Coloco a bola de futebol americano na porta do quarto dela, sabendo que é uma babaquice de oferta de paz, mas não sei mais o que fazer ou dizer. Sei que ela gostou pela forma como estudou as assinaturas do Dallas Cowboys, como se elas tivessem algum código secreto do futebol.

De manhã, Brandi vem ao meu quarto, e ainda estou meio adormecido. Ela está usando bermuda e camiseta que aperta sua barriga de grávida. Falkor caminha atrás dela com uma bola mastigada na boca. Ele se senta na minha cama e solta a bola murcha coberta de baba. A assinatura de Aikman está cortada ao meio... parte foi perdida, provavelmente engolida pela fera.

— Ele comeu — murmuro em choque.

— Eu sei, não é *tão* fofo?! A Ashtyn estava jogando com ele esta manhã, no jardim da frente, ensinando-o a pegar e trazer.

Merda. Ashtyn sabe mesmo como dizer *vai tomar no cu* sem dizer uma palavra.

— Tenho marcado um ultrassom na próxima semana — minha madrasta diz num tom empolgado. — Quero que venha comigo.

— Não, obrigado.

— Ai, deixa disso. Já que seu pai não está aqui, eu queria *mesmo* que você e o Julian estivessem presentes. — A mulher não percebe que pode ser estranho para mim ir ao ultrassom dela.

— Posso levar você e o Julian depois para... — Posso quase ouvir as engrenagens enferrujadas virando na cabeça dela. — Levo vocês para, tipo, pegar maçãs. Vocês vão amar!

— A época de maçãs é no outono — informo.

— Ah. Certo. Podemos fazer outra coisa então. Algo superdivertido. *Super.*

— Que tal irmos almoçar? — pelo menos posso me safar de ter de comer outra das comidas caseiras dela. Eu me sento e tento não olhar a barriga dela que cresce.

— Isso significa que você vai?

Olho seu rosto suplicante e sinto pena. Acho que se Brandi fosse minha esposa, eu iria querer que alguém fosse com ela.

— Tá. Eu vou.

— Obrigada, Derek! Você é show. — Ela tenta se sentar no canto da minha cama, mas perde o equilíbrio e quase cai, até eu me esticar para pegá-la. Desistindo de sentar, ela fica ao lado da minha cama e descansa as mãos sobre a barriga.

— Então... um passarinho me contou que você recebeu uma carta da sua avó. Que legal.

— Isso. — Se ela soubesse que minha avó só se importa com ela mesma e, provavelmente, insultaria Brandi de primeira, não acho que ela acharia legal.

— O que ela disse?

— Que está entrando no circo como a mulher barbada.

— Sério?

— Não, na verdade, não. Ela está morrendo e quer que eu a visite no Texas.

Ela vira a cabeça:

— Isso é outra piada?

— Sem piada. Vou visitá-la. — Depois da noite passada, percebi que Ashtyn é minha kriptonita. Estou me sentindo muito perto, e preciso recuar.

Ouço a porta da frente bater. Ashtyn deve ter saído para o treino e obviamente ainda está brava. Duas horas depois, quando ela chega de volta no seu carrro detonado, e estou arrumando as ripas quebradas no barraco, ainda não sei o que lhe dizer.

Ela entra mancando em casa. Seu cabelo está num rabo de cavalo baixo e ela tem manchas de grama na calça. Definitivamente ela teve um treino pesado. Digo a mim mesmo para deixá-la sozinha, mas não consigo tirá-la da cabeça. Eu a encontro na sala mergulhando o pé num balde com gelo. Brandi está pintando as unhas, e Julian está sentado ao lado de Ashtyn, assitindo TV.

— Ashtyn, podemos conversar? — pergunto.

— Não — ela aponta o balde com seu pé dentro. — Estou meio indispota e cansada de jogar. Chame a Bree.

— Não venha com essa merda. Eu não planejei que a noite passada terminasse daquele jeito.

Julian bate na minha perna:

— Derek, você disse merda.

— E daí?

Ele se aproxima e cochicha:

— É um palavrão.

Brandi confirma:

— Está escrito na nossa lista de palavras proibidas. Não pode dizer.

Só Brandi poderia ter uma lista de palavras proibidas.

— Merda não é uma palavra proibida. — Olho para Ashtyn pedindo confirmação, mas ela dá de ombros como se não tivesse opinião. A garota pode pensar num argumento para qualquer coisinha, mas quando se trata de me apoiar, ela fica sem palavras. — Posso pensar uma tonelada de coisas que são piores do que merda.

— Pare de dizer isso — Ashtyn entra na briga das palavras proibidas. — Você está corrompendo meu sobrinho.

— Você só está irritada comigo por causa da noite passada.

— Você está *tão* errado — Ashtyn diz. — Não podia estar mais errado.

— Espera aí, estou perdendo alguma coisa? O que aconteceu na noite passada? — Brandi pergunta.

Ashtyn me lança um olhar seco:

— *Nada* aconteceu. Certo, Derek?

— Certo.

— Onde vocês foram?

— Saltar de cama elástica, depois ao White Fence Farm — Ashtyn diz.

Brandi abaixa o esmalte e franze a cara:

— Então por que está irritada com ele? Parece divertido.

— Não quero falar sobre isso, Brandi. Tá? Continue achando que o Derek é perfeito como todo mundo acha.

— Ninguém é perfeito — digo-lhe. — Nem você, Ashtyn.

— Nunca disse que eu era perfeita. Na verdade, sou uma idiota.

— Não está sozinha.

Quando Gus chega alguns minutos depois, ele dá uma olhada em Ashtyn com seu pé no balde, e murmura algo sobre cancelar o acampamento de futebol e pegar o dinheiro de volta.

— Que acampamento de futebol? — Brandi pergunta.

— Sua irmã quer ir para algum acampamento de futebol no Texas. Sozinha — Gus anuncia. — Não vai acontecer.

— Espere, tenho uma ideia! — Brandi, minha madrasta cabeça de vento se vira e olha para mim como se eu fosse salvar o dia. Ela bate as mãos, com cuidado para não estragar a unha recém-feita, e diz empolgada: — Derek está indo para o Texas visitar a avó. Ele pode deixar a Ashtyn no acampamento, ver a avó, daí pode pegar a Ashtyn de volta e voltar para casa. É a solução *perfeita*!

Os olhos de todos estão em mim. O que foi, Brandi acha que colocar a gente num carro juntos vai acertar milagrosamente tudo o que há de errado na vida da irmã dela? Não vai rolar.

— Acho que não.

Ashtyn concorda:

— Também acho. É a pior ideia.

Gus consente:

— Então está resolvido, Ashtyn. Você *não* vai.

capítulo 30
ASHTYN

Passo as próximas duas horas ligando para todo mundo que eu conheço fora do meu círculo próximo de amigos. Ninguém pode fazer uma viagem ao Texas comigo. Estou sem opções... quase.
Derek.
Prefiro não comer nada, além de vitamina verde por uma semana, a ficar presa a ele por uma viagem de carro. Fiz papel de idiota no nosso não encontro, e me sinto uma idiota, porque toda vez que penso nas mãos dele no meu corpo ou na forma como a língua dele deslizou na minha, meus joelhos ficam fracos e sinto uma comichão na barriga. Eu me odeio por cair na armadilha de Derek.
Fecho os olhos e respiro fundo, então tento pensar num plano para ir ao Texas sem Derek. Ai, é impossível. Derek é a única pessoa que pode me ajudar. Eu o encontro lá fora, no alto do barracão, sem camisa. Está batendo num prego, mas só consigo pensar em ter sido levada pela sensação causada por aquele corpo na noite passada. Queria poder

apagar aquela lembrança da minha cabeça, mas obviamente não vai rolar.

— Preciso falar com você — digo.

Ele continua a bater:

— Por quê? Está pronta para falar por que está tão irritadinha?

— Na verdade não, mas não tenho escolha — suspiro. — Não devia ter te beijado. Ou ter deixado você me beijar. Foi um *grande* erro do qual vou me arrepender *para sempre*. Estou puta porque você me tentou e estou puta por eu ter deixado acontecer. Você me pegou num momento de fraqueza, e é um saco saber que não posso voltar no tempo para apagar isso. Pronto, já disse.

— Para sempre é muito tempo, sabe — ele diz.

— Sei bem disso, obrigada. Não queria te pedir isso, mas preciso que você me ajude com a coisa de dirigir até o Texas, para eu participar do acampamento de futebol. Liguei para todo mundo que eu conheço e até para umas pessoas que não conheço direito. Ninguém pode.

— Sou sua última escolha, hein?

— É.

Ele salta do telhado do barracão e caminha até mim:

— Você criou a regra de que não deveríamos nos meter um com o outro. Na noite passada nós fizemos isso e olhe o que aconteceu. Eu diria que te levar para fora do estado e dormir, acampados numa barraca, juntos, definitivamente conta como se meter no assunto um do outro.

Espere. Acho que ouvi direito, mas não tenho certeza:

— Acampados?

— Não gosto de frescura.

Não é meu tipo de coisa, mas estou desesperada, então minto e abro um grande sorriso falso:

— Adoro acampar!
Ele balança a cabeça:
— Acho que não.
Protejo meus olhos quando olho para ele:
— Você quis que eu o desafiasse e discutisse com você. Estou disposta a continuar jogando esse jogo, se você estiver sem a parte dos toques e beijos. Pense em todo tempo que vamos ter para discutir e irritar um ao outro dirigindo até o Texas.
— É tentador, mas depois da noite passada, provavelmente é a pior ideia. Do mundo. — Ele aponta para a bola de futebol. — Ah, sim. E valeu por dar a bola que eu te dei para seu cachorro comer. Aposto que é sacrilégio destruir a assinatura de Troy Aikman, mas não se preocupe. Não vou te dedar.
Ele segue para a casa. Eu não posso deixá-lo ir embora assim, não agora. Vou atrás e fico no caminho:
Ele me empurra gentilmente para um lado:
— Desculpe-me, Ashtyn. Não posso te ajudar.
Hora de apelar, não importa que meu ego esteja ferido:
— Espere! Derek, o futebol significa *tudo* para mim. Eu preciso ir ao Texas. Eu preciso provar a todo mundo e a mim mesma que eu mereço estar lá tanto quanto qualquer cara. Eu não te disse antes, mas o Landon deixou nosso time para jogar com nossos rivais. Eu me recuso a desistir, mesmo que tudo pareça inútil agora. — Eu me afasto porque meus olhos estão começando a lacrimejar. — Você não entende. Eu não tenho mais nada além do futebol. — Aponto para o Falkor, cuja cabeça está descansando aos pés de Derek. — Não tenho nem mais meu cachorro porque ele gosta mais de você. Não tenho muito, e não peço muito. Você é minha última esperança.
Respiro fundo, trêmula, sabendo bem que minhas lágrimas estão à beira de escorrer. Derek esfrega a nuca, pensando bem.

— Desculpe-me, não posso.
— Dê seu preço — ofereço num ato de desespero.
— Meu preço?
— É. Só diga um número.
— Um milhão de dólares.
É. Certo.
— Obviamente não tenho um milhão de dólares. — Calculo quanto dinheiro economizei trabalhando de baby-sitter em feriados e aniversários. Meu pai me deu dinheiro para ocasiões especiais: seu prêmio de consolação pela merda da minha vida. — Eu te pago cem pilas e dividimos a gasolina.
— Só cem? — ele pergunta sem se impressionar. — É menos do que um salário mínimo.
— Este é um trabalhinho temporário, lembra?
— Não está levando em consideração o fator estresse. Lidar com você, Docinho de coco, não é moleza.
— Jogo duas caixas de barrinha de cereal no carro. — Estendo minha mão. — Feito?
Ele olha para minha mão por um longo tempo. Então balança a cabeça:
— Escute, Ashtyn, eu não...
— Vai, Derek. Isso não é piada. Eu não tenho mais ninguém com quem contar. Meu namorado me largou, não temos um *quarterback* decente. Minha vida está uma zona. Estou me afogando aqui. Prove-me que nem tudo está perdido
Ele esfrega o pescoço de novo, então suspira algumas vezes enquanto olha o pátio. Finalmente diz:
— Tudo bem. Fechado.

capítulo 31
DEREK

Fui forçado a ir para Ilinois.
Fui forçado a ir para o Texas.
Fui forçado a ir para uma viagem de carro com uma garota que me faz querer beijá-la e ficar longe dela ao mesmo tempo.

Como isso aconteceu comigo? Eu não podia dizer não para Ashtyn, quando ela me falou o quanto o futebol e a viagem significavam para ela.

Houve um tempo que futebol significou muito para mim.

Ashtyn tem essa centelha que eu costumava ter. Vejo nos olhos dela. Não sei o que ela acha que vai conquistar indo para o acampamento de futebol, mas não tenho dúvida de que ela vai usar todo o seu arsenal para ser notada pelos olheiros.

Quatro dias depois, carregamos meu SUV. Ashtyn fez questão de esvaziar a despensa pegando porcaria para comer durante a viagem. Enfio as barras de cereal que ela comprou na minha mochila, mas decido levar coisas para fazer minha própria comida.

— O que é isso? — Ashtyn pergunta quando eu saio de casa.

— Um liquidificador.

— Você está trazendo um *liquidificador* numa viagem de carro?

— Isso. — Bastam umas bananas e espinafre e eu faço um bom café da manhã. Se Ashtyn acha que vou comer bala ou cookies de café da manhã, almoço e jantar, é melhor ela pensar de novo.

Depois de dar adeus a Brandi, Julian e Gus, estamos prontos para sair da cidade.

Falkor salta para o banco de trás quando eu abro a porta.

— Você não foi convidado. — Ele olha para mim com olhos caídos e não se mexe. Ashtyn tenta tirá-lo, mas ele não se mexe até eu dizer: — Fora!

De repente Julian está do meu lado, abraçando minhas pernas com seus bracinhos de moleque:

— Você vai voltar, né?

Eu me ajoelho ao lado dele:

— Claro que vou voltar.

Ashtyn espia pela janela:

— Ei, Julian. Não quer me dar um abraço também?

Julian aceita.

Ashtyn sai do carro e se ajoelha. Ela o puxa em sua direção e o abraça. Esse abraço é cheio de carinho e emoção... ela não quer soltar. É como ansiar pelo amor incondicional que Julian lhe está dando agora. É algo que eu nunca poderia dar.

Ashtyn tira seus sapatos, e se ajeita confortavelmente, depois que saímos pela estrada. Logo saímos da cidade, só vimos fazendas e um solitário gavião voando no céu.

— Está com fome? — Ela pega a mochila e tira umas torradinhas e um copo de requeijão cremoso. — Quer um pouco?

— Nah.

— Não vai te matar, Derek. — Ela segura uma torrada, com um monte de queijo semiliquefeito, na frente da minha boca. — Experimente.

Abro a boca e ela enfia a torrada, as pontas dos seus dedos tocando meus lábios e quase permanecendo lá até eu fechar a boca. Parece um momento íntimo, mas é loucura. Ela só estava me dando uma torrada, não tentando se insinuar.

Diga isso ao meu corpo. Está reagindo desde que ela me tocou com aquelas pontas femininas dos dedos que traíram totalmente a imagem de durona do futebol.

Ela passa outra torrada. Sou tentado a pegar, mas não quero esses dedos nem perto dos meus lábios de novo. A regra dela de não beijar ou tocar está cimentada no meu cérebro.

— Estou bem.

— Você que sabe — Ela abre a boca e joga requeijão direto na boca.

Manter Ashtyn à distância é o que preciso fazer, mesmo sentindo uma corrente contrária de algo que não consigo precisar... e nem quero. *Sem beijar e sem tocar*. Olho por cima do meu ombro para Ashtyn. Ela está lambendo um pouco de requeijão do seu lábio superior, e não tem ideia de que está me deixando louco.

Ela berra e aperta as duas mãos no painel:

— Derek, você vai atropelar um esquilo!

Merda! Dou uma guinada para evitar o bicho, os pneus cantando, e o carro dá um cavalo de pau.

— Atropelou? — ela pergunta em pânico, olhando pelo retrovisor.

— Não.

Ela balança os dedos para mim, os mesmos que estavam nos meus lábios há poucos minutos:

— Preste atenção na estrada. Você podia ter matado a gente.

Não fui eu quem testou a regra de não tocar. Pego o copo e jogo lá atrás. Pronto, agora não vou me distrair.

Ela solta um grito frustrado:

— Para que isso?

— Para eu poder me concentrar na estrada.

Ela balança a cabeça confusa, mas se ela acha que vou explicar por que joguei o copo de requeijão lá atrás, ela vai esperar para sempre. Algumas coisas é melhor não dizer. Sem nada para passar nas torradas, ela joga o resto na mochila que, com certeza, está cheia de mais porcaria.

Paro para abastecer e passo as chaves para Ashtyn. Ela dirige, e eu vou para o banco do passageiro. Queria estar no meu dormitório, onde eu só me preocupava em passar o verão sem ser chamado à sala do Crowe. Quando era calouro, eu tinha tudo planejado. Iria para a faculdade e jogaria bola.

Tudo mudou depois que minha mãe morreu.

Meu cérebro busca o fluxo de lembranças presas como um cofre dentro da minha cabeça. Ainda posso ouvir o som familiar da minha mãe rindo na cozinha com uma toalha manchada na cabeça, depois de ter tingido as pontas dos cabelos de azul. Era a cor favorita do meu pai, e ela queria lembrar dele sempre que se olhava no espelho. Ele estava a serviço, e ela estava entediada e solitária.

Alguns meses depois, ela foi diagnosticada com câncer e perdeu todo aquele cabelo.

Todas as vezes que minha mãe tinha que ir para os tratamentos de quimioterapia, quando eu estava na escola, era um saco. Quando o cabelo dela começou a cair, eu a encontrei chorando, no banheiro, olhando no espelho os grandes espaços sem cabelos e os tufos de cabelos na escova.

Dois dias depois, ela pegou a máquina do meu pai e me disse para terminar o trabalho. Eu também raspei minha cabeça, mas isso não evitou que ela chorasse o tempo todo. Se eu pudesse ter lutado contra aquele câncer por ela, eu teria. Mas não há como negociar com o câncer.

Tomei conta da minha mãe, mas não foi o suficiente, não pude salvá-la e eu não estava lá quando ela deu o último suspiro. Sei que ela iria querer que eu estivesse lá. Eu era o único membro da família por perto, e ela morreu sozinha porque eu estava no treino do futebol, e fui para o hospital mais tarde.

Eu devia estar lá, mas não estava.

Há um longo período de silêncio enquanto dirigimos por horas. Depois que paramos para almoçar, pego a direção e sigo para o acampamento. Ashtyn se encosta na janela, olhando as fazendas enquanto passamos. Ela aponta para um cara empurrando uma menina num balanço de pneu no jardim de uma das casas.

— Que romântico — ela diz, suspirando alto. — Derek, já teve namorada?

— Já.

— O que aconteceu?

Não penso em Stepanhie há um bom tempo. Nós voltamos para casa juntos no segundo ano, e depois disso ela me deu sua cinta-liga e sua virgindade. Ela disse que nós estaríamos juntos para sempre, e na época eu acreditei.

— Eu me mudei para a Califórnia, ela morava no Tennessee. Tentamos fazer funcionar à distância, mas não durou muito. — O para sempre acabou sendo sete meses.

— Quando você soube que havia acabado?

— Quando descobri que ela estava trepando com meu melhor amigo.

capítulo 32
ASHTYN

— **Ashtyn, acorde.** Chegamos.

Não estou realmente acordada e só quero voltar a dormir. Não vai acontecer, porque Derek me bate forte no ombro.

— Estou acordada — digo, meio grogue.

Ele continua batendo no meu ombro até eu me sentar e olhar pela janela. Na nossa frente há uma grande placa que diz:

> CAMPING FELICIDADE ACAMPADA
> Onde a natureza te alimenta!

Ai, que bom. Eu devia mencionar que não gosto de aranhas e, só de ouvir o som de grilos, fico apavorada.

— Humm... Por que não abandonamos a ideia de acampamento e vamos a um hotel? Com seu dinheiro de jogo e minhas parcas economias tenho certeza de que podemos juntar o suficiente para um lugar decente.

— Dinheiro de jogo?

— Não banque o inocente. A Monika encontrou um monte de dinheiro enfiado na sua bota e fichas de pôquer na sua mala.

— Então isso me torna um jogador?

— Isso.

— Escuta, Docinho de coco. Não dê uma de diva julgando logo os outros. — Ele sai do carro em direção à placa que diz REGISTRO E LOJA DE CONVENIÊNCIA.

Um cara na recepção nos atende com um sorriso torto, dentuço, enquanto pega um formulário de registro. Logo recebemos uma pequena área para acampar com água encanada e eletricidade.

Enquanto Derek compra um feixe de lenha e fósforos, eu compro cachorro-quente e pão doce. No final, eu esbanjo e compro coisas para fazer biscoitos com marshmallow. Já que estou presa aqui, vou aproveitar o máximo que puder.

Lá fora, Derek se encosta num carro enquanto verifica o mapa para nosso local de acampamento. Ele não tem ideia de que duas meninas, sentadas num banco de piquenique, a poucos metros, o estão encarando como se ele fosse algum tipo de conquista.

Ele espia minha mochila:

— O que você comprou para o jantar?

— Se acha que comprei hambúrguer orgânico de peru ou linhaça, vai se decepcionar.

— Que tal vinagre de maçã?

— Para quê?

— Uma desintoxicação.

Eu olho para ele de cima a baixo:

— Você não precisa de uma desintoxicação, Derek. Você precisa de cachorro-quente.

A resposta dele é uma risada:

— Vamos montar a barraca e fazer a fogueira para que eu possa me encher com esses nitratos. Humm.

— Você está me deixando irritada.

— É a intenção, Docinho de coco. — Derek dirige pela rua sinuosa de cascalho até chegarmos ao ponto 431 do acampamento. Há algumas árvores, mas é principalmente uma área plana de grama. — Lar, doce lar! — ele anuncia.

Alguns dos nossos vizinhos estão jogando futebol, uma família está cozinhando e algumas meninas estão tomando sol de biquíni. Derek praticamente salta do carro e arma nossa barraca nos fundos.

Eu leio a descrição da lateral da caixa:

— Para três pessoas.

— Certo. Somos dois numa barraca para três. Vamos ter muito espaço para nos esticar.

Não estou convencida:

— Parece pequeno, Derek. Acho que minha cama inflável não vai caber muito bem nesse troço.

— Cama inflável?

— É. Preciso estar confortável.

Ficar perto de caras em espaços pequenos é minha segunda natureza. Já tive que dormir no ônibus com os caras com quem viajei longas distâncias para os jogos, e fico no vestiário quando a maioria está seminua. Mas isso é diferente, eu tenho que ficar numa barraca com um cara por quem tenho uma queda e não quero ter.

Derek pega a barraca e a abre no chão.

— Precisa de ajuda? — ofereço.

— Não. Deixe comigo.

Eu me sento num toco de árvore e vejo Derek armar a barraca com habilidade.

Está quente, mesmo com o sol se pondo. Ele tira a camiseta e enxuga o suor do rosto com ela. Quando ele coloca parte da camisa na cintura da calça, seus olhos azuis e profundos encontram os meus, e sinto um frio na barriga.

Eu afasto o olhar, não querendo que ele saiba que eu estava admirando seu peito nu bronzeado e o físico perfeito. Sinto-me culpada por olhar.

A barraca, na cúpula, é verde, e tem uma faixa roxa correndo pela lateral como um carro esportivo. A maioria dos carros esportivos é maior do que nossa barraca. A maioria dos armários é maior do que o nosso. Todas as barracas ao nosso redor são maiores que a nossa. Quando Derek rejeita a cama inflável que eu trouxe, eu a enfio na barraca e a encho eu mesma. Ela ocupa a maior parte do nosso espaço, mas pelo menos vou ficar confortável.

No mato, pego pequenos gravetos para acender o fogo, e Derek coloca a lenha no fosso. Um dos caras da barraca ao lado da nossa joga uma bola de futebol perto de mim. Por instinto, eu largo os gravetos e pego a bola.

— Uau — um cara com cabelo loiro encaracolado diz. — Bela pegada.

Eu jogo a bola de volta para ele numa espiral perfeita. O amigo do crespo, que tem uma tatuagem de caveira no braço, diz:

— Boa jogada. Qual é seu nome?

— Ashtyn.

— Eu sou o Ben. De onde você é, Ashtyn? — o cara com a tatuagem pergunta.

— Chicago.

O crespo acena para mim:

— Quer dar um rolê com a gente?

Derek parece pronto para intervir, como se eu precisasse de um herói para me salvar de encrencas. Não preciso da ajuda dele. São só uns caras se divertindo.

— Talvez eu encontre vocês mais tarde.

Quando volto ao nosso ponto, Derek balança a cabeça.

— O que foi? — pergunto.

— Você caiu nessa.

— Caiu no quê?

Ele acena em direção a Ben e seus amigos:

— Esses caras estavam te olhando bem antes da bola ser jogada na sua direção, Ashtyn. Não foi acidente.

Eu arrumo os gravetos junto com a lenha que Derek comprou:

— E?

Ele se ajoelha e começa a acender os gravetos com um isqueiro.

— Então, estou sendo pago para dirigir para você, não para ser sua babá.

— Não preciso de babá. Não preciso de ninguém.

Ele balança a cabeça e senta-se, de volta, nos calcanhares.

— É o que você pensa.

capítulo 33
DEREK

Ashtyn ficou bem puta com meu comentário de babá, como se fosse um grande insulto. Agora ela nem fala comigo. Depois que comemos os cachorros-quentes, ela entrou na barraca e não tirou a cabeça de lá desde então. Ela vai me ignorar quando tivermos de dormir um ao lado do outro?

— Posso me juntar a você? — vem uma voz de mulher do acampamento perto do nosso. — Nossa fogueira apagou, e ficamos sem comida.

Três meninas vêm até mim, todas usando camiseta do St. Louis Cardinals e biquínis. Elas todas têm cabelo liso superlongo. Uma delas tem uma faixa do cabelo tingida de rosa.

— Claro. — Ajudo a trazer suas cadeiras para perto do fogo.

As meninas se apresentam e começamos a conversar. Ashtyn sai da barraca. Ela não fala muito até que um dos caras, que estava jogando bola antes, se junta à nossa fogueira. Eles trazem um cooler cheio de cerveja. Em pouco tempo estamos dando uma festinha com música que se escuta pelos alto-falantes da van de alguém.

Ashtyn, de repente, conversa com alguns dos caras. Ela desperta a atenção deles, quando conta alguma história sobre jogar futebol americano no meio de uma enxurrada, na temporada passada. Ashtyn tem poder sobre os homens... poder que não tem nada a ver com ser uma jogadora de futebol. Ela não balança o cabelo ou dá risadinha ou projeta os peitos para chamar atenção, como as meninas comuns. Ela é só... Ashtyn.

— A Ashtyn é sua namorada? — pergunta uma menina que se apresentou como Carrie.

Eu olho do outro lado da fogueira para a menina que me enlouquece, daí digo a mim mesmo para afastar o olhar e parar de se preocupar com o que ela faz.

— Não, a Ashtyn não é minha namorada. — Olho ao redor como se estivesse prestes a contar a Carrie algo supersecreto. — Ela na verdade é da realeza de Fregolia, um pequeno país da Europa. Ela queria saber como era viver com os nativos na América, então está aqui disfarçada. Sou o guarda-costas dela.

— Oooh — Carrie olha para meus bíceps em sinal de admiração, então lambe os lábios. Ela se aproxima. — Você tem uns olhos *incríveis*. De onde você é?

Aposto minha bola esquerda que se eu disser Fregolia, ela pode muito bem acreditar.

— A resposta é meio complicada.

— O que quer dizer?

— Sou de vários lugares.

— Ohhh, misterioso. — Ela se endireita, parecendo empolgada para saber de todos os lugares em que vivi. — Deixe-me ver, você deve ter pego esse sotaque sexy de algum lugar.

Concordo:

— Alabama. Tennessee. Texas.

Carrie toca nos meus bíceps e grita:

— Oh, meu Deus! Você é do Texas? Que coincidência! Eu adoro os texanos!

capítulo 34
ASHTYN

Depois de conversar e rir com os caras da outra barraca até minha voz ficar rouca, eu me sinto exausta. Eles me convidam para jogar strip poker na barraca deles. Não vou jogar strip poker com ninguém, quanto mais com um bando de caras que acabei de conhecer. Não lhes digo que Derek joga pôquer, não quero que ele jogue strip poker, ou qualquer jogo de strip, com as meninas que ele conheceu hoje.

Derek está conversando com uma menina ali na fogueira. Conversou com ela a noite toda. Ela está paquerando, rindo e tocando o braço dele. Derek definitivamente está interessado, posso ver pela forma como ele concentra toda a atenção nela.

Pego meu blusão de hóquei, meus artigos de higiene e sigo para tomar uma ducha e me preparar para dormir. Passo por Derek e pela risonha, no caminho de volta para a barraca, ignorando-os, então abro o zíper e rastejo para dentro da barraca.

Estou deitada no colchão e escuto mais risinhos. E a risada de Derek. Afe, por que eu me importo se Derek quer sair com outra pessoa? Porque a verdade é que eu quero ficar com ele. Eu sinto desejo. Fecho bem os olhos e tento esquecer a imagem de Derek e a menina lá fora. Eu queria que a menina fosse eu.

O que estou pensando? Não quero um cara que torce o nariz para a ideia de ter uma relação real em vez de apenas *ficar* por uma noite. Não quero um jogador ou um mulherengo. É como eu lhe disse antes do jantar. Não quero nem preciso de ninguém.

Tento dormir, mas não consigo. Ouvir os cochichos deles foi ruim o suficiente. Através do náilon eu vejo as sombras deles. Suas risadas dão nos meus nervos porque são tão falsas.

Eu me viro, coloco os fones de ouvido e escuto música. A luz do meu iPod dá um leve brilho à barraca. Eu respiro fundo e me acalmo... mas, pelo canto do olho, vejo algo rastejando na barraca — uma aranha grandona está do lado da minha cara!

Eu luto para me afastar desse troço horrível.

Está em mim.

Ai, não. Não gosto de aranhas medonhas rastejantes com presas e um bando de pernas e teias grudentas e nojentas. Morro de medo.

Ela se aproxima.

— Não chegue perto de mim! — grito, então choro pedindo ajuda.

Em segundos a frente da barraca se abre e Derek aparece:

— O que houve? — ele pergunta, com a voz cheia de preocupação.

Aponto para a criatura assassina:

— Aí! — resmungo quando ela sobe para o topo da barraca. — Aaaaai. Sai. Mata. Esmaga!

— Que exagero. É uma aranha, Ashtyn. Não é um escorpião.

Ele a pega, daí a leva para fora.

— Certifique-se de levar para bem longe — digo-lhe.

Ele aparece novamente.

— Já foi. Você é uma jogadora durona. Com certeza pode lidar com uma aranhazinha.

— Ser jogadora de futebol não tem nada a ver com o medo desses monstros rastejantes de oito patas, Derek. E aquele troço não era pequeno. Eu vi as presas.

— Tá, certo — ele balança a cabeça. — O que você achou, que não haveria aranhas no acampamento? Estamos no meio da natureza.

— Não esperava que estivesse *dentro* da minha barraca — digo-lhe. — Eu li na internet que não é incomum uma pessoa comer uma aranha enquanto dorme. Não posso dormir achando que esse troço iria rastejar até minha cara e enfiar as presas em mim. Esse espaço é meu.

— Bem, ela já foi, então você está bem agora. Estou surpreso de a polícia do Acampamento Feliz não ter vindo. É hora de silêncio depois das dez, sabe. — Ele pega seus produtos de higiene da sacola. — Sua cama ocupa oitenta por cento da barraca. Onde você acha que eu vou dormir?

Aponto para uma fatia de espaço, grande o suficiente se ele não se mexer muito.

— Bem ali.

— Está de brincadeira, né?

— Não.

Ele balança a cabeça:

— Vamos ver quando eu voltar.

— E quanto àquela menina feia com quem você estava falando? — pergunto, tentando esconder qualquer traço de ciúmes na minha voz. — Ela não está lá esperando por você?

— Ela não era feia. E não, não está esperando por mim.
— Viu o cabelo rosa dela? Digo, sério. É constrangedor como ela está implorando por atenção.
— Ela é gostosa.
— É, bem, como você sabe? Acho que bactérias dessas vitaminas de alga invadiram seu cérebro.

Ele se vira para mim:
— Você está com ciúmes porque eu estava falando com ela?
— *Não* estou com ciúmes. Só estou preocupada, mas não vou mais cuidar de você, se você não quiser.
— Você precisa é cuidar de si mesma, Ashtyn. Não de mim.

Derek sai para se lavar. Sinto um frio na barriga, sabendo que ele vai dormir na barraca comigo. Eu não posso admitir que quero que ele me queira. Mas quero. Quero que ele diga que a menina que estava conversando com ele era idiota e... que não era eu.

Ele está de volta. A cama inflável se mexe quando ele se senta nela. Eu rolo para o meio... em direção a ele.
— Não vá pensando que vai dormir na minha cama — murmuro, arrastando-me de volta para o canto da cama, esperando que ele não sinta que estou totalmente ciente da atração de um pelo outro. Se ele sente essa atração também, está disfarçando bem.
— Escuta, Docinho, você não me deixou nenhum espaço. Vamos dividir a cama. Se não quiser — ele diz num tom irritado —, me certificarei de enfiar meu canivete no colchão.

Eu me sento:
— Você não ousaria.

Ele procura na mochila o canivete:
— Experimente.

Infelizmente, eu não acho que Derek é o tipo de cara que faz ameaças vazias.

— Tá. Pode dormir na cama, mas certifique-se de ficar do seu lado. Lembre-se da regra de não tocar.

— Vá mais para lá.

Está completamente escuro. E está silencioso, com exceção da nossa respiração.

Estou de costas para Derek. Eu o escuto tirar o jeans antes de se deitar ao meu lado. É estranhamente íntimo nós dois sozinhos aqui na barraca. Ele já dormiu uma noite inteira com uma menina antes?

Ele dormiu com a namorada do Tennessee que o traiu?

Há pouco espaço para nós dois na cama. Mantenho meu corpo totalmente reto para que não toquemos acidentalmente nossas pernas ou mãos ou ... qualquer coisa. Não tenho com que me preocupar. Se Derek pode querer ficar comigo porque é homem, ele não tem desejo de me abraçar e me dizer que tudo na minha vida vai ficar bem.

É o que eu quero de um cara.

É o que eu preciso de um cara.

De repente está supersilencioso na barraca. Até os grilos estão em silêncio. Estou agitada. Silêncio para mim é tão irritante quanto uma unha raspando numa lousa, porque, quando está silencioso demais, minha mente vai a mil.

Quando minha mãe e Brandi foram embora anos atrás, nossa casa ficou silenciosa demais. Tudo o que eu fazia era pensar no que elas faziam, por que elas partiram, e quão solitário foi. Eu preenchi o vazio com música, do tipo pulsante, que não deixa você pensar.

Derek está ouvindo música com os fones de ouvido. Está tão silencioso que posso ouvir as músicas. Músicas antigas dos anos 50 e 60 preenchem suavemente a barraca. As músicas me acalmam. Estou tentando não pensar em Derek me salvando da aranha ou dormindo ao meu lado. Eu me lembro de que ele gosta de meninas como aquela de cabelo listrado de rosa — alguém que sabe que ele nunca mais vai vê-la.

Ele foi meu herói esta noite sem perceber. Está sendo meu herói me levando para o Texas e ficando comigo esta noite, em vez de sair e ficar com aquela menina.

— Obrigada — murmuro enquanto vou apagando, sabendo que ele não pode me ouvir com os fones de ouvido. É bom saber que pelo menos esta noite estou protegida... Derek está aqui para se certificar de que não serei atacada por aranhas... ou acossada pelos pensamentos de ser abandonada.

Estou sonhando que estou no Alasca. Só sei que é frio e não consigo me aquecer. Estou presa no meio de um iceberg, e não consigo me soltar. Eu faria qualquer coisa para parar de tremer. O vento é frio como uma nevasca. De alguma forma, saio magicamente do iceberg. Agora estou andando na neve, pelada, prestes a congelar até a morte.

Estou meio adormecida quando me viro para encontrar uma posição mais confortável, com pouca consciência de que não estou no Alasca, mas dormindo numa barraca. Estou com frio... a temperatura caiu e estou tremendo. Minha mão descansa em algo quente. Eu me movo mais perto do calor, me aninhando nele.

— Ashtyn, o que está fazendo? — uma profunda voz masculina me pergunta. Eu não abro os olhos, mas sei que é ele. Seu sotaque é único e inegável, como chocolate quente. Eu quero que ele seja meu protetor, só esta noite. Se ele me deixar, vou ficar sozinha. Não quero ficar sozinha e com frio. Não esta noite.

No meu sono, digo a mim mesma que faço qualquer coisa para mantê-lo aqui comigo.

— Não me deixe — murmuro no peito dele, tremendo descontroladamente.

— Não vou deixar. — Os braços dele me envolvem, e eu me sinto segura... longe do iceberg no meu sonho, da solidão no meu coração e da dor de perder todo mundo que já amei.

capítulo 35
DEREK

Acordo com uma ereção. E meu braço ao redor de Ashtyn. Estamos de conchinha como um casal, e seu cabelo longo está no meu rosto. O cheiro floral do seu perfume lembra-me de que, ainda que ela fale duro e seja uma jogadora de futebol, ela é cem por cento mulher. Fiz meu melhor para ficar do lado dela na cama, mas ela continuava se aproximando. E mais. Então me disse que estava com frio e me pediu para abraçá-la. Então a abracei.

Esse foi meu primeiro erro.

Rapidamente tiro meu braço e consigo arrumar um espacinho entre nós. Preciso esfriar a cabeça. Ela estava meio adormecida quando pediu que eu a abraçasse, então, com sorte, ela não vai se lembrar. Não vou ficar bancando o namorado temporário até chegarmos ao Texas.

Aquela Carrie de cabelo rosa é meu tipo. Fez biquinho depois que eu a deixei de lado, quando perguntou se eu queria passar a noite na barraca dela. Disse-lhe que tinha um trabalho a fazer como guarda-costas da Vossa Majestade.

Carrie queria se divertir.

Ashtyn quer alguém que não a abandone.

Quando ela se virou para mim, foi só porque eu era um corpo quente? Ou porque era *eu*?

Não importa. Abro a barraca e vou fazer uma fogueira. Como eu cheguei aqui? É por causa daquela maldita pegadinha. A porra dos porcos é o motivo pelo qual estou aqui, e não no meu dormitório na Regents.

Esta viagem é só de alguns dias. Não posso fazer nada por alguns dias, mesmo ficar o mais longe possível de Ashtyn. Escuto movimento na barraca antes de ela colocar a cabeça para fora.

— Ei — ela diz.

— Ei — eu aponto uma caixa de Pop-Tarts no porta-malas do carro, mas não cruzo meu olhar com o dela. Em vez disso olho para as chamas da fogueira que acabei de fazer.

— Fiz um café da manhã para você.

Ela abre a caixa:

— Obrigada — murmura e dá uma mordida.

Eu me inclino nos cotovelos e me pergunto o que lhe vou dizer.

— Devemos fazer as malas e sair logo — digo seriamente. — Temos muito a dirigir.

Passamos os próximos vinte minutos arrumando as coisas. Ela não olha na minha direção quando eu saio do acampamento e sigo para nosso próximo destino.

— Quer falar da noite passada? — ela pergunta.

— A parte em que você estava paquerando aqueles caras ou a parte em que me pediu que a abraçasse?

— Não estava paquerando aqueles caras. Estávamos falando de futebol.

— Ah, tá certo. Você só gosta de caras que jogam futebol.

— O que quer dizer com isso? — Quando eu não respondo, ela continua: — Talvez devêssemos começar com o fato de você ter ficado íntimo daquela menina de cabelo rosa. Ela só queria ficar.

— É o que torna tudo melhor. Sem envolvimento emocional. Sem laços. É o que eu chamo de um relacionamento perfeito.

— É o que eu chamo de periguete — ela revira o lábio superior, enojada. — Sinto pena da sua futura esposa. Ela está fadada a ser uma mulher muito solitária.

— E eu sinto pena do seu futuro marido, que está destinado a ser uma decepção para você e suas altas expectativas.

— Altas expectativas? Minhas expectativas não são altas.

— Sério? Então não espere que eu seja seu aquecedor toda noite.

— Não espero.

Ashtyn insiste que ela precisa treinar todos os dias, enquanto estamos na estrada. Essa menina é dedicada. Reconheço isso nela. Ela busca parques próximos pelo celular mas não encontra nada. Então, termino dirigindo ao redor de uma área aberta.

Chegamos a uma escola com um campo de futebol nos fundos.

— Que tal aqui? É melhor do que um parque, porque você pode de fato chutar em gols de verdade, não imaginários.

Ashtyn balança a cabeça

— Não posso treinar aqui. É propriedade particular da escola. Além disso, há uma cerca ao redor, e está trancada.

Eu a olho de soslaio

— E?

— Você não está pensando em invadir — ela diz.

— Sim, estou.

Ela continua protestando enquanto estaciono no terreno ao lado do campo.

— Vamos — eu digo. — É verão e não tem ninguém aqui. Confie em mim, não é nada demais. Ninguém vai se importar.

Eu caminho em direção ao portão. Ashtyn fica no carro por alguns segundos, então segue depois de agarrar uma bola e uma luva do banco traseiro.

— Isso é má ideia, Derek — ela diz numa voz em pânico.

— Eu não faço coisas ilegais. *Não posso* fazer coisas ilegais. Se formos pegos...

— Fique calma, Docinho de coco. Não vamos ser pegos.

Examino o cadeado e sei que não vai levar muito tempo para abrir. Na Regents, meu amigo Sam e eu passávamos várias semanas praticando como abrir fechaduras, para entrar na cantina e pegar comida da geladeira à noite.

— Você *é* um marginal — diz Ashtyn quando o cadeado se abre e eu a conduzo para um campo gramado.

Marginal ou não, ela agora tem um lugar para praticar. Encosto-me no poste e a vejo se preparando.

— Acho que você não quer que eu te mostre como segurar a bola, para poder chutar para uma pessoa viva? — ela pergunta.

— Não — digo. — Estou de boa.

Ela dá de ombros, então chuta a bola sem esforço de uma linha. Passa através da trave.

— Quer pegar a bola para mim depois que eu chuto? — ela pergunta. — Daí não preciso correr após cada chute? Vou muito mais rápido.

— Não, — digo de novo. — Estou de boa.

— Você é um puta preguiçoso — ela murmura quando pega a bola e a prepara, desta vez na linha de cinco jardas.

Ela passa mais de uma hora preparando a bola, chutando, depois pegando de volta. Cada vez que ela chuta, a bola passa dentro da trave. Vejo a concentração no rosto dela quando ela respira calmamente e calcula quão longe tem de chutar antes de seu pé tocar a bola.

A menina é impressionante.

Depois de praticar, voltamos para a estrada. Ela se inclina de volta com os olhos fechados, enquanto se perde na música dos seus fones de ouvido, alheia a tudo ao redor dela.

Eu dirijo até o próximo acampamento, um pequeno camping particular perto de Oklahoma City. Há apenas quatro acampamentos na propriedade, e dois estão vagos. Ashtyn fica em silêncio quando montamos nossa barraca no local, antes de escurecer, e vai se lavar no banheiro na frente da propriedade.

Nosso ponto está cercado de árvores. Um velho casal, que se apresenta como Irving e Sylvia, está no acampamento ao nosso lado. Encontramos o velho casal voltando do banheiro, quando eles se sentam ao lado da barraca deles e em frente à sua mesa dobrável.

Ainda está claro quando Ashtyn tira suas bolas do carro e pratica chutes novamente. Ela se alonga primeiro, e eu me pego observando-a como se ela fosse a estrela de um show de exercícios e seja a coisa mais divertida na televisão. Ela olha de volta para mim:

— Está me olhando?

— Não.

— Venha cá.

— Por quê?

— Apenas... venha cá.

Caminho até ela. Ashtyn pega uma das bolas de futebol aos seus pés e passa para mim:

— Você se lembra de como jogar uma?

É. Eu olho para a bola como se nunca tivesse segurado uma nas mãos antes:

— Não exatamente.

— Seu pai não te ensinou a jogar bola quando você era moleque, Derek?

— Ele estava meio ocupado protegendo nosso país — digo, apesar de isso ser meia verdade. Ele estava ocupado protegendo nosso país na maior parte do tempo, mas ele me ensinou a jogar bola. Quando eu tinha oito anos, implorava aos meus pais para jogar constantemente futebol americano comigo, para que eu pudesse praticar minha espiral perfeita. Nunca parei de jogar bola depois disso, e puxava qualquer um que estava perto para o campo comigo para eu poder praticar.

Passo a bola de volta para ela, que segura minhas mãos.

— É destro ou canhoto?

— Destro.

Ela pega meus dedos e os coloca na bola, então me ensina como arremessar:

— A chave é deixar rolar para fora dos seus dedos. Juro que voltará para você quando tentar.

Finjo que é a primeira vez que seguro uma bola e tento não abrir um sorriso quando ela me dá instruções hiperdetalhadas.

— Você é tão especialista em arremessar bola — digo-lhe. — Por que você não é *quarterback*?

Ela ri:

— Não consigo arremessar tão preciso quanto o Landon.
— Ela dá de ombros. — Alguns caras apenas nasceram para arremessar bolas. Landon nasceu para isso.
— Tenho certeza de que há um monte de caras melhores.
— Não vi ninguém, especialmente na nossa turma. O pai dele jogava profissionalmente.

Da forma como Ashtyn fala do talento de Landon, dá para pensar que ele é algum *quarterback* sobre-humano. Quase me faz querer mostrar meus talentos. Quase.

Ela corre na minha frente:
— Tá, joga.

Não é fácil para mim jogar a bola de forma desajeitada, como se eu fosse enferrujado, mas consigo. A bola despenca pelo ar, então bate no chão com um som oco. Não chega nem perto do alvo.

— Isso foi patético, Derek.
— Eu sei. Eu era um jogador mediano.
— Tente de novo — ela diz encorajadoramente. — Lembre-se de deixar a bola rolar dos seus dedos quando você a joga.

Jogo novamente, desta vez conseguindo chegar a dez metros dela, mas ainda fora do alcance.

— Tem certeza de que nasceu na América? Você com certeza não joga futebol americano como se fosse americano.
— Nem todo mundo pode ser bom como o Landon, o deus de todos os *quarterback*s.
— Acho que nao.

Ela põe a bola debaixo do braço.

— A aula terminou por hoje. E se está com ciúmes do Landon, não há vergonha em admitir.
— Não estou com ciúmes. Com um pouquinho de treino, aposto que eu poderia superá-lo.

Ashtyn segura um risinho:

— Tá, certo.

— O que você ama no jogo?

— Vou te explicar. Para mim, é mais do que um jogo. — Ela toca o peito e diz: — Quando você ama algo tanto quanto eu amo futebol americano, você sente dentro de si. Você já amou tanto fazer algo que te consome?

— Há muito tempo.

— É o que o futebol é para mim. É minha paixão, minha vida... minha fuga. Quando eu jogo, esqueço tudo que suga minha vida. E quando ganhamos... — Ela abaixa o olhar, como se estivesse envergonhada de admitir o que está prestes a dizer. — Sei que isso vai soar idiota, mas quando ganhamos, acho que milagres podem acontecer.

— Milagres, hum?

Ela confirma:

— Eu te disse que era idiota.

— Não é idiota. Acho que ter esperança é melhor do que desistir e pensar que a vida vai ser uma droga para sempre.

Começamos a caminhar de volta para nosso acampamento quando Sylvia acena para nós:

— Venham se juntar à gente! Temos muita comida. Irv, pegue umas cadeiras para eles.

Ashtyn e eu caminhamos para a pequena mesa deles, enquanto Irv faz o que Sylvia pede, ela arruma os pratos de comida.

— Não queremos interromper seu jantar — Ashtyn diz, apesar de estar vendo o frango e arroz como se fosse uma refeição gourmet. Ela parece exausta, mas aquele frango com certeza ilumina os olhos dela.

— Obrigado, senhora. — Eu me sento.

Sylvia é quem mais fala enquanto comemos. Ela nos conta que ela e Irv se conheceram jovens e tiveram quatro filhos. Um é um médico, outro é advogado e outro é farmacêutico.

— Não sei que diabos nosso filho Jerry faz — diz Irv. Sylva bate no ombro de Irv. — Não fale "diabo" na frente dos meninos, Irv. — Ele murmura rápidas desculpas antes de encher a boca.

Ashtyn e eu comemos também. O frango está macio e o tempero me faz salivar. O arroz também tem um gosto bom pra danar. Eu não saboreio uma comidinha caseira há uma eternidade. Ashtyn deve pensar o mesmo, porque terminou seu frango e está engolindo o arroz.

— Há quanto tempo vocês dois namoram? — Sylvia pergunta.

— Não namoramos — respondo.

— Por que não?

Ashyn levanta o olhar do prato:

— Porque ele só gosta de meninas idiotas que ficam uma noite e nada mais.

— E ela só gosta de esportistas que jogam futebol — digo, desafiando-a.

Sylvia vira a cabeça como se estivesse examinando minha escolha de mulher, enquanto Irv olha para mim concordando.

— Você não vai querer perder a mulher dos seus sonhos — Sylvia me fala. — Diga a ele, Irv. — Irv está ocupado comendo, e não parece querer parar. — Irv!

Ele finalmente larga o garfo:

— Quê?

— Você está com seu aparelho auditivo? — Sylvia pergunta. Depois que ele responde, ela repete num tom mais alto. — Diga ao Derek por que ele não deve deixar a menina dos sonhos dele ir embora!

Irving leva a mão de Sylvia aos lábios, beijando-a suavemente:

— Quando vi a Sylvia pela primeira vez, eu fui contratado para pintar a casa dela. Ela tinha um namorado com quem deveria casar, mas eu sabia no momento em que coloquei os olhos nela que ela era a pessoa. Ela, provavelmente, não deveria conversar com os pintores, mas me viu pintar e conversou comigo enquanto eu trabalhava. Eu caí loucamente de amores pela menina e já sabia que ela era a mulher dos meus sonhos — ele para, e olha Sylvia com afeto. — Então, quando foi hora de pintar o quarto da Sylvia, eu pintei CASE COMIGO na parede dela — ele ri. — Ela escreveu a resposta na parede, então eu iria descobrir no dia seguinte.

— O que aconteceu? — Ashtyn pergunta, completamente absorta na história como se fosse um conto de fadas.

— Obviamente ela disse sim, porque eles estão casados — digo-lhe.

— Na verdade, Irving nunca viu o que eu escrevi, porque meus pais descobriram o que ele havia feito e o demitiram — diz Sylvia. — Eles não queriam que eu casasse com um pintor.

— Mas eu não desisti. Ia à casa dela, todos os dias, pedir sua mão.

— Finalmente meus pais cederam — Sylvia toca a mão de Irving. — E casamos seis meses depois. Isso faz sessenta anos.

Ashtyn se reclina e suspira:

— Que história maravilhosa. Tão romântica.

— Por isso que você não deve deixar a menina dos seus sonhos escapar, Derek — Sylvia aponta o dedo para mim.

Eu penso como Ashtyn estará daqui a sessenta anos, sentada à minha frente à mesa. Aposto que ela ainda vai ter o mesmo brilho no olhar e esses lábios provocantes. Ela será grata a alguém que, finalmente, ficou com ela todos esses anos, depois de passar por tantas decepções..

Mas não posso ser esse cara.

Eu posso nem passar dos trinta e cinco, a idade que minha mãe tinha quando morreu. Neste momento, eu olho do outro lado da mesa para a menina que poderia bem ser a mulher dos meus sonhos, e sei que não vou casar com ela. Vou deixar outra pessoa ser o Irving dela, alguém que vai poder sentar-se do outro lado da mesa daqui a sessenta anos e olhar nos olhos dela como se sua existência fosse terrível se não fosse por ela.

— É, bem, a Ashtyn é toda mandona e controladora. — Minha comida ameaça voltar quando eu acrescento: — Como eu não gosto de gente mandona e controladora, ela não é a mulher dos meus sonhos.

— Derek é, na verdade, o garoto mais irritante que já conheci — Ashtyn se intromete com um sorriso falso. — Se ele pintasse CASE COMIGO na minha parede, eu faria um círculo e um risco bem no meio.

capítulo 36
ASHTYN

Não vou deixar Derek pensar que seus comentários estão atingindo minha mente ou coração. De volta ao nosso acampamento, eu declaro que estou cansada e quero ir para cama.

Esta noite não vou morrer de frio, porque coloquei dois pares de meias, duas calças de moletom e dois blusões. Eu devo parecer um marshmallow inchado, mas não me importo. Não quero ser fraca no meio da noite e pedir que ele me abrace.

O tempo todo em que Irving estava contando suas história, eu pensei no menino dos meus sonhos. Imaginei Derek olhando com afeto para mim do outro lado da mesa daqui a sessenta anos.

Mas Derek não quer uma namorada. Ele diz que não poderia ficar comigo porque sou controladora e mandona. Mas eu poderia ser outra pessoa com ele? Se eu mudasse, ele iria me amar? O problema é que na noite passada, sabendo que ele estava perto e não iria me largar, senti algo que não sentia há muito tempo. Quando ele me disse que não iria me deixar, acreditei nele. Eu me vi querendo me apaixonar por ele.

A verdade é que já me apaixonei.

Dói, porque ou eu tenho que abrir mão de alguma vez ter meus sentimentos correspondidos ou me tornar o tipo de menina que o Derek quer. Afe, não sei o que fazer.

Escuto lenha estalando e folhas farfalhando sob os passos dele enquanto me deito na barraca. Alguns minutos depois, Derek espia lá dentro:

— Tem certeza de que não quer se sentar lá fora um pouco? — ele pergunta naquela voz grave que penetra o ar frio da noite. — Está quentinho ao lado da fogueira.

Se eu olhar para ele, meu coração pode se apertar e vou ficar tentada a dizer-lhe o que eu sinto. Não posso fazer isso.

— Estou bem. Apenas vá para a fogueira e me deixe em paz — Eu luto, tentando afastá-lo para que eu possa ficar sozinha na minha miséria. Estou num conflito tão grande.

— O que está vestindo? — ele pergunta.

— Praticamente tudo que havia na minha sacola. — Afofo o travesseiro e me viro para longe dele. — Não vou ficar com tanto frio, então não precisa se preocupar. Você pode descansar sabendo que não vou pedir que você me aqueça.

— Eu não...

— Você não o quê?

Há um longo silêncio.

— Esqueça — ele finalmente diz. — Boa noite, Ashtyn. Até amanhã.

Lágrimas se formam nos meus olhos. Não é assim que deveria ser quando você se apaixona. Controladora do jeito que ele diz que sou, eu queria poder controlar o que ele sente por mim. Mas não posso. Sei que há mais entre nós do que apenas um jogo, mas como eu o faço ver isso?

Eu queria poder controlar minhas emoções, e aperto bem os olhos e os forço a ficarem secos. Mas não posso. Lágrimas silenciosas correm pelo meu rosto até o travesseiro.

Amor não correspondido é um saco.

capítulo 37
DEREK

Estou sentado sozinho à frente da fogueira. Irving vem caminhando, segurando uma lata de cerveja.

— Você está com uma boa fogueira aí — ele diz.

Eu aponto para a cadeira vazia de Ashtyn:

— Quer se juntar a mim? A Ashtyn foi dormir há um tempinho, e uma companhia cairia bem.

Ele se senta e toma um gole de cerveja.

— A Ashtyn parece uma menina bacana. Valente.

— Ela é encrenca. Para mim, pelo menos. — Jogo um graveto no fogo. — Meu pai casou com a irmã dela, então estamos meio presos um ao outro... pelo menos por um tempo.

— Posso pensar em coisas bem piores que ficar preso com uma menina bonita numa viagem de carro.

— Ela me deixa louco.

Irving ri como se fosse sinceramente divertido.

— Toda menina que vale a pena deixa um cara louco, Derek. Pense só que mundo entediante seria sem meninas que nos deixam de quatro. Minha Sylvia é uma velha garota bem espevitada, mas nós nos complementamos. Na riqueza e na pobreza, na saúde e na doença... passamos por tudo, o que só nos deixa mais fortes.

Penso em toda a merda que aconteceu no curto tempo que conheço Ashtyn:

— Criamos uma lei para o que não devemos... você sabe.

— Você concordou com isso?

— Bem... sim.

Ele dá de ombros.

— Parece que esse pode ter sido seu primeiro erro.

— Não sei. Talvez tenha sido — E talvez tenha sido uma desculpa para ficar longe dela, para que eu não precisasse lidar com as consequências.

Passamos os próximos vinte minutos olhando a fogueira. Irving esteve no Exército, então lhe digo que meu pai está em serviço. Ele me diz que é um veterano. Quando eu lhe pergunto se foi difícil para Sylvia quando ele estava no Exército, ele diz que foi, mas mantinha contato com cartas e raros telefonemas. Quando ele estava em serviço, não dava se para comunicar por e-mail ou Skype.

Ele termina a cerveja e estica as pernas:

— Bem, vou fechar os olhos. Tenha uma boa noite — ele aponta para nossa barraca.

— Fique de olho nela, porque se não ficar, aposto que algum rapagão aí vai roubá-la.

— Sim, senhor.

Quando ele vai embora, ainda estou em frente à fogueira. Vou dormir ao lado de Ashtyn? Porra, penso tanto nela que não posso ir lá e ficar ao lado dela.

Cruzo os braços sobre o peito e fecho os olhos. Provavelmente vai ser a noite mais desconfortável que já tive, mas tudo bem. Hoje não estou fazendo nada para sacudir minha vida.

Mas amanhã... bem, amanhã é outro dia.

capítulo 38
ASHTYN

Acordo no meio da noite, queimando e enxarcada de suor. Derek não está na barraca. Tiro um dos blusões e chuto meu moletom e meia para fora, daí volto a dormir. Um pouquinho depois, acordo com o som de chuva caindo na barraca. Derek ainda não está aqui e parece que ele não ficou aqui a noite toda. Imagino que ele foi ao banheiro, mas depois de quinze minutos ainda não há sinal dele. A preocupação se instala no meu peito.

E se ele foi atacado por um urso?

Ou escorregou na lama a caminho do banheiro e bateu a cabeça numa pedra?

A chuva cai insistentemente. Pego minha lanterna na sacola e caminho para fora. Derek está sentado com os braços cruzados no peito e um boné de beisebol na cabeça.

— Está louco? Olhe a aguaceira — digo.

— Eu sei.

— Então por que não está na barraca, onde está seco e quente?

— Porque eu estava tentado demais a quebrar nossa regra de não tocar ou não beijar — ele me olha de cima abaixo. — Estar aqui com você... realmente mexeu comigo.

— Quer quebrar a regra?

Ele responde lentamente:

— É.

— Por quê?

— Porque estou tentando afastar você, mas tudo o que eu quero é abraçá-la. Eu sei que você disse que não quer um herói, mas droga, eu gostaria de ser esse cara que a salva de aranhas e do que possa machucá-la.

As palavras dele penetram fundo no meu coração. Com nossos olhos cravados, eu me sento sobre ele na cadeira:

— Também quero quebrar a regra.

Meu coração bate rápido e eu agarro os ombros dele para que ele possa me segurar. Estou tonta por querer que ele me ame tanto quanto eu o amo. Ele está encharcado e, agora, eu estou me encharcando, e a chuva cai sobre nós e ao nosso redor. Eu não sinto calor nem frio... estou concentrada demais em estar com Derek, aqui, no escuro no meio da noite. Eu larguei a lanterna, então não consigo ver muita coisa. Mas posso sentir. Posso sentir as coxas fortes de Derek abaixo das minhas e suas grandes mãos circulando minha cintura. Quero sentir mais, muito mais. O caminho até este momento foi cheio de discussões e desentendimentos, mas agora estamos em perfeita sintonia.

Ele segura minha nuca e me faz beijá-lo. Quando nossos lábios se encontram, meu interior fica ouriçado. Ele dá pequenos beijos provocantes nos meus lábios até eu gemer e querer mais... quero parar de tentar me proteger.

Eu abro a boca para um beijo mais íntimo, numa tentativa de fazê-lo perder o controle. Nossos lábios úmidos e nossas línguas se tocam.

Eu interrompo o beijo, e me afasto:

— Não quero fingir que não quero isso, Derek. Não esta noite.

— Nem eu — ele admite.

Desde que toquei seu peito musculoso, eu quero percorrê-lo com minhas mãos, até memorizar cada vinco. Tiro sua camisa pela cabeça e toco suavemente a ponta dos dedos nos ombros dele, então me movo para baixo e sinto o ritmo acelerado do seu coração batendo contra minha mão. Sigo os músculos de sua barriga, e levemente acaricio seus mamilos até ouvi-lo gemer.

Gosto de ouvir a mudança da sua voz. Significa que quebrei aquela fachada de machão e suas verdadeiras emoções estão expostas.

Na escuridão, sinto seus olhos em mim. Ele cobre minha cabeça com meu blusão. Fecho os olhos e deixo a chuva cair em mim e aproveito a sensação de Derek, gentil e lentamente, seguindo as gotas que viajam pelo meu corpo com a ponta dos dedos. Ele troca o dedo pela língua. Começo a me mover para mais perto dele, porque é maravilhoso e não quero parar. Quero continuar, quero mostrar a Derek o que significa ter uma atração que dure mais do que uma noite.

— Você é linda, sabia disso? — ele sussurra.

Eu afasto o olhar

— Não, não sou não.

— Não consigo imaginar uma menina mais bonita — ele diz, então acrescenta: — Mesmo sendo controladora e mandona.

Beijo a curva do seu pescoço, e ele geme:

— Talvez você aprenda a gostar de uma controladora e mandona.

— Acho que está certa — ele enlaça minha mão na dele, mas para, quando meu bracelete da sorte toca seu pulso. Ele busca o fecho e o solta, então o joga para longe. Acerta o chão com um estrondo.

— Isso foi caro. Landon me deu.

— Eu sei. Compro-lhe um novo — ele enlaça seus dedos nos meus novamente.

Nós nos beijamos pelo que parece ser uma eternidade. Quando ele lambe a chuva do meu pescoço, juro que meu corpo fica em chamas. Preciso de algo para apagar o fogo. Preciso que Derek me toque, me abrace.

Eu olho em seus olhos, e sem dizer uma palavra, ele sabe o que estou pedindo. *Me ame.*

— Está com frio? — ele pergunta.

— Não estou não.

— Então por que está tremendo?

Envolvo seu pescoço com meus braços, e o seguro firme. Ele me pega nos braços e me carrega para a barraca. A barraca está fria também, mas pelo menos está seca. Ele tira seu jeans molhado. Logo estamos os dois embaixo das cobertas completamente nus, pele na pele. Seus braços fortes e competentes me envolvem. Meu coração para de acelerar, e o calor do corpo dele me faz parar de tremer.

Ele tira o cabelo molhado dos meus olhos com dedos lentos e gentis:

— Não posso prometer tudo o que você quer.

— Só me prometa esta noite, Derek.

capítulo 39
DEREK

Ashtyn não tem ideia do efeito que tem sobre mim. Quando abri meus olhos e a vi parada na minha frente na chuva, achei que estivesse sonhando. Agora ela está deitada ao meu lado, seu corpo pressionado contra o meu, estou sem defesa. Quero fazer amor com ela. Quero contar-lhe o meu passado, o futebol americano costumava ser minha vida. Definia quem eu era e quem eu queria ser. Quero fazer esta noite durar para sempre.

Mas não posso.

Droga, sei que estou mergulhando fundo demais. Eu deveria fugir disso, dela, mas não vai acontecer. Nossa atração é poderosa demais e impossível de ignorar. Ela segue meu queixo e lábios, olhando para mim como se eu fosse a resposta para tudo. Eu não sou, e não deveria fingir que sou.

— Pare de analisar isso — ela diz.

— Não posso. — Há muito não dito entre nós.

— Sei o quanto você está ferido por dentro — ela me diz. — Vejo no seu rosto, nos seus olhos. — Ela coloca a mão sobre meu coração. — Agora mesmo eu vejo o verdadeiro em você, Derek, aquele que você tenta esconder.

Ela não sabe nem metade. Suas palavras penetram em mim. Eu nunca me senti assim, mas até aí, eu nunca estive com uma menina como Ashtyn.

Eu a beijo, a suave plenitude dos seus lábios irradia-se por todo o meu corpo. Suas pernas se enrolam nas minhas, e eu sigo o contorno do seu quadril com a ponta dos meus dedos. Quando ela ronrona com meu toque e arqueia o corpo contra o meu, eu me sinto perdendo o controle.

— Você está me fazendo me sentir incrível — ela diz num cochicho sem ar contra meu peito. Suas palavras penetram no meu coração.

Merda, isso não deveria estar indo assim. Eu deveria manter minhas emoções sob controle e apenas sair com meninas que querem se divertir, não com meninas que estão desesperadas em transformar isso em mais do que poderia ser.

Mas ela não está pedindo para sempre ou pedindo que eu jogue futebol novamente, duas coisas que eu nunca seria capaz de prometer. Ela está pedindo que eu fique com ela esta noite, nada mais. Preciso aceitar apenas o que ela está oferecendo. Agarro o punho dela e trago aos meus lábios, beijando-o suavemente e sentindo sua pulsação na pele quente e macia.

Traço os contornos do seu corpo com meus dedos e sigo com minha língua. O coração dela acelera, alcançando o meu, enquanto ela geme e me puxa para perto com urgência. Ashtyn é incrível e quente e sexy. Meus dedos brincam com o corpo dela e eu beijo seus doces lábios quando ela se move contra minha mão.

Eu ponho a mão nela, e ela desperta em meu corpo um novo e elevado frenesi. Agora sou eu quem geme. Eu sinto como se estivesse prestes a explodir:

— Está pronto para fazer isso? — ela me pergunta.
— Diabos, sim. Você?
Ela concorda:
— Sim.
Eu digo para me acalmar. É só sexo com uma menina. Não há compromisso ou expectativas além dessa noite, então por que meu corpo está reagindo como se isso fosse mudar o curso da minha vida para sempre? Isso é insano. Vamos nos divertir esta noite e seguir amanhã. Ela se inclina e me beija ternamente enquanto seu cabelo cai como uma cortina ao nosso redor. A chuva bate na barraca e trovões rugem ao longe.

— Vamos mesmo fazer isso — ela sussurra nos meus lábios. Algo como uma lágrima cai no meu peito. Está escuro e não consigo ver muita coisa, mas meu tato está superalerta.

— Está chorando? — pergunto.
Ela não responde.
Passo meu polegar pelas faces dela. Mais lágrimas.
Droga. Não posso fazer isso.

— Isso não vai funcionar, Ashtyn — eu me sento e passo minha mão no cabelo, frustrado. Fui idiota em pensar que poderíamos ficar uma noite e esquecer o que aconteceu de manhã. Ela pode fingir que pode ser essa mulher, mas ela não é. — Estou me preparando para ir embora em janeiro e voltar para Cali, quando meu pai voltar. Não posso... não posso ser o cara que você quer que eu seja.

Ela não diz nada.
— Ashtyn, fale alguma coisa.
— Não quero dizer nada. Apenas me deixe em paz — ela se senta e busca na sacola roupas secas.
— Desculpe — falo feito bobo. Porra. Quero dizer mais, mas o quê? Eu vou estar lá com ela *para sempre*? Vou ser

AMOR EM JOGO 241

aquele com quem ela *sempre* vai poder contar? Seria asneira, palavras vazias que ela já ouviu antes.

Ela vira as costas para mim e se veste:

— Vá dormir, Derek.

Eu me deito e suspiro. Quando a luz do sol entra na barraca, Ashtyn está dormindo profundamente, ainda de costas para mim.

capítulo 40
ASHTYN

Quando acordo, Derek parece não ter dormido nada. Seu cabelo está todo bagunçado e ele está sentado esfregando os olhos. Eu me sinto esquisita e desconfortável com a noite passada. Eu passei por cada emoção, terminando com tristeza porque ele não podia nem fingir me amar por uma noite.

— Ei — ele diz numa voz áspera de manhã.

— Ei. — Tento segurar minhas emoções antes de elas transbordarem e me entregarem. Antes de ele dizer qualquer coisa, levanto a mão. — Não pergunte se eu quero falar sobre a noite passada, porque a resposta é não. Não quero falar *nunca* sobre isso, então me faça o favor de guardar tudo para você.

Ele concorda e deixa a barraca sem responder.

Eu queria lhe dizer tantas vezes, na noite passada, o que sinto por ele. As palavras quase saíram dos meus lábios, lá fora na chuva, depois na barraca. Eu me enchi de lágrimas porque sabia que, se lhe contasse a verdade, ele correria para longe física e emocionalmente o mais rápido que pudesse.

Ele queria sexo sem consequências ou comprometimento, e foi o que ofereci a ele. Acho que, bem no fundo, eu esperava que ele fosse tão tomado de emoções que iria admitir seu amor para sempre por mim. Que idiota eu fui. Eu é que fui tomada de emoções e não pude conter as lágrimas que escorriam pelas minhas faces.

A noite passada não foi nada, além da minha fantasia idiota sendo esmagada pela realidade.

Abraço meus joelhos e digo a mim mesma para não chorar, que com o tempo meu coração vai parar de doer tanto.

Eu reúno minhas coisas e saio para me lavar. É difícil manter a cabeça erguida e as emoções no lugar, então coloco meus óculos escuros. Derek não está em nenhum lugar à vista. Quando saio do banheiro, Derek já guardou tudo no carro e está no banco do motorista.

Não dizemos outras palavras, e passamos por Sylvia e Irving sentados, à mesa dobrável, jogando cartas. Eu aceno para eles e eles acenam de volta. É um sentimento agridoce ver um casal que venceu as perspectivas e ficou junto por tanto tempo. Meus pais não conseguiram, minha irmã e Nick não conseguiram... Derek e eu não conseguimos durar nem uma noite.

Olho pela janela até Derek parar num *drive-through* e perguntar o que eu quero de café da manhã.

— Eu não quero nada — digo sem olhar na direção dele.

— Você tem que comer.

Empurro meus óculos para cima.

— Não estou com fome.

Ele pede dois copos de suco de laranja e dois combos de bagel com ovos, então estaciona.

— Aqui — ele diz, colocando um dos pacotes de bagel no meu colo. — Coma.

Eu jogo de volta para ele, e saio do carro.

— Ashtyn! — Derek me chama.

Eu desço a rua, ignorando-o.

— Ashtyn!

Ele me alcança. Meus óculos não conseguem esconder as lágrimas escorrendo pelo meu rosto.

— O que quer que eu diga? — ele bloqueia minha passagem. Tem um olhar tenso e frustrado, e passa os dedos pelo cabelo.

— Sinto muito que você e eu tenhamos essa atração que não vai embora. Sinto muito que você quer alguém que fique com você quando ninguém mais estiver. Sinto muito que não pude ter apenas uma noite quando eu sabia que você estava chorando por causa disso. Sinto muito não ser o cara que você quer que eu seja.

— Não quero que sinta muito! — limpo as lágrimas. *Quero que você me diga que eu significo algo para você.* Mas as palavras não saem da minha boca. Sou uma covarde, com medo do que ele pode dizer, se eu lhe contar como realmente me sinto. — E não quero uma porcaria de bagel como prêmio de consolação.

— O bagel não é um prêmio de consolação, Ashtyn — ele discute. Ele enfia as mãos nos bolsos. — Era café da manhã. Eu estava *tentando* fazer as coisas voltarem ao normal.

— Normal? *Nada* é normal na minha vida, Derek. Mas se você quiser que eu finja, tudo bem. Sou boa em fingir essas merdas. Seguro minhas mãos sobre o coração. — *Muito obrigada pelo bagel* — digo numa falsa voz meiguinha. — Vou enfiá-lo goela abaixo agora para você sentir que tudo está normal.

Eu me viro nos calcanhares e caminho de volta ao carro. Não tenho mais nenhum lugar para ir e não posso escapar, então é melhor eu me resignar com o fato de que estou presa aqui com Derek até chegarmos ao Texas.

Depois de comermos num silêncio tenso e eu terminar o bagel, seguro a embalagem vazia:

— Satisfeito?

— Nem perto — ele diz firmemente.

Ele me leva para um campo, quando eu lhe comunico que preciso treinar um pouco. Eu me alongo e chuto minhas bolas de treino enquanto Derek se encosta ao carro, mandando mensagens de texto. Ele nem se oferece para ajudar a pegar as bolas. De tempos em tempos, ele olha na minha direção, mas na maior parte do tempo não dá a mínima sobre futebol ou me ajudar. Ele fica com essa porcaria de telefone na cara, até eu lhe dizer que estou pronta para ir embora.

Dirijo parte do caminho, enquanto Derek dorme. Quando trocamos, encosto minha cabeça na janela e caio no sono.

— Ashtyn — a voz profunda de Derek me acorda. — Estamos aqui.

Abro meus olhos, borrados de sono. Derek me sacode de novo suavemente. Eu pisco algumas vezes para focar e noto que Derek está olhando para mim com os belos olhos azuis que ele não merece ter. Não é justo que ele tenha esses olhos, porque eles confundem as meninas — me confundem.

Derek sai na entrada da Elite. Meu coração começa a acelerar. Isso é tudo com que eu sonhava. Olheiros estarão aqui, levando informações para seus treinadores sobre quem eles acreditam que sejam os melhores jogadores para recrutar. Eu olho ao redor e percebo que sou a única menina.

Um grupo de pais e adolescentes está espalhado pelo gramado. Alguns estão na fila de check-in e outros rindo e brincando como se conhecem uns aos outros há anos.

Derek coloca um boné de beisebol e óculos. Ele lembra um astro de cinema que não quer ser notado. Ele me ajuda a pegar minha bagagem:

— Você vai ficar bem?

Eu não olho para ele:

— Vou ficar bem.

— Escute. Eu esperaria até você dar entrada, mas... — ele olha os jogadores de futebol se reunindo, então empurra o boné de baseball mais para baixo dos olhos. — Preciso ir para a casa da minha avó e ver o que há com ela.

— Tudo bem — agarro minha sacola. — Acho que vejo você daqui a uma semana.

Ele solta um suspiro:

— Acho que sim.

Não escapou da minha mente que ele não me tocou desde que estávamos na barraca. Não estamos discutindo como normalmente, ou interagindo. Estamos apenas... existindo. Ele me dá um pequeno sorriso.

— Tchau, Derek.

— Tchau. — Quando ele começa a se afastar, pega meu cotovelo e me puxa de volta. — Divirta-se. Arrebente e mostre do que você é capaz. Você consegue, eu sei.

— Valeu.

— Escute, Ashytn, eu não sei o que dizer. Noite passada...

Não quero ouvi-lo falar de novo, então o corto:

Tudo bem. Apenas vá embora.

Quero chamá-lo de volta quando ele entra no carro, para dizer-lhe que preciso acertar as coisas entre nós, mas não o chamo. Eu não posso. Disse-lhe para me amar por uma noite, e ele não pôde. Vejo Derek saindo com o carro e desaparecendo. Goste ou não, estou sozinha.

Endireito os ombros e sigo para a fila do check-in. Tenho consciência de alguns olhares de jogadores e pais. Sou uma menina jogando um esporte de meninos, e enquanto meu time se acostumou a ter uma colega de equipe mulher, alguns caras não acham que mulheres deveriam jogar futebol americano. Eles pensam que somos frágeis demais. Tenho apenas que manter minha cabeça erguida e agir como se eu fosse daqui tanto quanto eles.

A voz de Derek ecoa na minha mente: *Você pode.*

Alguns caras na minha frente se cutucam, fazendo seus amigos admirarem a única menina na fila. Um deles se vira para mim e diz: — Ei, o acampamento das líderes de torcida é no final do quarteirão. Você está obviamente perdida.

O amigo dele ri.

Puxo minha mochila mais para cima do ombro:

— *Eu* estou na fila certa — levanto uma sobrancelha. — Tem certeza de que *você* está na fila certa?

— Ah, tenho certeza, baby.

Estou prestes a fazer um comentário de volta quando o cara na mesa de registro chama:

— Próximo! — e acena para mim. — Nome?

Eu pigarreio:

— Ashtyn Parker.

O cara me examina de cima a baixo:

— Você é a menina.

— É. — O cara é um gênio.

Ele me passa uma nova mochila, uma garrafinha d'água e um folheto, todos com o logo do Futebol Elite:

— Esta é sua agenda da semana e a chave para seu dormitório. Uniformes serão entregues antes do treino amanhã. Certifique-se de usar o crachá com seu nome o tempo todo

— ele diz, batendo uma etiqueta com meu nome na minha camiseta. Ele pôs a etiqueta estranhamente perto do meu pescoço porque está obviamente desconfortável em colocá-la em qualquer lugar perto do meu peito como nos outros jogadores. — A cantina fica no primeiro andar dos dormitórios, ao lado do salão.

— Tá bom.

Conforme eu me afasto, um dos treinadores me chama:

— Bem-vinda à Elite, Ashtyn — ele diz. — Sou o treinador Bennet, o técnico de times especiais. Vou trabalhar com você esta semana.

Aperto a mão dele para cumprimentá-lo.

— Estou feliz de estar aqui, treinador. Obrigada pela oportunidade.

— Caso você não saiba, você é a única mulher no programa. Já que não há chuveiros para mulheres, os chuveiros para os outros jogares serão fechados das cinco às cinco e quarenta e cinco da manhã, e das sete às sete e quarenta e cinco da noite, para você ter privacidade.

— Entendi.

— Mais uma coisa. Não toleramos assédio sexual de nenhum tipo. Se se sentir assediada a qualquer momento, informe a mim ou a outra pessoa da equipe. Dito isso, espero que você tenha uma boa couraça. Você sabe como os meninos são. Dê um desconto, se sabe o que quero dizer.

Depois da conversa sobre assédio, sigo para o dormitório e encontro meu quarto no final do corredor. Todos os caras têm colegas de quarto, mas eu tenho um quarto só para mim.

Deixo minhas mochilas no chão e me sento no canto da cama. Há um pequeno armário, uma janela, uma cama de solteiro e uma mesa. É básico, mas limpo e sem aranhas. E sem Derek. Eu me acostumei a tê-lo por perto e ouvir sua voz. Agora mesmo já sinto falta dele.

Não leva muito tempo para eu guardar minhas coisas. Se eu fosse uma menina diferente, eu me sentaria no meu cômodo e me esconderia até amanhã, quando o programa oficialmente começa. Em vez disso, sigo para o saguão para me encontrar com os caras com quem vou jogar durante a próxima semana. Capto sinais de Landon sentado com um dos caras num dos sofás. Não tenho nenhuma emoção a não ser o desejo de mostrar a ele e a todos os outros ali que sou competitiva e estou aqui para provar.

Não vou deixar Landon pensar que estou intimidada. Sou capitã da minha equipe lá em casa, e os represento também. Isso não é só sobre mim. Eu me posto bem na frente dele:

— Ei, Landon.

Ele lança um olhar para mim, murmurando um patético *oi*, então volta para falar com os caras sem me apresentar. É óbvio que ele não quer que eu me sente com ele, então encontro uma cadeira vazia do outro lado do salão. Tento começar uma conversa com alguns caras sentados ao meu redor. Eles dão respostas curtas, então se afastam como se eu fosse contagiosa ou algo assim.

Estou caminhando de volta para meu quarto, quando escuto um bando de caras falando com a porta aberta. Se fossem meus colegas de time, eu estaria sentada com eles. Sou uma forasteira num território não familiar. Por que ser tímida agora, quando sei que ser uma solitária não vai me fazer bem algum no campo amanhã?

Eu me endireito e estou prestes a entrar no quarto para me apresentar, quando escuto um cara dizendo:

— Viu aquela garota na fila de manhã?

Outro cara dá uma risadinha:

— Aquele cara, McKinght, me disse que ela entrou no programa só para eles poderem dizer que aceitam mulheres. A menina é ingênua o suficiente para achar que é bem recebida..

— É bom que ela não esteja no meu time — um dos caras diz.

Os outros expressam opiniões similares e, de repente, não estou mais no clima de fazer amigos.

Corro para meu quarto e me jogo na cama. Normalmente eu estaria pronta para confrontar os caras, para mostrar que não me intimido com a falta de entusiasmo deles em ter que jogar com uma menina. Mas agora eu não tenho vontade de me provar e me sinto totalmente derrotada.

Pela primeira vez desde que fui eleita capitã, não me sinto uma.

capítulo 41
DEREK

Levanto o olhar para o portão motorizado que se abre lentamente, depois que anuncio minha chegada pelo interfone. Algumas pessoas ficariam impressionadas pela propriedade gigante da minha avó, mas eu não ligo para ostentação de dinheiro ou status. Esta casa tem os dois.

Estaciono meu carro na entrada circular e olho os pilares altos ladeando a enorme porta da frente. Estou suando, e não é pelo sol da manhã caindo sobre mim. Encontrar minha avó em seu próprio campo é como me deparar com um time desconhecido numa final. Você não pode se preparar efetivamente para o jogo, e fica ansioso por terminar.

Um cara usando um terno preto, e com uma expressão séria, está na entrada esperando por mim.

— Você é do serviço secreto? — pergunto, tentando aliviar a situação.

Ele não parece achar graça:

— Me siga.

Sou conduzido para a casa. O lugar, cheio de tetos altos e grandes corredores, lembra-me essas mansões chicosas mostradas na televisão. A escadaria é de metal polido, e a mobília é acolchoada demais e provavelmente cara demais também. O cara de terno para diante de uma sala dando para uma piscina no quintal de trás. Está cheio de mobília branca e almofadas roxas. É completamente feminino e exagerado. Eu me pergunto se Ashtyn iria gostar, ou iria preferir sua velha mobília gasta de casa.

Eu queria ficar com ela de manhã, até que ela estivesse alojada no dormitório. Isso foi antes de eu ver alguns caras que, certamente, me teriam reconhecido. Eu queria contar-lhe meu passado, mas que bem isso faria? Não dizer nada, e sair de lá antes que alguém me reconhecesse, era a melhor saída, e eu a aproveitei.

Estou olhando pela janela a grande piscina nos fundos, querendo que Ashtyn estivesse aqui comigo, quando escuto alguém entrar na sala. Eu me viro e reconheço minha avó imediatamente. Ela está usando um terninho branco impecável, seu cabelo está todo armado e sua maquiagem é exagerada. Fico espantado que ela esteja bronzeada e pareça ter vindo das férias em vez do hospital.

Ela mantém a cabeça erguida como uma rainha se aproximando dos seus súditos quando caminha até mim com os braços estendidos:

— Não vai dizer oi para sua avó?

— Oi, vovó — digo com uma expressão neutra. Não mascaro o fato de que não sou o maior fã dela, mas pelo menos não recuo quando ela se aproxima e me dá um daqueles beijos aéreos e falsos.

Ela me segura com os braços esticados. Sinto-me como um gado sendo avaliado, estou quase surpreso porque ela não abre minha boca para inspecionar meus dentes:

— Você precisa de um novo corte de cabelo. E novas roupas. Você parece mais um mendigo com esse jeans rasgado e essa camiseta que eu não usaria nem como pano de prato, muito menos no meu corpo.

— Sorte sua que são minhas roupas, e não suas.

Ela faz um som de *humpf*. Uma moça de uniforme de empregada entra na sala com uma bandeja prateada com sanduichinhos e chá. Depois que ela se vai, minha avó aponta para os sofás de vime:

— Sente-se e tome um lanchinho.

Eu permaneço de pé.

— Escute, detesto dizer o óbvio, mas você não parece alguém no leito de morte. Você disse que estava morrendo.

Ela se senta no canto de uma cadeira e leva um tempo servindo chá numa xícara chique.

— Deus o abençoe. Eu não disse *exatamente* que eu estava morrendo.

— Você disse que estava em tratamento. Você tem câncer?

— Não. Sente-se. O chá está esfriando.

— Diabetes?

— Não. Os sanduíches são feitos com queijo importado do sul da França. Experimente um.

— Parkinson? Doença Lou Gherig? Derrame?

Ela acena com a mão no ar, desprezando todas as moléstias que listei:

— Se você precisa saber, eu estava descansando.

— Descansando? Você disse que foi *diagnosticada*. Você disse que me ver era seu último desejo de *vida*.

— Estamos todos morrendo, Derek. Todo dia das nossas vidas é um dia mais próximo da morte. Agora sente-se antes que minha pressão sanguínea aumente.

— Você tem problema de pressão?

— Você está prestes a me dar um. — Quando eu não me mexo, ela suspira pesadamente. — Se quer saber, eu tive um pequeno procedimento. Passei um tempo me recuperando num spa no Arizona até o dia vinte.

Procedimento? É como se eu tivesse caído numa armadilha e fosse manipulado para vir aqui. Enquanto ela revela pequenas partes, a verdade de repente se estabelece. Sou um idiota.

— Você fez cirurgia plástica?

— Eu prefiro chamar de uma calibrada. Você deve estar familiarizado com o termo, já que seu pai sempre gostou de mexer no próprio carro em vez de levá-lo a um profisisonal.

— Se isso é para ser um insulto, você errou.

— Sim, bem... — minha avó olha para mim sem um pingo de vergonha. — Onde quero chegar é que não é fácil se ver envelhecendo. Você é meu neto, e o único da família que resta para mim. Sou viúva há dez anos, e sua mãe se foi. Você é o último Worthington.

— Não sou um Worthington. Sou um Fitzpatrick.

— Sim, bem, *isso* é uma infelicidade.

A verdade é que ela está tão acostumada a agir como a realeza do Texas que acho que não percebe o quão arrogante ela soa:

— Acho que meu pai não iria concordar com você.

Ela pigarreia como se tivesse algo preso na garganta:

— Como anda esse homem do Exército atualmente?

— Ele é da Marinha.

— Que seja.

— Tenho certeza de que ele mandaria lembranças, mas está num submarino pelos próximos cinco meses.

— Ele abandonou sua nova esposa tão cedo depois do casamento? Que pena — ela diz numa voz monótona. — Derek, sente-se. Você está me deixando nervosa. Já é muito ruim que você não desconte seus cheques da poupança da sua pensão, e eu tenha que recorrer a te mandar dinheiro.

— Eu não pedi uma pensão ou poupança. Meus pais abriram quando eu nasci. Acho que era a forma de eles me atraírem para o Texas na esperança que eu trabalhasse para as indústrias Worthington um dia. Por sinal, o Asilo Sunnyside agradece pela sua generosa doação.

Minha avó suspira:

— Recebi o cartão de agradecimento. Já sou benfeitora de muita caridade. O dinheiro é para *você*, Derek. Você pode se vestir como um, mas não quero que você viva como um mendigo. Agora sente-se e coma.

— Não estou com fome. Escute, *vovó*, na sua carta você disse que tinha algo importante a me dizer. Por que não desembucha logo e acabamos com isso, porque sinceramente esse laço neto-avó não vai funcionar comigo.

— Quer a verdade?

Pfff. Eu levanto as mãos, fazendo com que ela acabe logo com isso. Estou pronto para sair daqui e reservar um hotel pelo resto da semana.

— Quero que venha morar comigo. — Ela não pisca e não tem um sorrisinho no rosto. Acho que a mulher fala sério. Ela pode não ser uma doente terminal, mas está obviamente iludida.

— Não vai rolar. Está perdendo seu tempo.

— Tenho uma semana para fazer você mudar de ideia. — Ela dá goles calculados no chá, então coloca a xícara na mesa.

— Você me dá uma semana, Derek. Não dá?

— Então me dê uma razão pela qual eu não deva sair por aquela porta agora mesmo.

— Porque é o que sua mãe iria querer.

capítulo 42
ASHTYN

É o primeiro dia de treino, vamos ser avaliados e colocados em times para amistosos. Eu acordo quando meu alarme toca às cinco, e vou para o banho. Há uma placa grande na porta do banheiro.

> 5h00 – 5h45
> FECHADO APENAS PARA MULHERES

Alguém riscou "para mulheres" e escreveu "puta de Fremont". As palavras escritas em lascas profundas.

Fico debaixo do chuveiro quente. Quero ir para casa. Talvez Landon estivesse certo. Eu fui aceita na Elite porque sou a única menina, e eles querem preencher algum tipo de cota.

O que estou fazendo aqui?

Deixo o banheiro e tiro a placa. Não vou reclamar por uma placa idiota me chamando de puta de Fremont. Eu perderia o respeito por não ser capaz de aceitar uma piada. Cinco caras já estão parados em fila com toalhas ao redor da cintura, esperando para entrar. Um deles é Landon. Ele abafa um risinho quando eu passo por ele e diz algo para o cara ao lado dele.

De volta ao meu quarto, olho o celular e noto que recebi cinco mensagens.

>Jet: Encontre um novo QB que se transfira para Fremont, mesmo se tiver que dormir com ele! Pegue um para o time.
>JK (ou não)

>Vic: Não fode! (ou não)

>Trey: Não escute o Jet ou o Vic. (A Monika me disse para escrever isso. Ela está do meu lado.)

>Monika: Boa sorte! XOXO

>Bree: Tem caras bonitinhos aí? Me manda fotos!

Eles me lembram de que tenho um trabalho a fazer agora que Landon se mostrou um idiota e abandonou nosso time. Se eu conseguir levar olheiros para Fremont para me ver jogar, cada jogador vai ter chance de ser visto. Não posso desistir ou recuar.

Meu telefone toca antes de sairmos para praticar. É Derek. Eu ignoro o chamado. Tenho muito a dizer para ele, mas não posso dizer agora. Preciso me concentrar no futebol esta semana, nada mais.

No campo, cada treinador toca seu apito. Enquanto os jogadores se reúnem, o treinador faz um sermão sobre assédio sexual. Uma forma de fazer os caras me discriminarem ainda mais... Todos os olhos estão em mim e só quero desaparecer até ter terminado. Nem escuto a conversa antes de fazermos alongamento e passes, porque ainda estou consciente de todos os olhares. É um treino fechado, então pais e olheiros não são permitidos aqui hoje. Nenhum dos caras fica perto de mim ou fala comigo.

O treinador de chutes, Bennett, faz os chutadores trabalharem na técnica por um longo tempo, então à tarde ele nos faz chutar a bola começando pela linha do gol. Ele aumenta a distância por um metro, após cada chute bem-sucedido. Sou a melhor do grupo, até o técnico Bennet escolher os *quarterbacks* que seguram as bolas para que possamos começar a chutar, e eles podem praticar dribles numa situação falsa de gol.

Landon é escolhido como meu *holder**. Ele vem até mim com um sorrisinho arrogante no rosto. Eu pediria ao técnico Bennet para me escolher outro *holder*, mas ninguém gosta de um jogador que reclama. O que eu diria a ele, que Landon é meu ex-namorado e não quero pegar leve com ele? Ele provavelmente riria na minha cara e me faria arrumar as malas.

Futebol americano não é para fracos, nem física nem mentalmente.

Posso fazer isso. Olho ao redor, para os outros chutadores que são chamados primeiro. Eles estão todos no nível máximo, como máquinas especialmente treinadas que sabem o que fazer e quando. Um bando de caras de que só ouvi falar, mas nunca encontrei, está no campo, minicelebridades com grandes egos para combinar com o talento. Eu posso imaginar todo mundo aqui jogando em nível universitário e além.

---

* *Holder* é o jogador que segura a bola no chão para o outro jogador — o *kicker* — chutar. (N.E.)

Quando Bennet chama Landon e eu para nossa vez, me preparo e tento executar um chute perfeito bem no meio das traves, mas Landon vira a bola no último segundo, e a bola vem ao chão, depois que eu chuto a ponta em vez do centro. Ele faz tão sutilmente, ninguém além de mim pode ver, a não ser que se houvesse uma câmera e fosse possível dar um replay lento.

— Você está trepando com o Derek? — Landon murmura quando eu volto para a posição numa segunda tentativa.

Eu ignoro Landon e me concentro. Desta vez, quando a bola é entregue para Landon, ele segura no último segundo, então perco completamente e caio duro, de bunda:

— Ai, não! Você está bem? — Landon pergunta com falsa preocupação. Ele estica sua mão para me ajudar, mas eu a empurro para longe.

— Segure a porra da bola para eu chutar! — grito quando fico de pé.

Ele torce os punhos na frente dos olhos:

— Ui, ui. Está com pena de si mesma porque você e sua equipe vão ser uma merda sem mim?

— McKnight, para o banco. Hansen, substitua McKnight! — Bennett chama.

Enquanto Charlie Hansen corre para o campo para substituir Landon, os dois *quarterbacks* batem as mãos quando um passa pelo outro.

Fico em posição, e Hansen pega a bola. No último segundo, ele vira a bola levemente, então não consigo chutar certo. É uma falha épica. Posso ouvir risinhos dos caras assistindo.

No jantar, eu fico sozinha em uma das mesas. Estou dolorida, cansada e derrotada.

Os próximos dois dias repetem o primeiro. Recebo um time, mas nenhum dos caras fala comigo. Sou perfeita quando chuto do chão, mas quando os caras estão segurando a bola para mim, nada que eu faça funciona. De alguma forma, Landon conseguiu me sabotar.

Depois do treino da noite de quarta, o treinador chefe, técnico Smart, me chama no seu escritório. É o prédio principal próximo de onde eu me registrei no primeiro dia. Quando entro na sala, vestida com todo o uniforme, o técnico Bennet está de pé ao lado do técnico Smart com as marcas do dia.

— Qual é o problema, Parker? — o técnico Smart me pergunta. — Trouxemos você aqui porque vimos potencial. Não há muitas jogadoras mulheres que passam do nível escolar, mas achamos que você tinha o que é preciso para superar as estatísticas. — Ele aponta os resultados. — Dizer que não estamos felizes com sua performance é mais do que um eufemismo.

— Também não estou feliz com minha performance. Os meninos estão me sabotando.

Não há solidariedade ou compreensão, só um treinador lutando para tirar mais de um jogador.

— Precisa descobrir como jogar com qualquer conflito que aconteça por trás das câmeras. Sempre haverá caras que querem criar problema e fazer os outros jogadores ficarem mal. Depende de cada indivíduo ir além e descobrir uma forma de fazer funcionar. Temos amistosos o resto da semana e um jogo grande na noite de sexta. Haverá pais, olheiros, a mídia... casa cheia. Se quiser ir para casa e desistir, Parker, apenas fale.

Não quero ir para casa.

— Veio aqui por um motivo?

Eu confirmo:

— Sim, treinador, vim. — Tinha me esquecido de qual era.

— Tudo bem, vamos fazer assim — ele se inclina para a frente. — Se você quer jogar sexta, sem envergonhar a si mesma e a esse programa, você tem dois dias para se concentrar e fazer esses caras quererem você no time.

Engulo, mas há um nó na minha garganta.

— Sim, senhor.

Depois de deixar o escritório dele, digo a mim mesma que não importa por que ou como cheguei aqui. Estou aqui e preciso provar a mim mesma mais do que nunca. *Eu posso.* Repito silenciosamente as palavras de Derek, esperando que logo eu acredite nelas.

Estou prestes a sair do prédio quando paro para verificar as fotos dos jogadores na parede que participaram do programa da Elite e tiveram sólidas carreiras no NFL. Eles têm um muro da fama com fotos dos melhores jogadores.

Eu paro e olho uma das fotos na parede. Não, não pode ser.

Abaixo há uma pequena placa dourada com as palavras entalhadas: DEREK FITZPATRICK — O FITZ — MVP.[*] Sobre a placa há uma foto de um jogador saltando sobre um bando de *linemen* para um *touchdown*.

MVP na Elite? Não pode ser o mesmo Derek Fitzpatrick que não conseguia jogar uma bola em espiral para salvar sua vida. O mesmo Derek Fitzpratrick que faz meu interior derreter toda vez que estou com ele. O mesmo Derek Fitzpatrick com quem eu quase fiz amor na barraca.

Eu me aproximo da foto. Não há engano — é o Derek.

Seus olhos, seu foco intenso... aquele sorriso torto arrogante. Seus traços são muito familiares para mim agora.

Conheço Derek há semanas, dormi na mesma cama com ele. Apaixonei-me por ele... e ele ainda se certificou de que eu nunca visse o Derek verdadeiro que se esconde por trás de um bando de mentiras.

---

[*] MVP: *Most Valuable Player*, jogador de maior destaque. (N.E.)

A sensação de queimação no meio do peito aumenta quando penso em Derek apenas parado, escutando enquanto eu enfatizo o fato de que Landon nos deixou e estamos sem um *quarterback* decente. Ele sabia que eu faria tudo para encontrar um bom *quarterback* em Fremont. Ainda assim, ele nunca insinuou que era um *quarterback* treinado, um MVP.

O técnico Bennet vem até mim. Aponto a foto ofensiva:
— Quão bom ele era?
— Fitz? O melhor que já vi. Há alguns caras que nasceram para jogar futebol americano. Fitz era um deles. Espantava todo mundo com seu talento e habilidade de ler a defesa.
— O que houve com ele?

O técnico Bennet dá de ombros:
— Parou de jogar, e nunca mais voltou. Deixou todo mundo bem chocado, com certeza. Não vi ninguém com um talento natural desses desde então.
— Que tal o Landon McKnight?

O técnico Bennet responde:
— McKnight é decente.
— Ele é um jogador *all-state* e quase não foi derrotado ano passado — digo-lhe.
— O objetivo é não ser derrotado, e não quase-não-derrotado. Certo?
— Com treino suficiente e prática, o McKnight definitivamente estará no caminho certo — ele bate na foto de Derek. — Como calouro e aluno do segundo ano, Derek Fitzpatrick levou seu time para o Estadual.

Essa declaração paira no ar. Derek foi para o Estadual. Uau! Como seria jogar no Campeonato Estadual? Derek sabe.

De volta ao dormitório, tiro meu celular e faço uma busca: "Derek Fitzpatrick futebol". A primeira coisa que surge é

AMOR EM JOGO 263

um artigo sobre um garoto prodígio no futebol americano que chamou a atenção das escolas da Divisão I, desde os catorze anos. Em seu segundo ano do ensino médio, ele havia recebido três ofertas de bolsa completa para a faculdade depois de se formar. O título de outro artigo é *Derek Fitzpatrick, Quarterback Prodígio*. No final do artigo há uma foto do garoto... Sigo um artigo após outro. Cada um mais impressionante que o outro. É difícil pensar que a pessoa que domina meus pensamentos tinha um passado secreto que nunca me revelou. A ideia de jogar para a Fremont comigo nunca cruzou a mente dele nas últimas semanas?

A traição dele penetra mais fundo do que a que Landon me havia feito. Landon e eu namoramos, mas eu sei que era superficial. Ele nunca me amou realmente. Eu estava tentando preencher um vazio na minha vida, um vazio com o qual eu estava vivendo. Ele me fez de boba e armou com Bonk da Fairfield.

A verdade é que Derek me fez ainda mais de idiota. *Você consegue*, ele disse. Ele falava a sério, ou era outra de suas piadas? Concordamos em ficar fora da vida um do outro, mas não vai acontecer. Chamo um táxi para me pegar. Lá em casa, o técnico Dieter sempre nos disse para jogar limpo.

Eu discordo. É hora de jogar sujo.

capítulo 43
DEREK

Estou olhando o caro terno de grife que o mordomo Harold colocou na minha cama. Tenho certeza de que minha avó lhe disse que colocasse ali para que ela pudesse tentar me transformar no neto que ela sempre quis. Estou aqui há três dias agora, e contando os dias até poder pegar Ashtyn e voltar para Illinois. Eu abandono o terno e encontro a velha na sua sala de jantar grande demais.

Ela me olha e franze a testa:

— Derek, deixe sua avó feliz trocando esses trapos que você chama de roupa. Harold trouxe o terno que comprei para você?

— Trouxe, mas não vou usá-lo. — Eu me estico e toco um pedaço de pão do grande buffet, mas ela bate na minha mão. — Espere os convidados.

— Convidados? — Sinto no peito um mau pressentimento... — Que *convidados*?

Ela parece bem orgulhosa de si mesma. Aquele falso sorriso que tenta esconder é uma indicação de que está tramando algo.

— Marquei uma reuniãozinha com alguns dos adolescentes da cidade, só isso. — Ela pega meu rosto em suas mãos. — Conheço muitas debutantes solteiras de linhagem impecável, Derek.

— Linhagem? Você está planejando me arrumar uma égua? Vai, isso não é meio antiquado até para você?

— Você tem uma consorte?

— Se está falando de namorada, a resposta é não. Não, também não estou procurando...

— Que bobagem. Você precisa se comprometer. É simples assim. — Ela caminha de modo decidido para o outro lado do salão. — Você é alto, bonito, e por acaso é neto do falecido Kenneth Worthington. É hora de você aceitar o fato de que é herdeiro das Indústrias Worthington, o maior distribuidor têxtil do mundo. Você, meu querido neto, é um bom partido.

— Não quero ser um bom partido.

— Essa atitude significa que você ainda não encontrou uma menina digna da sua atenção. Vai querer ser um bom partido, se a menina certa surgir.

Pego um pedaço de pão de um cesto e dou uma grande mordida insolente.

— Valeu pela oferta, mas não preciso de compromisso — digo com a boca cheia de pão.

O lábio superior dela se torce de nojo:

— Achei que você frequentava um colégio particular. Eles não te ensinam boas maneiras?

Abro a boca para responder, mas ela estende a mão:

— Não responda de boca cheia. Apenas... suba, coloque seu terno e desça quando estiver trajado decentemente. Os convidados chegarão em breve.

Quando não pareço nem um pouco interessado em me vestir para sua festinha, ela me abre um sorriso treinado, superficial.

— Por favor, Derek, faça minha vontade por uma noite.

— Se você disser que minha mãe iria gostar que eu usasse aquele terno, juro que saio por aquela porta e nunca mais volto. Não finja que você sabe tudo sobre minha mãe, porque foi você quem desapareceu da vida dela.

— Conheço minha filha mais do que você pensa, Derek. — Quando eu balanço a cabeça e estou prestes a contrariá-la, ela faz sinal para que eu a siga até o quarto. — Venha comigo. Preciso mostrar-lhe uma coisa.

Meu instinto é agir como um imbecil teimoso e ir embora, só de birra. Mas uma voz na minha cabeça me faz ficar e seguir a velha.

Minha avó me leva a um quarto grande, cheio de livros suficientes para preencher uma pequena biblioteca. Fecha a porta e desliza uma das prateleiras para revelar um cofre. Com dedos ágeis, ela cuidadosamente abre o cofre e tira um envelope.

— Aqui, — ela diz, tirando uma carta do envelope e passando-a para mim.

Dou uma olhada no papel e, imediatamente, reconheço a letra da minha mãe. A carta, datada, é de duas semanas antes de minha mãe morrer. Ela estava fraca na época e sabia que não tinha mais muito tempo. Eu perguntei se ela estava com medo de... não pude dizer o resto da frase em voz alta.

— De morrer? — ela perguntou. Quando eu assenti, ela pegou minha mão e disse: — Não. Porque não terei mais dor.

Alguns dias depois, ela parou de falar, e ficou na cama o dia todo, esperando morrer.

Minha avó fica na minha frente, sua cabeça abaixada enquanto leio as palavras da minha mãe.

    Querida mãe,
    Eu me lembro de que, quando eu era menininha, não falava porque era tímida, mas você disse às outras mães que eu era inteligente demais para falar. Eu descobri que você pagou um dos juízes do concurso de beleza em que entrei no colégio para que eu vencesse. Eu nunca te falei que o gerente do Burger Hut disse que ele não podia me contratar no verão, antes do meu último ano de escola, porque você queria que eu fizesse estágio com o papai nas Indústrias Worthington.
    Por um longo tempo eu pensei que você fazia essas coisas para controlar minha vida. Como mãe, eu mesma, percebo agora que você queria criar essa vida perfeita para mim porque me amava.
    Fique tranquila com o fato de que eu vivi a vida perfeita. Steven Fitzpatrick é meu amor verdadeiro. Derek é meu pequeno astro de futebol e é um filho incrível — ele é engraçado e lindo como o pai, e de gênio forte e espírito livre como eu. Ele é perfeito. Tenho um pedido. Por favor, tome conta do meu filho quando Steve não puder, mãe. Tome conta dele, porque eu não estarei por perto para fazer isso por muito tempo.
                        Com amor, sempre,
                                 Katherine.

Eu dobro a carta e enxugo as lágrimas, enquanto a passo de volta para minha avó.

— Vou me trocar — digo.

Não preciso dizer outras palavras. Entendo por que estou aqui e por que ela quer que eu fique.

Meia hora depois, desço a escada com o terno que ela me comprou. Deixei a gravata lá em cima, e deixei abertos os dois últimos botões da minha camisa como uma declaração de que o espírito livre da minha mãe vive dentro de mim, e que isso não vai mudar tão cedo.

O saguão está lotado, cheio de meninas adolescentes em vestidos de cores vivas e penteados elaborados. Sabendo como minha avó opera, suponho que ela já escolheu a devida noiva, e os papéis pré-nupciais já estão prontos para ser assinados.

Por minha sorte, alguns caras também foram convidados, então não sou o único exemplar à mostra.

Ashtyn riria de uma festa assim, onde você ganha pontos de popularidade pela quantidade de dinheiro e status que você tem, em vez de quanto álcool consegue ingerir antes de vomitar. Aposto que ninguém aqui nunca jogou Verdade ou Consequência com shots de gelatina. Ou raspou as bolas, por sinal.

— Derek! — minha avó chama serpenteando pela massa de gente. — Esqueceu sua gravata.

— Não, não esqueci.

Ela vem e abotoa os dois últimos botões da minha camisa.

— É costumeiro usar gravata quando se está numa ocasião formal. Você parece um jardineiro.

Eu seguro o rosto dela nas minhas mãos, como ela fez há menos de uma hora:

— Essa pode ser uma ocasião formal para todos os outros, mas para mim é um show de circo. Você quer que eu finja que sou um deles, é isso o que você vai ter.

— Não pode fingir um pouquinho mais? — ela pergunta, então se aproxima e diz: — Cassandra Fordham e sua mãe estão te olhando, desde que você desceu.

Desaboto os dois botões de cima novamente, então desaboto um terceiro, de pirraça:

— Quem é Casandra Fordham?

— Apenas a menina mais bonita do Texas. Ela ganha concursos de beleza, tem um tom incrível de pele e toca piano.

Tom de pele? Concursos de beleza? Esses atributos não chegam nem aos pés de uma menina que sabe ralar no campo e numa barraca.

— Ela joga futebol?

— Futebol? — minha avó ri. — Meninas não jogam futebol, Derek. Elas assistem. E tenho certeza de que Cassandra Fordham é fã do jogo. É texana, nascida e criada aqui. Futebol está no sangue dela. Ela está lá. — Ela se esforça ao máximo para tornar óbvio que está apontando a menina num vestido amarelo tomara que caia, a rosa amarela do Texas.

Minha avó coloca uma mão no meu ombro e me conduz em direção a Cassandra Fordham. Estou ciente de que a maioria dos olhos está sobre mim. Obviamente Cassandra foi considerada a garota mais desejável do salão. Como sou o convidado de honra, tenho a impressão de que é costumeiro que eu tenha prioridade.

— Sra. Fordham, Cassandra, gostaria que conhecessem meu neto, Derek Fitzpatrick — minha avó diz numa voz assertiva. Cassandra é bonita como uma modelo. Tem um nariz pequeno e arrebitado e olhos que praticamente se iluminam quando ela sorri. Ela faz um pequeno movimento de reverência:

— Está gostando do Texas, Derek?
— Quer a verdade?
Minha avó me dá uma cotovelada sutil e um falso sorriso:
— Derek tem me distraído por toda a semana. Vocês deveriam vê-lo jogando tênis. Jogamos toda tarde depois do almoço. Ele nasceu para isso.
Eu nem pisei a quadra de tênis desde que cheguei aqui.
— Eu também jogo — Cassandra diz numa doce voz feminina. — Talvez possamos jogar qualquer dia.
Minha avó me cutuca novamente:
— Claro que ele vai. Certo, Derek?
— Certo.
Após um papo furado, minha avó pergunta à sra. Fordham sua opinião sobre sua nova obra de arte na sala, e me deixa junto a Cassandra. Sinto que entrei numa máquina do tempo. Todo mundo conversa e come enquanto uma música suave de um quarteto de cordas toca ao fundo. Não leva muito tempo até Cassandra me pegar por meu cotovelo e começar a apresentar-me às outras meninas e meninos na festa.

Eu tenho um descanso, quando ela pede licença para ir ao toalete. Eu vou até a sala de jantar e faço meu prato de comida. Quando pego um lugar à mesa, um bando de meninas me cerca. Não vou mentir, as meninas são um tesão. O Texas tem algumas das meninas mais lindas que já vi na minha vida, e já vivi num bando de lugares. Eu me pergunto rapidamente como elas ficam tão magrinhas com uma comida tão gorda e farta. Então olho para baixo e noto que seus pratos estão cheios de comida, mas elas não colocam nada de fato na boca. É uma fraude, se quer saber.

Ashtyn iria encher o prato, e aproveitar a comida sem se preocupar com o que os caras aqui iriam pensar. Liguei todos os dias para ela, mas ela não responde. Esta manhã eu deixei uma mensagem pedindo que ela me ligasse. Ela não ligou.

Depois de comer e circular conversando com alguns caras sobre futebol, o assunto principal da conversa deles, Cassandra aparece do meu lado. Ela fala abertamente sobre dados impressionantes, mas é como se ela tivesse sido criada para saber sobre o esporte, sem de fato gostar.

Eu me abaixo e me sento numa das poltronas, torcendo para ser deixado em paz. Ler aquela carta da minha mãe mudou tudo. Quando li suas palavras, era como se ela estivesse falando comigo do túmulo. Ela me chamou de astro do futebol. Cara, isso abriu uma ferida que estava costurada, bem fechada até agora.

Minha privacidade não dura muito, porque mãos femininas cobrem meus olhos e a voz aguda de Cassandra cochicha na minha orelha:

— Adivinha quem é?

capítulo 44
ASHTYN

Enquanto caminho para a frente da mansão Worthington com a missão de confrontar Derek, de repente me ocorre que eu deveria ter me trocado. Eu só vesti uma bermuda largona e meu blusão de treino que agora tem manchas de grama e lama do treino de hoje.

Toco a campainha. Um homem alto com uma expressão soturna atende:

— Posso ajudá-la, senhorita?

Espio o que se passa na casa. Uma massa de gente em vestidos e ternos, enfatiza o fato de que não estou bem vestida. Se eu me importasse, chamaria o táxi e iria embora. Mas não me importo. Estou numa missão. Ninguém vai me impedir.

— Preciso falar com Derek Fitzpatrick.

— E posso perguntar quem deseja?

— Ashtyn. — Quando eu não pareço satisfazê-lo, digo: — Ashtyn Parker.

Uma mulher mais velha com cabelo loiro brilhante e diamantes no pescoço vem para a porta e fica ao lado do homem. Ela está usando um vestido de corte de alfaiate, justo, azul-claro com um blazer combinando. Quando olho para seus olhos safira, tenho uma pontada de reconhecimento. Esses são os olhos de Derek... essa é a avó à beira da morte de Derek.

Só que ela não parece estar morrendo.

Ela parece mais saudável do que a maioria das pessoas que eu conheço. Ela olha meu blusão de futebol e torce a boca como se tivesse comido limão azedo.

— Quem é você? — ela pergunta num tom arrogante.

— Ashtyn Parker — Eu deveria ter trazido meu crachá do Elite.

Ela vira a cabeça e observa nas minhas pernas nuas:

— Senhorita Parker, querida, tem consciência de que está usando roupa de menino?

Hummm. Como explico a uma mulher vestida tão impecavelmente que vim aqui direto do treino do futebol?

— É que eu jogo futebol. Tive treino o dia todo e não tive tempo de me trocar antes de vir aqui. Derek e eu viemos juntos de Illinois. — Quando ela não parece impressionada, acrescento: — O pai dele casou com minha irmã. — Isso deve conferir certa credibilidade.

Não confere.

— Meu neto está indisposto no momento, srta. Parker — ela diz. — Se não for urgente, volte outra hora.

Ela está tentando me intimidar. Está funcionando, mas eu fico firme no lugar. Preciso descobrir por que Derek mentiu para mim.

— Desculpe-me — digo-lhe. — Não quero ser desrespeitosa, mas preciso vê-lo agora, e não vou embora. É urgente.

A avó de Derek finalmente abre a porta e faz sinal para eu entrar na casa.

— Siga-me — ela diz, então ordena que o cara que abriu a porta encontre seu neto e o acompanhe até a biblioteca. Ela me guia por uma multidão de convidados, adolescentes, de uma festa. O lugar é enorme, como um museu. Algumas das meninas me olham e cochicham com seus amigos.

Paro quando avisto Derek e uma menina, através de uma das grandes janelas que dão para o imenso quintal. Ela tem os braços ao redor dele, e meu coração parece ter passado por um ralador de queijo. Não passou nem uma semana desde que estivemos na barraca, prestes a fazer amor. Saber que ele pode rapidamente ficar com outra menina, menos de uma semana depois, me deixa infeliz.

Abro bem os olhos e espero que a menina seja uma visão idiota da minha imaginação. Desejo que ela desapareça. Eu devia saber que meus desejos nunca se tornam realidade, porque nunca se tornaram no passado. Abro bem os olhos, e com certeza ela ainda está lá.

— Srta. Parker, querida, não fique encarando. É feio — a avó de Derek diz, então me pega pelo cotovelo e me leva para uma sala com dois sofás, prateleiras cheias de livros e uma enorme lareira de mármore.

— Não queria interromper sua festa — digo-lhe, tentando dizer a mim mesma que não importa que Derek esteja com outra menina. Eu não tenho nada com ele. Estou aqui para confrontá-lo, não para fazê-lo se apaixonar por mim. O fato de que eu me apaixonei perdidamente por ele é algo totalmente fora do controle, e, para mim, é um saco. Olho a avó dele e torço que ela possa me compreender. — Deve ser difícil para você receber tanta gente na sua condição.

— Condição?

Eu me contorço:

— Sabe, estando doente e tal.

— Não estou doente, querida.

— Não está?

— Não. — A mulher se senta num pequeno sofá no meio da sala, com os pés cruzados na altura dos tornozelos. Ela coloca suas mãos arrumadinhas sobre o colo. — Sente-se, srta. Parker.

Sento-me desconfortavelmente em frente a ela. Devo cruzar as pernas nos tornozelos? É um território não familiar. A mulher tem um ar de autoridade e superioridade. Olha-me com olhos experientes, como se julgasse cada movimento meu. Cruzo meus sapatos de treino nos tornozelos, mas imagino que pareço idiota.

— Conte-me como é seu relacionamento com meu neto.

— Relacionamento? — quase engasgo com a palavra.

— Isso.

— Eu, hum, não tenho certeza do que quer dizer.

Ela se inclina à frente.

— Suponho, srta. Parker, já que você veio aqui por uma questão "urgente", que você e o Derek sejam *íntimos* um do outro.

— Não diria isso realmente. Na maior parte do tempo, o Derek tenta me irritar e eu o ignoro. Isso, claro, quando não estamos discutindo, o que a gente faz bastante. Ele é um jogador e um manipulador e tem um ego enorme. Ele tem esse hábito irritante de passar a mão no cabelo quando está frustrado. E ele praticamente roubou meu cachorro. Sabia que ele é obcecado por vitaminas? Ele não come Skittles nem nada com conservantes, para salvar a vida. Não é normal. *Ele* não é normal.

— Hum, interessante.

Estou tão estressada que não terminei meu desabafo.
— E ele mentiu para mim. Sabia que ele jogava futebol?
A avó de Derek diz:
— Estou ciente disso, sim.
— Ciente do quê? — Derek diz quando entra na sala. Eu não havia notado antes, mas está usando um terno, como se estivesse indo para um casamento. Ou um velório. Ele recua em estado de choque quando percebe que estou na sala.
— Ashtyn, o que está fazendo aqui?
Nos dois últimos dias senti falta de ver o rosto dele todo dia. Quando os caras estavam me dificultando as coisas esta semana, eu pensava nas palavras dele: *Você consegue.* Mas a verdade foi como um tapa na cara, assim que vi os jogadores de destaque naquela parede de... e agora ele está parado à minha frente, logo depois que o vi no quintal com aquela menina.

Não consigo pensar direito. Quero perguntar sobre a menina, mas só o pensamento dele com outra me faz sofrer, e não consigo soltar as palavras. Em vez disso, concentro-me na razão pela qual vim aqui para começar.

— Você é a *porra* de um prodígio!
A expressão de Derek é amarga.
— Como descobriu?
Caminho até ele e ponho um dedo no seu peito.
— Sua foto está presa na parede de destaques da Elite. Já ouviu falar em busca no Google? Você é um mentiroso! — Meu coração acelera quando eu acrescento: — E não posso acreditar que você está ficando com alguém depois do que aconteceu entre nós.

— Aham! — A avó de Derek pigarreia audivelmente. — Srta. Parker, obviamente você tem muito na sua cabeça que gostaria de pôr para fora. Eu só não tenho certeza de que esse é o momento ou local para ter essa conversa. Derek, por que não a convida para voltar amanhã para discutir futebol e *tudo mais*?

— Agora é uma boa hora — ele lhe diz.

— É, agora é uma boa hora — digo. — Não me importo com o que você faz ou não faz com as mulheres, Derek. Não vim aqui falar de nada além de por que você mentiu para mim sobre jogar futebol.

— Eu não menti, Ashtyn — ele não parece nem um pouquinho culpado. — Escute, não estou dizendo que deixei umas coisinhas de fora.

Eu dou uma gargalhada:

— *Deixou umas coisinhas de fora?* Ai, isso é lindo. Você mentiu descaradamente. Eu me lembro, claro como o dia, de que você era jogador *mediano*. Mediano uma ova — bufo algumas vezes, tento recuperar a compostura me dizendo para parar de tremer. — Li que você jogou *no time principal* da sua escola quando calouro e levou seu time para dois campeonatos *estaduais*. Você sabe o que eu faria para levar meu time para o Estadual? Qualquer coisa, você sabe.

— Não jogo mais. E não importa o que você pense, não fiquei com mais ninguém desde que estivemos juntos.

A avó de Derek passa entre nós.

— Posso lembrar aos dois que há uma festa acontecendo do outro lado daquela porta? Uma festa que, por acaso, é em sua homenagem, Derek.

— Uma festa que eu nunca pedi, lembra? — Derek retruca, então diz para mim: — Você quer falar sobre mentira, vamos colocar tudo na mesa. Você também não é inocente. Você me disse que estava tudo bem em ficar uma noite. Isso não podia estar mais longe da verdade e você sabe disso.

Meu coração aperta. Eu não posso olhá-lo ou responder, porque posso ficar tentada a dizer a verdade.

— Não quero fazer isso comigo ou com você — digo-lhe. É sobre futebol. Você não pode parar de jogar quando é, tipo, incrível. Na verdade, algumas pessoas são incríveis. Você é... como ele descreveu? *Excepcional*. Não só isso... um artigo disse que nunca viram um jovem *quarterback* como Fitzpatrick, que podia ler os jogadores e ajustar sua estratégia durante o jogo como um profissional.

Ele ri, desprezando a avaliação publicada:

— Eles exageraram um pouco. Tem certeza de que veio aqui falar de futebol? Acho que você veio aqui porque sentia minha falta. Por que não me mandou uma mensagem de texto de volta?

— Não mude de asunto. Li pelo menos cinco matérias on-line. Elas todas dizem aproximadamente a mesma coisa. Você foi um destaque na Elite. Eu vi o calibre dos jogadores lá. São os melhores dos melhores, os caras que sem dúvida jogarão no Liga Nacional de Futebol depois da faculdade. Jogue comigo, Derek. Uma última temporada.

— Vou voltar para a festa — Derek abre a porta, mas estende uma mão antes de sair. — Quer se juntar a mim, Docinho de coco?

Olho meu agasalho de futebol:

— Não estou vestida para uma festa e você não respondeu à minha pergunta.

— Respondi. Vem ou não?

Ele sai da sala quando não me junto a ele, me deixando sozinha com a avó dele.

— Bem, isso foi... divertido, para dizer o mínimo — ela diz.

— Sinto muito por tê-la perturbado. — Sentindo como se tivesse perdido um brilho de luz na minha vida patética, pego o celular. — Vou chamar um táxi e sair daqui em...

A avó dele tira o celular da minha mão e o desliga.

— Você deveria ficar.

— Desculpe-me.

Ela me passa o telefone de volta.

— Decidi que você deve ficar aqui esta noite. Participe da festa e veja o que a noite tem a oferecer.

— Não estou exatamente vestida para uma festa e é óbvio que já te incomodei o suficiente.

— É uma pena que eu não tenha dado uma festa à fantasia — Ela agarra o canto do meu blusão manchado de grama com a ponta do seu dedão e dedo indicador. — Sua mãe não ensinou a se olhar no espelho antes de sair de casa?

— Minha mãe foi embora quando eu tinha dez anos de idade. Ela não me ensinou muita coisa.

— E seu pai?

Eu dou de ombros:

— Ele meio que vive em seu próprio mundo.

— Entendo. Bem. Você deve se acostumar com o fato de que não vai voltar para o acampamento de futebol esta noite. Pedirei que Harold a leve logo amanhã de manhã. — Ela caminha até a porta e pigarreia: — Tome um banho e fique decente. Uma vizinha minha tem uma butique na cidade. Ela vai trazer algo aceitável para você vestir.

A avó de Derek me conduz ao andar de cima, a um quarto com banheiro. Ela me diz que eu me apresse e tome um banho. Fico com a clara impressão de que é melhor não lhe desobedecer. Não quero participar da festa, mas ela não parece se importar com minha opinião. Só quero convencer Derek a jogar para Fremont, mas isso não me parece possível.

Após uma rápida ducha, ligo para o técnico Bennet e informo que vou voltar de manhã para o treino. Eu desligo e noto um vestido branco, sem alça, esticadinho na cama. Como a avó de Derek conseguiu tão rápido? No chão há um par de sapatos vermelhos com salto agulha. O traje todo parece caro e elegante. Aproximo-me, e noto que o vestido ainda está com a etiqueta. Viro a etiqueta e vejo o preço. O vestido custa *setecentos dólares*. Aposto que tudo no meu armário somado dá setecentos dólares e nem tenho um par de sapatos com salto agulha. Não tem como eu usar um vestido tão caro e sapatos com saltos tão altos.

Toco o tecido sedoso do vestido. Nunca senti algo tão suave na minha vida. Pergunto-me qual seria a sensação sobre minha pele. Jogo a toalha, seguro o vestido perto do meu corpo e me olho ao espelho. Certa de que ninguém está me olhando, abro o traje e me aperto dentro dele. Imagino ser uma princesa e ter esse vestido como apenas um do meu vasto guarda-roupa de trajes de grife.

Eu me olho ao espelho e mal me reconheço. O vestido se prende às minhas curvas, e meus peitos, apertados pelo modelo de vestido, ficam mais altos e mostram mais colo do que eu geralmente tenho.

Sinto-me sexy e ouso pensar-me poderosa.

Derek me acusou de estar aqui porque eu sentia falta dele. A verdade é que eu pensei demais nele. Pensamentos a seu respeito invadiam minha mente. Queria que eles tivessem ido embora. Toda vez que preciso de encorajamento, penso nas palavras dele. Toda vez que me sinto sozinha, penso quando nos beijamos e ele sorriu para mim.

Quarterback prodígio.

Derek poderia salvar nosso time. Disse-me que não joga mais. Ele nunca mais pensou em pegar uma bola novamente? Se eu tivesse o poder de fazê-lo se apaixonar por mim, ele mudaria de ideia e entraria no time da Fremont? Eu me olho ao espelho, então calço os sapatos.

Só tenho uma chance de descobrir.

capítulo 45
DEREK

Minha avó, que estava esvoaçando ao meu redor como uma borboleta, de repente está me ignorando. Tentei atrair a atenção dela três vezes, desde que a deixei com Ashtyn na biblioteca. Sei que Ashtyn não foi embora porque fiquei de olho na porta o tempo todo.

Finalmente, dou com minha avó quando ela vira em direção à sala de jantar:

— Onde ela está?

Minha avó coloca uma mão no peito:

— Você me assustou. Não chegue assim de surpresa perto de uma senhora. Você pode lhe causar um ataque cardíaco.

— Seu coração está bem. Onde está a Ashtyn?

— Quer dizer a pobre menina que se veste como menino?

Eu faço que sim:

— Hum-hum.

— Aquela que você chamou de bolinho de coco?

— Era *docinho* de coco.

— Ah, está certo. — Ela remove um pedaço de fio invisível do meu paletó e leva um tempo abotoando minha camisa. — Você é transparente, Derek. Assim como sua mãe na sua idade.

— Se está pensando o que eu estou pensando que você está pensando, você está errada.

— Então você não se importará de eu ter convidado a *Docinho de Coco* para passar a noite aqui.

Não quero Ashtyn em nenhum lugar perto da minha avó. Ela está tramando algo. Tudo o que a mulher faz é calculado e deliberado. Ela não está sendo legal com Ashtyn ao convidá-la para passar a noite aqui. Posso ver pelo brilho nos seus olhos que ela quer informação da parte de Ashtyn: informação sobre nós. Isso é tão perigoso quanto contar segredos ao inimigo.

— Vou levá-la de carro de volta ao dormitório — digo-lhe.

Ela acena com a mão no ar:

— Bobagem. Seria de mau gosto fazer a pobrezinha voltar a um dormitório com instalações questionáveis, quando há mais do que espaço suficiente aqui.

Ah, diabos. É inútil discutir, porque é óbvio que não estou ganhando essa discussão.

— Onde ela está?

— Num dos quartos de hóspedes. E eu posso ter dado um vestido para ela usar. Ela não pode participar de uma das minhas festas vestida naquele blusão sujo de futebol e bermuda. Que Deus a abençoe.

Ai, não. Ela tinha de dizer esta frase — Deus a abençoe — novamente? Essas palavras são como uma arma carregada no Texas, onde essa frase pode ser tanto um insulto ou um termo carinhoso, dependendo do tom ou da intenção.

— Não se meta nos meus assuntos, vó.

— E que assunto é esse, Derek? — Quando eu não respondo, ela bate no meu ombro de uma maneira arrogante.

— Não me chame de vó nunca mais. Lembre-se de ser um cavalheiro, como um anfitrião Worthington deveria ser.

— Sou um Fitzpatrick.

Ela ergue uma sobrancelha enquanto começa a se afastar:

— Que Deus o abençoe.

Levanto o olhar, perguntando-me se minha mãe está caindo na risada agora ou amaldiçoando o dia em que escreveu aquela carta para minha avó.

Eu começo a conversar com um bando de caras enquanto examino o lugar me perguntando se Ashtyn vai aparecer alguma hora. Pelo que sei, ela se trancou no andar de cima e não vai descer. Esse definitivamente não é o *habitat* dela, onde as meninas ficam exageradas e os caras vestem um sorriso e um terno. Se essa fosse uma luta na lama, ela provavelmente estaria saltando para o ringue agorinha mesmo.

Uma faixa branca na escadaria atrai meu olhar e eu congelo.

Uau!

É Ashtyn, usando um vestido branco curto que aperta suas curvas, e saltos vermelhos vivos que mostram suas longas pernas. Estou congelado no lugar e não consigo tirar meus olhos dela. Ela atrai a atenção da minha avó, que lhe acena com aprovação.

— Quem é *essa*? — um cara pergunta.

— Nunca a vi antes — outro diz.

Um cara que foi apresentado a mim como Oren dá um assobio baixo.

— Nossa, ela é gostosa. Eu vi primeiro.

Ninguém vai se assanhar para Ashtyn se eu puder dizer alguma coisa. Sem hesitar, caminho até ela. A parte alta dos seus seios brancos estão à vista, sem dúvida provocando cada cara do lugar, e aqueles sapatos sexy que ela está usando são do que as fantasias são feitas.

— O que está usando? — eu pergunto num tom mais áspero do que pretendia.

— Ah, gostou? — ela gira lentamente, dando a mim e aos caras que a estão olhando uma visão de 360 graus. Ela quase tropeça nos saltos, e agarra meus ombros para se equilibrar. — Sua avó me emprestou. E os sapatos também. Não são muito bacanas?

— Gostava mais de você no abrigo de futebol,— murmuro.

— Por quê?

— Porque era você.

— Talvez *essa* seja eu. — Ela caminha para o bufê. — Estou morrendo de fome. Como você sabe, treinar o dia todo é trabalho duro.

— É, eu sei. Não quer voltar ao quarto?

— Está tentando se livrar de mim? — Ela pega um petisco de uma bandeja prateada e começa a comer.

— Não. Estou tentando manter esses caras longe de você.

— Por que faria isso? — Ela dá outra mordida. E outra. E outra. Ela lambe a cobertura dos lábios. Se sua intenção é me deixar louco, ela está fazendo um ótimo trabalho.

— Porque eu... eu me importo com você — digo-lhe.

— Ai, por favor. Essas são palavras vazias. Já ouvi essas palavras da minha mãe, minha irmã, meu pai, até do Landon. Elas não significam nada para mim.

Elas significam algo para mim:

— Acha que estou zoando você?

— Sim. Vi você com aquela menina de vestido amarelo esta noite. Você lhe disse que se importava com ela também? — Ela está fula da vida e mastiga o petisco como se fosse a última coisa que ela iria comer. Quando ela termina, bate as mãos juntas e limpa as migalhas. — Acho que vou subir as escadas e dar uma olhada em novas opções de namorados. Eles parecem carinhas limpinhos e *honestos*.

As palavras dela foram ditas para me perfurar:

— Não deixe que os ternos a enganem — digo-lhe.

— Como você me enganou sobre sua experiência no futebol?

Antes que eu possa dizer-lhe que não sou a resposta para suas orações, quando se trata de recrutar um novo *quarterback* para Fremont, Ashtyn joga os ombros para trás. Ela percebe que isso só empina ainda mais seus seios? Todo mundo aqui vai dar mais do que uma boa olhada. Ela dá as costas para mim e caminha em direção aos caras, que ainda a estão observando com interesse. Eu a sigo, não porque eu acho que ela precisa de proteção...

É porque eu sinto que ela está prestes a fazer algo bem, bem idiota.

capítulo 46
ASHTYN

Uma multidão de carinhas amontoa-se no canto da sala. Seus olhos estão em mim, e eu faço minha melhor imitação de uma modelo de passarela quando sigo até eles. Não fico nervosa perto dos caras, então por que estou me sentindo agitada e suando de repente? Sinto uma comichão, uma sensação incômoda no pescoço. Eu ignoro, mesmo que isso me enlouqueça.

Coloco uma mão na cintura e sorrio:

— Ei, caras, sou a Ashtyn.

Dois dos caras franzem a sobrancelhas e imediatamente vão embora. Outro cara enfia a mão nos bolsos e se afasta um pouco.

— Sou Oren — ele diz nervoso. Seus olhos vão de um lado para o outro como se buscasse um jeito de escapar.

— Sou, hum, Regan — o quarto cara diz. Regan está totalmente focado no meu peito com seus olhos esbugalhados.

Eu ainda suo, mas estou tentada a apontar para seu rosto e dizer: *Meu rosto é aqui em cima, colega!*

Oren acena para alguém do outro lado da sala, então murmura:

— Minha namorada está lá. Melhor eu dar uma olhada nela.

Regan de repente tira um telefone do bolso:

— Recebi uma chamada. Desculpe. Mas nem ouvi tocar ou vibrar.

Fico sozinha, me perguntando por que consegui assustar quatro caras em menos de trinta segundos, quando Derek aparece atrás de mim:

— Levou bolo?

Pareço e me sinto sexy com esse minivestido maluco e sapatos, mas nenhum cara fala comigo. Além de Derek. Estou tentando fazê-lo sentir ciúmes. Como eu posso fazer isso quando quatro caras dão o fora como se eu fosse doente? Preciso de Jet aqui. Ele não teria problema em fingir flertar comigo e ficaria feliz em fazer os caras pensarem que sou um grande partido. Ou Victor, que ficaria ao meu lado como um guarda-costas para se certificar de que ninguém saísse correndo de mim.

Eu me viro para encarar o Derek:

— Veio esfregar isso na minha cara? — pergunto, enquanto raspo as unhas no pescoço, tentando parar a coceira na minha garganta.

— Uau, Ashtyn!

— Quê? — Seus olhos estão focados no meu peito. — Caubói, meu rosto está aqui. Pare de olhar meus peitos.

— Não estou olhando seus peitos — ele aponta para meu peito. — Você está tendo algum tipo de reação alérgica.

— Não estou não — digo desafiadoramente antes de pigarrear com a garganta coçando de novo. Mas... examino meus braços. Estão quentes, e olho mais perto, e percebo que estão vermelhos e manchados. Ai, merda.

— É, estou.

A única forma que sei como flertar com Derek é desafiando-o e enfrentando-o no seu próprio jogo. Mas é praticamente impossível discutir quando se está no meio de uma reação alérgica.

Olho meus braços, que estão coçando e irritados. E meu pescoço... é como se uma centena de mosquitinhos picassem ao mesmo tempo. Minha garganta está coçando bem agora. Os ruídos menos femininos saem da minha garganta quando eu tento melhorar o desconforto.

Derek parece em pânico:

— Sério, pode respirar? — ele pergunta. — Ou devo ligar para a emergência correndo?

— Claro que posso respirar. Não vou morrer, Derek. Só uma dose de Benadryl deve ajudar. — Eu me encosto na parede atrás de mim e esfrego minhas costas nela.

Derek rapidamente pega minha mão e me conduz até sua avó, mas eu cambaleio um pouco. Não estou acostumada a andar de salto alto.

— Tem Benadryl? — ele pergunta à avó. — Acho que ela é alérgica ao petisco que comeu.

— Ela é alérgica? — sua avó pergunta, com a voz carregada de desconfiança.

Eu coço os braços, tentando aliviar a coceira:

— Sou alérgica ao pigmento roxo.

— A confeiteira colocou um *W* nos biscoitos em roxo. É uma cor da realeza.

— Realeza? — Derek balança a cabeça. — Não somos da realeza.

— Exato. Então no último minuto eu lhe pedi que mudasse para amarelo, então ela colocou cobertura amarela sobre o roxo para mascarar — sua avó tem um olhar preocupado no rosto, e, rapidamente, diz a Derek onde pegar Benadryl.

— Venha — ele diz e me leva pelo meio do povo, enquanto tento não tocar o pescoço mesmo que esteja coçando feito louco.

Eu cambaleio novamente:

— Derek, espere. Não posso correr com esse salto.

Dou um gritinho de surpresa, quando um dos braços dele desliza sob meus joelhos e o outro apoia minhas costas, enquanto ele me carrega. Normalmente eu pediria que ele me colocasse no chão, mas estou agitada demais e desconfortável para ser forte neste momento. Envolvo meus braços no seu pescoço e me inclino sobre ele. De repente estou cercada pelo perfume da sua colônia e a respiro:

— Você tem cheiro de homem — murmuro na curva do pescoço dele.

— Você não — ele diz de volta. — Você tem cheiro de flores.

— Acho que é o sabonete do banheiro da sua avó. Era rosa, com pedacinhos de flores. Era como tomar banho com um buquê de rosas.

Não sei como ele consegue me carregar por toda a escadaria sem cambalear ou parar, mas ele consegue. Ele tem consciência de que todo mundo está apontando para a gente? Se tem, obviamente não se importa.

Chegamos a um grande quarto máster, e ele abre a porta com o pé. O lugar é enorme, com uma saleta ao lado do quarto e um banheiro mais para a frente. Quadros caros estão nas paredes, e o carpete parece felpudo, como se você pudesse afundar os dedos do pé nele. Derek me solta no banheiro e vasculha o armário de remédios da sua avó.

— Pare de coçar — ele ordena pegando minha mão e segurando-a na minha lateral.

— Não posso evitar. Juro que é a última vez que como um biscoito.

— Você deveria ter ido para a fruta — ele encontra uma caixa de Benadryl e me passa duas pílulas. — Aqui, pegue essas. — Depois que eu tomo as pílulas com água da pia, Derek cruza os braços sobre o peito.

— Se você não melhorar em meia hora, vou levá-la ao hospital.

— Vou ficar bem.

— É o que você disse na noite em que a gente ficou, e olha onde estamos agora.

Eu olho as paredes:

— Estamos no banheiro da sua avó.

— Não estou falando literalmente. Pare de coçar, Ashtyn. Vai deixar marcas em todo seu corpo.

Eu me esforço para ignorar a coceira, mas é como tentar ignorar o moleque na minha frente — praticamente impossível.

Meu coração aperta quando ele pega minha mão e a segura atrás das minhas costas:

— Pare! Você vai sangrar.

Ele está mantendo uma pequena distância entre nós, mas por quê? Todos os sentimentos de Derek por mim despareceram quando ele me largou na Elite? Preciso lutar para vencer esses sentimentos supérfluos, para lembrar-lhe o quão incrível foi quando estávamos na barraca. Meus pensamentos estão todos confusos e a coceira não ajuda em nada. Eu deveria estar indignada com Derek por mentir para mim sobre sua experiência no futebol, mas estou determinada a fazê-lo se apaixonar por mim, numa tentiva de fazê-lo jogar futebol novamente. Meus verdadeiros pensamentos são deixados de lado agora, porque, se eu os reconhecesse, iria me quebrar por dentro.

Sei que Derek gosta de mim, mas quanto? Ele está decidido a manter distância, e não quer admitir que tivemos algo mais do que uma ficada, que poderia evoluir.

Eu me remexo, ainda segura por ele:

— Ainda coça.

Ele olha para meu pescoço e peito:

— Tenha paciência e deixe o Benadryl surtir efeito — ele diz.

— Não sou uma pessoa paciente — digo frustrada.

— Eu sei. — Ele solta minhas mãos. — Aqui, deixe-me ajudar. Você já fez estrago o suficiente... há marcas em todo o seu pescoço. As pessoas vão achar que alguém a atacou.

— O único jeito de se livrar de uma coceira é coçando.

— É, e a única coisa que deixa sua pele ainda mais irritada é raspá-la com a droga das suas unhas. Se você prometer ficar paradinha, eu a ajudo.

— O que vai fazer?

— Mantenha suas mãos quietinhas e confie em mim.

Confiar. Essa palavra feia novamente:

— Sério, minha pele está coçando. Você não entende porque não tem uma reação alérgica à cobertura roxa.

— Psiu. Você fala demais. Feche os olhos.

— Nao.

— Que teimosia.

— Valeu.

— Não era um elogio.

Eu o olho com o nariz empinado, mas quando a coceira piora, eu desisto e espero pacientemente pelo remédio dele.

Respiro fundo quando ele segue meu pescoço em círculos lentos e rítmicos com a ponta dos dedos, fazendo minha pele formigar em vez de coçar. Jogo minha cabeça para trás e mantenho meus olhos fechados, dando total liberdade a ele.

— Você parece uma gatinha agora — ele diz numa voz baixa.

Ele segue meu queixo, o contorno do meu pescoço, meu peito... afundando levemente dentro do meu decote antes de se aventurar a subir novamente. Seus dedos são como uma carícia, e estou ficando leve e tontinha, então me estico e me agarro a ele.

O toque sensual dos seus dedos se irradia pelas minhas veias:

— Hummm — gemo.

Seus dedos permanecem sobre meus ombros antes de repetir o processo novamente.

— Você está curtindo demais isso, Docinho de coco.

— Isso aí, então continue, caubói.

Sua risada é profunda e sincera, como ele:

— Sim, senhora — ele diz num sotaque sulista. Depois de um tempo sinto a sensação suave dos seus dedos sendo substituídos por lábios quentes e macios. Sua respiração acalma minha pele, e a coceira diminui.

Meu interior parece pegar fogo quando eu o puxo mais perto.

— O que está fazendo? — a voz da avó dele invade o quarto.

Viro a cabeça e perco o equilíbrio, mas Derek me pega firme nos seus braços. Como vamos explicar isso? A mulher não é cega. Eu estava de olhos fechados, mas a avó dele não. Não há como escapar do fato de que os lábios de Derek estavam no meu pescoço e eu o estava fazendo chegar mais perto.

— Estava tentando ajudar — Derek explica.

— Hum-hum — sua avó responde, não convencida. Ela firma os olhos apontando o dedo e o sacode na nossa frente.

— Não nasci ontem. Sei que há um tico-tico rolando entre vocês. Vamos, Derek. Um grupo de convidados está se preparando para ir embora. Você é o convidado de honra e precisa se despedir. Pode terminar de *ajudar* a Ashtyn depois.

Derek verifica as manchas nos meus braços e peito para se certificar de que elas estão sumindo.

— Quer descer comigo ou ficar aqui?

A coceira diminui um pouco. Eu me olho ao espelho e torço o nariz. Minha pele ainda está toda manchada. Não foi assim como eu imaginei que ia rolar. Eu estava pronta para pegar pesado, mas não imaginei que seria assim:

— Talvez eu devesse voltar para meu dormitório.

— Não — Derek balança a cabeça. Vai ficar aqui esta noite. Eu levo você de volta para a Elite de manhã, tá?

Sigo para o quarto que prepararam para mim enquanto Derek e sua avó passam a próxima hora dando adeus aos convidados. Meu abrigo e bermuda foram limpos e estão esticados na minha cama. Eu penduro o vestido, daí coloco meu abrigo e deslizo para baixo do edredom. Sinto-me como se estivesse dormindo num colchão de marshmallow, é tão macio. Envolve-me enquanto afundo nele e ligo a TV.

A avó do Derek é a primeira a bater. Ela entra no quarto parecendo elegante e totalmente arrumada mesmo depois de dar uma festa de umas setenta e cinco ou cem pessoas. Nem um fio de cabelo fora do lugar.

Devo estar uma zona.

— Obrigada por me emprestar o vestido. É lindo.

— Não me agradeça. É para você.

— Não posso aceitar.

— Pode sim. E vai aceitar. Não discuta com uma velha teimosa como eu. Não vai ganhar. — Ela se inclina para verificar meu pescoço. — Como está a coceira?

— Acho que está melhor — digo.

Satisfeita porque não estou mais tendo uma reação à cobertura roxa do biscoito, ela se senta numa cadeira ao lado da minha cama. Ela põe uma das mãos no colo e olha para mim com aqueles olhos parecidos com os de Derek:

— Então... Sei que há algo rolando entre você e meu neto. Pode me dizer o que é?

Desligo a TV e dou total atenção a ela.

— Hum... não tenho certeza, na verdade. Talvez você devesse perguntar ao Derek.

— Perguntei.

— O que ele disse?

— Meu neto não coopera muito quando se trata de dividir detalhes sobre sua vida, Deus o abençoe.

— É porque você vai usar contra mim — Derek interrompe aparecendo no quarto. Seu terno foi substituído por uma calça de moletom e camiseta, parecendo mais com o Derek que eu conheço. Ele vem até o pé da cama e aponta para meu pescoço.

— Como está indo?

Levanto a cabeça para mostrar-lhe meu peito:

— Está melhor. Já passou, exceto por algumas marcas de unha.

— Que bom.

É fácil se perder na forma como ele olha para mim, esses olhares dizem muito mais do que palavras.

— Preciso dar uma checada nos funcionários e me certificar de que toda a comida foi guardada — sua avó diz, le-

vantando-se da cadeira e caminhando para fora do quarto.
— Deixe a porta aberta.
Quando sua avó nos deixa sozinhos, Derek levanta as cobertas e diz:
— Dá um espaço aí, para eu me sentar ao seu lado.
— Sua avó disse que você precisa...
— Sei o que ela disse. Mexa-se.
Eu me mexo. É bom tê-lo aqui comigo agora, mas, mesmo estando perto fisicamente, mentalmente estamos separados por mundos de distância.
Eu ligo a televisão novamente e tento deixar o clima mais leve:
— Preciso ter uma TV no meu quarto lá em casa. É ótimo.
Não dizemos nada por um tempo. Algum filme está passando, mas não estou prestando atenção porque estou muito consciente do Derek sentado ao meu lado.
— Não fiquei com aquela menina que você viu esta noite — diz. — Ela queria que eu a levasse aqui para cima e largasse a festa, mas não fiz isso.
— Por quê?
Por um longo tempo ele não responde. Mas então ele pega o controle remoto e aperta o botão de mudo. Ele passa uma mão no cabelo e eu seguro o fôlego para sua resposta. Ele se vira para mim, aqueles olhos penetrantes capturando os meus, e diz:
— Por sua causa.

capítulo 47
DEREK

A regra número um no futebol é nunca deixar seu oponente saber qual é seu plano de jogo. Acabei de revelar o meu.

Só porque não consigo parar de pensar nessa menina, não significa que sou o cara que vai acertar tudo na vida dela.

— Não quero magoá-la.

— Todo mundo de que gosto me magoa — ela diz. — Já estou acostumada..

— Mas não pretendo me juntar à sua lista.

— Por que você não quer se importar com ninguém que tenha de fato sentimentos reais por você? — ela, vulnerável, dá um pequeno sorriso.

— Olhe, aconteceram umas merdas aí no meu passado que não consigo deixar de lado... não ainda, pelo menos.

— Também passei por boas merdas, Derek. A maior parte da minha vida foi gasta tentando superar isso — ela levanta a mão em sinal de frustração. — Estou lutando o tempo todo por *tudo* e não vejo você lutando por *nada*. É como se você quisesse se punir por algum motivo desconhecido.

— Você está certa. — Esta é uma garota independente, que joga futebol e tem uma couraça mais grossa do que a maioria dos caras que eu conheço, que faz com que eu queria dividir coisas com ela que nunca dividi com mais ninguém. Respiro fundo e solto o que estou segurando por tanto tempo.

— No dia que minha mãe morreu, recebi uma ligação na escola de uma das enfermeiras do hospital. Ela disse que minha mãe perguntara por mim o dia todo. — Jogo a cabeça para trás e torço a cara, a lembrança ainda dói pra caralho. Eu faria tudo para voltar no tempo e acertar isso. — Fui treinar antes, Ashtyn. Coloquei o futebol na frente da minha mãe... eu colocava na frente de tudo. Quando finalmente fui ao hospital, ela já tinha ido. — Dois dias depois eu fiquei lá vendo abaixarem o caixão da minha mãe. Eu falhei com ela. A morte dela era tão permanente, tão final. Nunca tive uma chance de recompensá-la. Jurei que nunca iria jogar de novo, depois que ela morreu.

— Não foi por sua culpa que ela morreu, Derek. — Ashtyn põe a mão no meu braço. Seus dedos femininos são quentes e reconfortantes. Eu queria que ela estivesse ao meu lado no túmulo, então não me sentiria tão sozinho naquele dia. Em vez disso, imaginei que se parasse de me importar com tudo e todos, eu pararia de sentir qualquer coisa. Funcionou.

Até eu conhecer Ashtyn Parker.

— Vai ficar tudo bem — ela diz. — Um dia. — Ela desliza mais para baixo das cobertas, e deita a cabeça nos enormes travesseiros, me encarando. Ela se estica e pega minha mão.

— Você está cansada. Quer que eu vá embora?

Não. Ela ainda segura minha mão. Enquanto seus olhos se fecham e ela apaga, ela não solta minha mão.

— Só para você saber — ela murmura caindo no sono, — eu fui uma bela porcaria no acampamento esta semana. Landon convenceu os caras a me sabotarem, mas suas palavras ficaram na minha cabeça.

— Que palavras?

— Você consegue.

Estou sentado na arquibancada vendo Ashtyn treinar no campo e jogar durante o amistoso de sexta. Ela não tem ideia de que estou aqui e estou tentando ficar invisível para que nenhum dos caras me reconheça — estou com óculos escuros e um boné de beisebol, e me sento atrás de um bando de pais e olheiros.

Ela está se alongando na lateral, totalmente concentrada. No primeiro quarto do jogo, Ashtyn perdeu dois gols. Reparei bem em quem segurava a bola. Eles mexeram a bola quando ela se aproximou, para que ela chutasse num ângulo ruim. Um bom número de pais na arquibancada riu dela, e outros reclamaram que é por isso que uma menina não serve para jogar futebol americano. Quanto mais os caras a sabotam, eu tenho vontade de correr ao campo e segurar a bola para que Ashtyn possa mostrar a todos que ela merece estar aqui. Mas ela não iria querer isso. Ela quer lutar as próprias batalhas.

Eu me inclino para a frente, nos cotovelos, e vejo o jogo. Os caras estão trabalhando duro. Cada um deles tentando ser notado pelos olheiros nas arquibancadas. McKnight é o *quarterback* no time de Ashtyn. Ele é um jogador de peso e posso ver por que Ashtyn iria querê-lo na equipe. Mas tem um ego enorme e provoca os outros jogadores quando seu time pontua, em vez de se concentrar na próxima jogada.

— Derek! Derek! — o berro de uma mulher ecoa alto das laterais.

Ai, não. Por favor, não.

Minha avó está causando uma cena e tanto segurando uma sombrinha roxa e acenando feito louca para atrair minha atenção. Usa um terninho roxo que combina com a sombrinha. Inicialmente eu a ignoro, esperando que ela vá embora quando eu não responder. Bem capaz. Ela atrai a atenção de todos na arquibancada e no campo.

— Quem *é* essa? — um dos pais pergunta para ninguém em particular.

— Elizabeth Worthington — um cara sentado na frente dele responde num cochicho alto. — É a dona das Indústrias Worthington. Senhora bem influente. O neto dela treinou aqui até a mãe dele morrer. *Quarterback.*

— Ah. Que triste.

Ótimo. Virei fofoca entre os pais. Torço o rosto quando minha avó sobe a arquibancada e grita alto:

— Uh-hu, Derek!

Todos os expectadores, incluindo os olheiros, estão observando e cochichando. Eu podia ter vindo aqui com uma placa na testa com luzes fluorescentes piscando DEREK FITZPATRICK.

Minha avó não tem ideia da comoção que causou quando se senta ao meu lado.

— Por favor, me diga por que tive de ouvir do Harold onde você tinha ido esta manhã.

— Porque eu não queria que você viesse aqui e causasse uma cena.

— Bobagem — ela vira o pescoço examinando o campo. — Não consigo olhar a Ashtyn desses bancos da ralé. Cadê ela?

— Está na lateral perto da rede de chute. Juro que se você acenar para ela, vou te mandar embora.

Ela mantém a mão abaixada.

— Tá. Tá. Não seja tão rabugento.

— Que interesse repentino por futebol é esse? — pergunto-lhe. — Você nunca veio para a Elite quando eu estava treinando aqui.

Ela se mexe no banco e mantém os olhos no campo:

— É o que você pensa.

— Eu nunca te vi.

Minha avó se vira para mim com um sorriso safado:

— Talvez fosse porque eu não queria ser vista. — Ela pigarreia e volta sua atenção para o jogo. — Cometi erros no passado e não pretendo repeti-los — ela olha para mim de soslaio. — Você seria esperto de fazer o mesmo.

Erros. Certamente tive minha cota.

Depois do jogo, um grupo de olheiros nos cerca e me bombardeia com perguntas. Isso é que dá ser invisível. Digo-lhes que não tenho planos de jogar futebol novamente, mas alguns deles me dão cartões e me dizem para ligar se eu mudar de ideia.

Minha avó diz que vai esperar Ashtyn sair do vestiário quando eu avisto McKnight caminhando em direção ao dormitório. Eu o encontro na área comum, pronto para confrontá-lo por sabotar Ashtyn.

— Puta merda — o *fullback** Justin Wade diz. Justin e eu fomos colegas de quarto no meu terceiro ano aqui. — É o Fitz em carne e osso. Ei, Fitz, por onde anda?

Um *linebacker*** chamado Devon bate nas minhas costas. — Porra, cara, não acredito que você voltou. Achei que

---

* *Fullback* é uma posição do futebol americano cujo jogador tem a função de abrir caminho ao corredor. (N.E.)

** *Linerbacker* é uma posição do futebol americano cujo jogador tem por objetivo a defesa do time. (N.E.)

você estava na primeira fila para jogar pela NFL, com certeza. Quando ouvi que você parou de jogar fiquei chocado pra caralho.

— Meu time foi arregaçado no amistoso — Justin diz. — Com certeza a gente podia ter usado você...

— Não estou aqui para jogar — digo-lhes.

— Espere aí — Landon diz. — *Você* é Derek Fitzpatrick?

— O único, cara — Justin se intromete.

— O cara é uma lenda aqui — Devon acrescenta, então diz a Landon: — É dele que eu falava na outra noite.

— Sem chance. Não acredito nisso. — Landon balança a cabeça como se ainda estivesse tentando descobrir como eu posso ser o cara nas fotos da parede de destaques da Elite. — Por que está aqui? — ele pergunta.

— Só dando uma olhada na Ashtyn.

— Por que, quer ela para você? — Ele aponta para a porta. — Quis paquerá-la desde que colocou os olhos nela, cara.

Eu dou uma risadinha, o som reverberando pelo local:

— Você não sabe de porra nenhuma, McKnight.

— Sei de *tudo*. — Ele se inclina e cochicha no meu ouvido: — Se eu lhe disser que vou jogar por Fremont, posso tê-la de volta num estalar de dedos.

Eu o empurro para longe.

Ele me empurra, então dá um soco.

Com meu sangue fervendo, meus punhos voam. Ele não perde tempo e ataca de novo, então nós dois estamos nessa. Minha adrenalina está lá em cima e ele não consegue acertar direito porque estou a toda e não quero parar de brigar tão cedo.

Um bando de caras nos puxa, mas eu resisto e os afasto.

Até ouvir Ashtyn gritando:

— Derek!

Corro em direção à voz dela, vejo sua expressão chocada e levo um soco no queixo. Droga, isso doeu. McKninght tem um bom gancho de direita.

Se isso já não fosse ruim o suficiente, os técnicos vêm correndo. O técnico Smart, o chefe e responsável pelo programa do Elite, se enfia entre nós:

— Que diabos está acontecendo aqui?

McKnight limpa o sangue do canto da boca com as costas da mão:

— Nada, treinador.

— Não parece com nada para mim. — Ele fica entre nós.

— Derek, que diabos está fazendo aqui arrumando encrenca com um dos meus jogadores?

Jogadores *dele*. Eu costumava ser um dos jogadores dele.

— Desculpe, treinador.

Ele grita ordens para um dos assistentes cuidar de McKnight, então me agarra pela frente da camisa e me puxa para um corredor vazio. Acho que ele está prestes a me chutar, mas ele se aproxima do meu rosto como costumava fazer quando eu estava no campo:

— Você costumava ser um modelo para esses caras, Derek. — Ele agarra meu queixo, me fazendo estremecer de dor enquanto examina meus ferimentos. — O que está havendo com você?

Dou de ombros.

— Cadê seu velho?

Dou de ombros novamente:

— Em algum lugar no meio do oceano.

Ele assente, como se de alguma forma meu pai estar em serviço explica por que me meti numa briga. Ele balança a cabeça:

— Fiquei sabendo que você foi expulso daquele colégio

interno na Califórnia. Então você está se metendo em encrenca em vez de jogar futebol?

Ashtyn está parada na porta, olhando para mim com raiva e ressentimento. Minha avó e seu guarda-chuva estão atrás dela.

— Sabe que ainda deveria estar jogando, não sabe? — Smart diz. — Não pode simplesmente esquecer tudo pelo qual batalhou duro.

— Não esqueci, treinador. Só não jogo mais. Fim de história.

— Sua história não pode terminar, Derek, porque nunca começou — ele diz.

— Essa discussão acabou, treinador. — Eu vim aqui brigar pela Ashtyn, não por mim. Isso não é coisa minha.

— Ainda não. Você sabe que tenho tolerância zero para brigas — o técnico diz. — Pode brigar no seu terreno e sair na boa, não no meu.

— Estou indo embora — digo.

— Não saia — McKnight de repente aparece no corredor com alguns caras atrás dele. Seu bando. Ele estica a mão. — Desculpa, cara. Sem ressentimentos.

Balanço a cabeça enojado e passo por ele. Abro a porta e estou prestes a sair quando escuto a voz de McKnight:

— Isso mesmo, Derek. Todos nós sabemos que você tem medo de não fazer jus a seu status de lenda.

— Meu neto não tem medo — minha avó se intromete. Ela aponta o guarda-chuva para McKnight.

Fecho bem os olhos. Quando abro, vislumbro o técnico Smart. E McKnight e seu bando. E minha avó. E finalmente Ashtyn. Cada um deles se perguntando o que vou fazer. No final, faço o que tenho feito desde que minha mãe morreu. Eu saio e não olho para trás.

capítulo 48
ASHTYN

Não posso simplesmente deixá-lo ir embora. Meu pai sai dirigindo quando as coisas complicam e ele quer escapar. Não vou deixar Derek sair tão fácil assim, então fico na frente do carro dele e bloqueio sua passagem, quando ele está prestes a fugir.

Ele abaixa a janela:

— O que está fazendo?

— Saia do carro! — grito. Quando ele sai, meu sangue ferve e eu explodo com ele com longos golpes calculados. — Você acabou de foder tudo comigo! — grunho, enfiando minhas mãos no peito dele.

— Pare de gritar — ele diz, olhando para os outros ao nosso redor.

— Não, não vou parar de gritar, porque estou bem puta! Você sabe que estou *ralando* aqui, Derek. Estou lutando para ser tratada como um dos caras. Estou lutando para provar a todo mundo que sou daqui. — Estou ficando emotiva e não ligo se todo mundo, num raio de cem metros, pode provavelmente ouvir meu ataque. — Estou lutando desde o segundo que vim aqui para o Elite. Coloque na sua cabeça que eu não quero que você lute por mim. Só me faz parecer fraca. Eu preciso lutar sozinha, ou não conta. Mas droga, Derek, quando você vai lutar por si mesmo?

— Não vai rolar.

Engulo o nó na garganta e digo:

— Minha mãe foi embora quando eu tinha dez anos. Ela não dava a mínima para mim, e eu tive que viver cada dia sabendo disso. Você tem sorte. Você sabe que sua mãe te amava.

— Sorte? — ele dá um risinho cínico. — Pelo menos sua mãe está viva e você pode ir até ela. Sabe o que eu faria para conversar com minha mãe por pelo menos um minuto? Um minutinho só! Eu cortaria meu braço fora para ter um minuto com ela.

— O que você quer da vida? — pergunto, desafiando-o a responder. Preciso tirar isso dele. — Qual é seu objetivo? Além de fingir que não se preocupa com nada, o que eu sei que é uma merda completa.

— Não tenho.

Besteira.

— Todo mundo tem seu objetivo.

Derek está evitando meu olhar, porque ele sabe que, se olhar para mim, eu verei sua alma. Os ferimentos que deveriam ter sarado ainda estão abertos por causa da enorme quantidade de culpa que ele carregou consigo desde a morte da sua mãe. Ele continua se castigando por essa decisão que fez há muito tempo.

Eu sei que ele quer lutar por algo... bem no fundo ele tem um desejo básico e intenso de competir. Isso o está matando. Ele ignora seus instintos, e em vez disso está determinado a se manter um fantasma de quem ele poderia ser.

Entrar no Exército depois de se formar é a forma do Derek de alimentar seu espírito competitivo... ele estava lutando por mim lá no dormitório, mas meu conflito com Landon não é a briga dele — é minha.

Landon chamou Derek de covarde. De repente não era mais uma questão minha, e Derek foi embora.

Derek cruza as mãos sobre o peito:

— Por favor, saia, para que eu possa ir embora.

— Me escute — abaixo a voz e digo suavemente —, merdas acontecem, Derek. A vida continua, quer você queira ou não. As pessoas morrem, queira você ou não. Não crie uma asneira na sua mente de que você desistiu do futebol por sua mãe. Ela te deu a vida. Você acha que ela queria que seu espírito morresse junto do dela?

— Não coloque minha mãe no meio.

— Por que não? Desistir não vai trazê-la de volta. Você diz que não tem um objetivo? Bobagem! Você precisa ir atrás do que quer e não olhar atrás. Quando você descobrir, me diga, porque aposto minha bola esquerda que você tem um objetivo, mas não admite para você mesmo qual é.

O canto da minha boca se torce para cima:

— Você não tem uma bola esquerda, Ashtyn.

— É, bem, você está agindo como se você também não tivesse. — Não menciono o óbvio: que se ele não luta por si mesmo, é inútil lutar por nós. — Você precisa se perdoar.

Há um longo silêncio antes de ele dizer:

— Não posso.

Ele olha além de mim, e eu me viro. Sua avó está do outro lado do estacionamento, fingindo não prestar atenção à nossa conversa. Quando eu me viro, Derek passa uma mão no cabelo:

— Minha avó quer que eu venha morar com ela. Decidi que provavelmente é melhor para nós se eu ficar no Texas e ir para a escola aqui. Eu te compro um bilhete de avião de volta para Chicago no domingo.

Deixo as palavras escoarem quando uma tristeza profunda toma meu peito:

— É isso o que você quer?

— É — ele diz, seu rosto impassível e sem emoção. — É o que eu quero.

capítulo 49
DEREK

Dirijo pelo resto do dia, minha mente tentando aceitar a ideia de que vou ficar no Texas morando com minha avó. Quando chego à casa dela, encontro-a sentada num pequeno banco, no saguão, esperando por mim.

— Onde você estava?

— Fora.

Ela assente devagar:

— Conversei com a Ashtyn depois que você partiu. Ela está bem chateada.

— É, bem, ela supera.

— Hummm.

Olho-a com uma mistura de frustração e irritação:

— O que quer dizer com isso?

— Só acho que você não está sendo racional agora — ela suspira alto e lentamente. — Ela disse que você está vindo morar comigo.

— Ah, é. Esqueci-me de te dizer que estou me mudando. Parabéns, conseguiu o que queria. — Começo a subir pela escadaria sinuosa até o segundo andar.

— Quero que você seja feliz, Derek. É o que eu sempre quis — ela hesita antes de dizer. — É o que sua mãe iria querer.

— Como você sabe? Ela não está por aqui para perguntar agora, está? Quer perguntar ao meu pai o que ele acha? Ah, sim. Ele também não está aqui — eu digo, com sarcasmo em cada palavra.

— Bem, independentemente de quem está por perto, você tem que voltar a Chicago para pegar suas coisas, se vai morar comigo.

No topo das escadas, eu digo:

— Arrume uma empresa de mudança para isso.

— Bobagem — ela fica de pé e empina seu nariz real. — Já arranjei para o jatinho da empresa nos levar de volta a Chicago.

Eu paro na hora:

— Nós? Quem está incluído em nós?

— Você, a Ashtyn... e eu.

Não, não.

— Desculpe te dar essa notícia, vovó, mas não vai rolar assim.

— Sim, vai sim. Já está feito e tudo já foi planejado. O Harold vai pegar a Ashtyn na Elite, domingo, e ela vai nos encontrar no aeroporto. — Ela cruza os braços e me dá um olhar soberbo que desafia a contrariá-la. E vai ser assim.

capítulo 50
ASHTYN

Estou sentada na frente do técnico Bennett e de Smart na manhã de domingo para minha avaliação final. Eu luto contra a vontade de roer as unhas quando eles analisam minhas marcas e o desempenho da semana passada. Eles também devem dividir qualquer retorno dos olheiros que estavam presentes nos amistosos.

— Foi um prazer tê-la no acampamento esta semana — o técnico Bennett começa. — Tanto o técnico Smart quanto eu estamos impressionados com sua determinação e força de vontade.

Mas não com meu desempenho.

O técnico Smart concorda:

— Você é a primeira mulher aceita no nosso programa, Ashtyn. Nós sabíamos que haveria desafios, e você os encarou de cabeça erguida. É preciso coragem, e admiro isso nos meus jogadores.

O técnico Smart leva tempo para chegar nas minhas marcas e eu torço o nariz.

— Suas marcas esta semana não foram impressionantes, Ashtyn — ele diz. — O retorno dos olheiros e técnicos não foi o que você provavelmente esperava, mas o técnico Bennet garantiu uma entrevista com um técnico do noroeste na próxima semana. Sem promessas, mas pelo menos eles concordaram em falar com você.

Só a ideia de poder falar com um técnico do Big Ten me deixa empolgada e feliz. Não sei o que há de errado comigo. É como se desde que Derek me disse que ele estava se mudando para o Texas, de repente tudo pareceu tão... errado.

— Não importa o que aconteça, todos nós na Elite temos fé que você vai conquistar o que quer que decida fazer. — O técnico Bennett sorri calorosamente e estica a mão. — Definitivamente vamos seguir as marcas do seu time nesta próxima temporada e desejamos o melhor a vocês.

Eu cumprimento os dois:

— Obrigada pela oportunidade — digo, então pego minha mochila do dormitório e espero a limusine me pegar. Recebi por uma ligação, na noite passada, a notícia de que a sra. Worthington fretou o jatinho da empresa.

Eu me sento, no avião, ao lado de Derek. Sua avó insistiu em vir com a gente. Ela diz que quer ajudar Derek a fazer as malas. Ouvi Derek protestar, mas ela apenas o ignorou. É difícil não sentir a presença dele ao meu lado. Quando chegamos em casa, Julian corre até Derek com um sorrisão, e minha irmã traz cookies com as palavras BEM-VINDO À SUA CASA em cobertura amarela. Não posso comer. Eles só me lembram a noite na casa da avó dele, quando Derek finalmente revelou tudo o que ele mantinha dentro de si por tanto tempo.

— Sou a Brandi. Você deve ser a Liz! — Brandi diz empolgada. A sra. Worthington recua quando minha irmã a chama de Liz em vez de Elizabeth ou sra. Worthington, mas Brandi nem nota.

— É *tão* legal que você veio fazer uma visitinha. Derek, não é simplesmente *o máximo* ter sua vovó aqui?

— Não mesmo — ele diz.

A sra. Worthington o acerta com a bolsa:

— Meu neto carece de traquejo social, mas pretendo corrigir isso.

— Onde está o pai? — pergunto, mudando de assunto.

Minha irmã aponta para o puxadinho:

— Vendo televisão.

Espio no puxadinho:

— Voltamos, pai.

Ele demonstra sua concordância como se apenas tivéssemos voltado do mercado:

— A avó do Derek está aqui também, — acrescento, então gesticulo para ele vir aqui cumprimentá-la.

Ele se levanta, fala com a Sra. Worthington por um breve momento, então volta ao puxadinho e começa a ver televisão de novo:

— Não é lá muito sociável, — a Sra. Worthington murmura quando caminha inspecionando o resto da casa.

— Meu pai é meio introvertido, — explico.

— Hum — a Sra. Worthington dá uma mordida no cookie e cospe no guardanapo. — Querida, está tentando nos envenenar ou apenas quebrar nossos dentes?

Brandi ri:

— Admito que não sou lá grande cozinheira.

— Obviamente — ela bate na bochecha de Brandi. — Vamos arrumar umas lições de culinária, querida. Antes que você mate meu neto.

Brandi ri, pensando que a sra. Worthington está brincando. Eu não acho que ela esteja brincando nem um pouco, mas provavelmente é melhor que minha irmã não saiba disso.

Um latido grave ecoa pela casa antes de Falkor vir correndo para mim e me dar beijos babados.

— E esse é o Falkor.

— Uuui. Ashtyn, querida, por favor... faça que esse animal pare de te dar um banho de língua. Não é nada saudável.

Derek se ajoelha e Falkor me abandona sem um segundo pensamento. Meu cachorro rola de costas enquanto Derek esfrega sua barriga e diz a Falkor o quanto sentiu falta dele.

Depois que a sra. Worthington está instalada no meu quarto e o resto de nós está na cozinha, Derek dá a notícia para minha irmã e Julian de que ele vai se mudar para o Texas.

O sorriso da minha irmã desaparece.

— Mas você é meu irmão — Julian chora. — Eu não quero que você se mude para o Texas. Não vá!

Minha irmã parece chocada e seus olhos estão vidrados.

— Tenho certeza de que o Derek pensou bastante sobre a decisão dele, Julian — ela diz numa voz triste e sem vida. — Ele precisa fazer o que acha melhor.

— Desculpe, amiguinho.

Derek se estica para Julian, mas meu sobrinho se esquiva e corre para cima. Derek tem um olhar melancólico no rosto enquanto segue Julian até o andar de cima.

— Falhei com meu marido — Brandi murmura. Seus braços descem pelo corpo. Parece completamente derrotada. — Eu falhei com tudo.

— Não é verdade. — Caminho até ela e coloco meu braço ao redor dos ombros dela, confortando-a. — Você é uma grande mãe para o Julian. Ele é um grande moleque, Brandi. Você não teve nenhuma ajuda e ele é tão esperto e sensível.

Ela dá de ombros e enxuga as lágrimas que escorrem por seu rosto pálido em formato de coração:

— Você já apontou que fui uma porcaria de irmã. Obviamente sou uma madrasta terrível. Eu devia ter ficado na Califórnia.

— Não. — Eu a abraço com sinceridade enquanto lágrimas também caem dos meus olhos. Quando ela me abraça de volta, eu engulo os soluços. Derek levará um pedaço dele comigo quando partir. E acho que não posso encarar o desespero sozinha. Estou cansada e triste e não quero mais ser forte. — Preciso de você, Brandi. Preciso da minha irmã mais velha e estou tão, tão feliz que você voltou.

— Você está bem? — ela pergunta, me segurando o braço, surpresa de eu estar chorando com ela.

Balanço a cabeça:

— Não.

Ela limpa minhas lágrimas nas faces e me olha triste e compreensiva:

— É por causa de você e do Derek, não é?

Eu faço que sim, incapaz de pronunciar as palavras em voz alta.

Ela segura meu rosto em suas mãos.

— Estou aqui do seu lado, irmãzinha. Sinto muito, parece que tudo é minha culpa.

— Que chororô todo é esse? — a sra. Worthington pergunta quando entra na cozinha. — Juro que sinto como se estivesse num velório com todo esse choro. Sabe o que cura tudo?

— O quê? — Brandi pergunta.

Limpo as lágrimas, e espero uma resposta.

— Tratamentos de spa — ela pega o celular e disca um número.

— Harold, faça aquela coisa de Google e me encontre um spa de renome em Fremont, Illinois. Marque uma massagem e limpeza de pele para três esta noite. — Ela desliga o telefone, mas então liga de volta um segundo depois. — Pensando melhor, marque para quatro. O pai da Ashtyn é mais rabugento do que eu e definitivamente precisa de ajuda.

— Liz, acho que meu pai não vai para um spa — Brandi diz quando ela desliga da segunda vez.

— Vai, vai sim — a avó de Derek diz sem hesitar. — *Ninguém* diz não para uma Worthington. E se me chamar de *Liz* novamente, eu terei que arrancar esses apliques exageradamente oxigenados da sua cabeça.

capítulo 51
DEREK

Ashtyn me disse que eu precisava de um objetivo. Finalmente tenho um, apesar de não ser realmente um objetivo, mas uma missão. Decidi limpar o barracão antes de partir. Estava sujo e abandonado quando cheguei aqui, mas dei uma nova vida a ele. Eu já tinha dado uma pintura e arrumado as placas quebradas no telhado e paredes. Esta manhã, decidi limpar o barracão por dentro, para que ficasse novinho em folha. Tirei tudo, então fui à loja de ferramentas comprar novas prateleiras, que não vão cair das paredes, e compensado para substituir o antigo piso. Eu até azulejei a tampa da bancada de trabalho, para ficar limpa e usável novamente.

Vi Ashtyn sair da casa esta manhã com Victor, que a pegou para treinar. Ela não fala comigo. Julian também não. Eu lhe disse que viria visitá-lo de tempos em tempos, mas isso não importa. Ele me disse para deixá-lo em paz e nem olhou para mim. Isso faz dois dias.

Eu recuo e examino meu progresso.

— Nada mau para um dia de trabalho. — Falkor, ofegando ao meu lado, bate vigorosamente o rabo, obviamente concordando comigo.

— O que em nome de Deus você está fazendo, Derek? — minha avó berra da varanda. Ela caminha até mim na grama que precisa ser cortada novamente. Pelo menos o quintal dos fundos não é uma área grande de ervas e parece mais ou menos decente.

— Estou limpando o barracão.

— Contrate alguém para fazer isso.

— Por que contratar alguém quando eu mesmo posso fazer?

Ela levanta um dedo poderoso:

— Porque ajuda a economia. Quando você contrata alguém, ele tem dinheiro para comprar coisas. É economia básica, Derek.

Tenho que dar crédito à minha avó pela criatividade. Ela realmente acredita na baboseira que sai da boca dela.

— Bem, *basicamente* estou fazendo eu mesmo — digo-lhe.

Ela suspira:

— Bem, legal. Apenas... Lave-se depois para que não pareça um morador de rua.

Eu rio enquanto ela se afasta. Para ser honesto, minha avó é divertida para danar, e, de tempos em tempos, faz algo que lembra minha mãe – como a forma como dorme no cantinho da cama, ou a forma como cobre a boca quando ri.

Por outro lado, quando ela age como uma esnobe de primeira, é completamente irritante e vergonhoso. Ainda que ela pretenda me tornar um clone dela, enquanto eu viver na sua casa pelos próximos meses até eu me formar, minha intenção é tirar o esnobismo dela. Será um desafio, isso é certo pra danar.

Às cinco da tarde minha avó anuncia que está levando a família toda à cidade para jantar. Supostamente, ela fez reservas no Pum Room, que ela disse que é um lugar chique onde celebridades de Chicago comem. Gus aprendeu nos dois últimos dias que é melhor seguir as ordens da minha avó do que lutar com ela. Acho que ela é o que ele precisava desde o começo, uma velha louca para fazê-lo interagir com a família em vez de escapar. Eu ia, mas para ser honesto, olhar a noite toda para Ashtyn do outro lado da mesa e saber que vou deixá-la em poucos dias não é o que eu chamo de uma noite divertida.

Consegui limpar o barracão todo, e de repente está escuro lá fora. Pego uma lanterna da casa e coloco as prateleiras, então penduro todas as ferramentas de volta na parede.

— Pare ou vou chamar a polícia! — uma familiar voz feminina diz atrás de mim.

Ashtyn está parada na porta segurando seu tridente marca registrada como uma arma. Está escuro, mas o pequeno brilho da lanterna ilumina o metal nas suas mãos.

Eu lhe dou um pequeno sorriso e caminho até o tridente, para que fique a uma polegada do meu peito.

— Você não quer realmente me furar — digo-lhe.

Ela abaixa a arma:

— Você está certo.

Pego o tridente da sua mão e o jogo de lado, para longe do meu pé. — O que está fazendo aqui? Achei que você tinha ido com todo mundo à cidade.

— Decidi ficar. — Não há como se enganar com o tom sedutor da sua voz.

Ela se aproxima. Pela pouca quantidade de luz, posso ver que está usando um blusão de hóquei e nada mais. Meus olhos passam por seu corpo semivestido, incapazes de se afastar.

Engulo em seco. Está escuro e a lanterna está perdendo bateria rápido. Quando conheci Ashtyn, eu não tinha ideia do que ela faria comigo. Cada vez que estou perto dela, quero afastá-la e puxá-la para perto ao mesmo tempo. Ela fala como um esportista, mas tem o corpo de um anjo. Ela sabe que estou indo embora, mas está aqui comigo agora...

— Por que ficou em casa esta noite? — pergunto.

A lanterna pisca, então fica completamente escuro, quando ela se estica até mim e cochicha na minha orelha:

— Por sua causa.

capítulo 52
ASHTYN

Eu me sento na cama por uma hora até reunir coragem o suficiente para ir ao barracão esta noite. Eu sei que Derek está indo embora, mas quero que ele se lembre como é a sensação de estar com alguém que o amava incondicionalmente. Digo a mim mesma para não ser emotiva, para ser feliz, que posso estar com ele esta última noite. Nunca imaginei que iria me apaixonar tanto por alguém, especialmente depois de conhecê-lo por um tempo tão curto, mas me apaixonei.

Nunca acreditei em amor à primeira vista, até conhecer Derek. É sobrepujante e delicioso e maravilhoso e empolgante. Ao mesmo tempo, me deixa nervosa e alerta e emotiva. O amor existe. Eu sei que sim, porque estou louca, profunda e desesperadamente apaixonada.

Enrolando meus braços ao redor do pescoço de Derek, sinto suas mãos no meu pulso quando ele me puxa para mais perto. Nós nos beijamos e eu abro a boca para aprofundar essa intimidade. Sua língua se perde na minha boca e a minha na dele.

— Quando começarmos com isso, não vou querer parar, — ele diz numa voz profunda e rouca.

— Nem eu.

Sem outra palavra, fecho os olhos, e seus dedos engancham-se na barra do meu blusão, e lentamente, tentadoramente, ele desliza o material sobre minha pele sensível e o joga de lado.

Está escuro. Não podemos ver nada, mas posso ouvir a rouquidão sexy da sua respiração, e sinto o toque lento e sensual das suas mãos na minha pele.

Eu me estico e passeio meus dedos pelos músculos do seu bíceps e sigo as linhas duras e sólidas do seu abdome perfeito e definido:

— Menti para você — digo para ele, enquanto meus dedos seguem a bainha da sua bermuda e a linha de pelos abaixo.

— Hummm... sobre o quê?

— Eu disse que não me impressionava com seu corpo — beijo seu pescoço, e o perfume almiscarado da sua masculinidade desperta meus sentidos. Conduzo meus beijos para baixo, para seu peito, seu abdome, e mais baixo. — Menti.

Ele joga a cabeça para trás e suas mãos se enroscam no meu cabelo, enquanto eu mostro o quanto aprecio seu corpo. Pelo som entrecortado da sua respiração, sei que ele está gostando. Muito.

— Minha vez — ele diz numa voz estremecida depois de um tempo. Eu solto um gritinho de surpresa quando ele me pega e me faz sentar na nova bancada vazia na frente dele.

Ele me beija até tirar meus sentidos e eu me aproximo dele, querendo mais, querendo-o, querendo que esta noite dure para sempre. Nossos corpos estão escorregadios pelo suor, agora, e nós dois estamos ofegantes e lutando para que isso dure mais, mas sentimos que estamos segurando uma corda fina. Minhas mãos viajam sobre seu glorioso corpo, enquanto sinto o sabor da sua boca, e ele o da minha.

Ele substitui a boca pela ponta do seu indicador, movendo-o levemente sobre meus lábios, antes de enfiar o dedo dentro da minha boca para eu chupá-lo.

Eu me encosto de volta enquanto ele retira o dedo da minha boca e o mexe suave e apaixonadamente sobre meu corpo. Em algum ponto seu dedo é substituído por sua boca e língua. Quando sinto seu hálito quente na minha pele molhada, meu corpo todo se arrepia.

— Você não sabe o que está fazendo comigo — digo ofegante.

— Sim, sei sim — ele diz numa voz grave e rouca enquanto tira o resto das suas roupas. Escuto o ruído de uma embalagem rasgada de camisinha, e meu corpo fica parado.

— Tirou da sua carteira? — pergunto-lhe.

— Sim.

— Achei que não carregava uma camisinha na carteira.

Ele dá uma risadinha e posso imaginar que seus lábios estão curvados num sorriso malandro:

— Compartimento secreto.

Ele se senta no canto da bancada enquanto fica entre minhas pernas e veste uma camisinha.

Eu apoio minhas mãos no peito dele:

— Derek?

— Oi — ele diz, sua voz tensa enquanto ele se mantém afastado.

Estou feliz que esteja escuro, e ele não possa ver meu rosto agora, todo quente, preocupado e nervoso:

— Não sei o que estou fazendo.
Ele coloca minha mão nele para que eu possa sentir sua ereção:
— Obviamente sabe.
— Não, quero dizer, já fiz coisinhas antes... mas não...
— Quê? Eu não tinha ideia — ele respira longa e lentamente antes de aproximar sua testa da minha. — Não precisamos fazer isso, Ashtyn. Sua primeira vez não deveria ser num barracão.
— Eu quero. — Seguro seu rosto nas mãos. — Eu te amo, caubói. Incondicionalmente. E este é o lugar perfeito para fazer isso... o lugar em que nos conhecemos. Nada pode ser mais especial com você. Aqui. Agora.
Então fazemos.
Derek vai devagar.
— Tudo bem com você? — ele pergunta conforme nos mexemos juntos. — Não quero te machucar.
Estou tão tomada e vivo tanto o momento que para mim é difícil processar tudo isso. É como se eu estivesse no meio de um sonho e não quisesse acordar.
— Não se preocupe comigo — digo num cochicho suave.
— Eu sempre me preocupo com você, Ashtyn. Sei que você pode cuidar de si mesma... — ele agarra minha bunda com as duas mãos, forçando minhas pernas a se enrolarem nele enquanto ele me tira da bancada. — Mas às vezes é bem melhor quando você deixa alguém cuidar de você. Venha comigo e deixe de inibições, Docinho de coco.
Fecho meus olhos enquanto Derek assume. Ele está certo. Nunca me senti tão amada e cuidada em toda a vida. Ele é tão gentil e paciente e sabe direitinho o que fazer e, de repente, estou gritando seu nome, e ele o meu. Eu sei que esse

sonho não vai durar para sempre, e uma parte minha sempre vai desejá-lo como algo permanente na minha vida.

— Você é dona de uma parte de mim — ele murmura enquanto me leva para a frente.

— Que bom — eu lhe digo. — E é bom ficar sabendo... Não vou devolver.

capítulo 53
DEREK

No passado, eu sabia o que eu queria e corria atrás daquilo violentamente.

Quando eu era mais novo, era futebol. Eu fazia o que era preciso para ser o melhor.

No dia seguinte ao que Ashtyn e eu passamos a noite juntos no barracão, estou no avião voltando para o Texas. Minha avó senta-se à minha frente com um olhar firme no rosto. Sei que ela se afeiçoou a Brandi, Julian e Ashtyn. Diabos, eu até a vi alimentar secretamente, com restos de comida, Falkor por baixo da mesa, quando ela achou que ninguém estava olhando.

Depois de pousarmos, Harold nos pega.

— Divertiram-se? — ele nos pergunta.

Minha avó e eu nos olhamos:

— O tempo em Chicago estava terrivelmente quente e úmido — ela diz num tom soberbo. — Mas Fremont é uma cidadezinha encantadora. Com gente que me conquistou, creio eu. Certo, Derek?

— Certo — digo.

Entro na casa da minha avó e não parece certo. É grande demais, vazia demais. De noite, olho para as paredes tinindo de brancas e sei que não é aqui que eu quero estar.

Antes de o sol nascer, desço as escadas e fico surpreso de encontrar minha avó sentada na biblioteca sozinha. Ela está com a carta da minha mãe nas mãos.

— Não conseguiu dormir?

Ela balança a cabeça e abaixa a carta:

— Não é por falta de tentativa. E quanto a você, Derek?

— Também não consegui. — Eu me sento ao lado dela. — Está com saudades da minha mãe?

Ela confirma:

— Sim. Muito.

— Eu também. — Olho para minha avó e, pela primeira vez desde que minha mãe morreu, percebo o que eu quero. Quero estar ao lado de Julian e Brandi, a família que eu nunca soube que queria. Quero estar próximo da minha avó mesmo que ela me enlouqueça. Quero mostrar a Ashtyn o que significa ser amado incondicionalmente — porque ela é a única menina com quem quero estar e não quero que ela se sinta sozinha novamente.

Quero lutar por ela. E quero ir com fúria.

Faz muito tempo que não ponho um plano em ação, além de uma pegadinha idiota, mas esse instinto competitivo se aciona como se nunca tivesse ido embora, para começar. Sinto empolgação e o sangue correndo nas minhas veias enquanto planejo o que preciso fazer. Não vai ser fácil... longe disso. Mas um desafio será bem-vindo:

— Vó?

— Sim, Derek. Já não te disse para nunca mais me chamar assim?

— É um termo carinhoso, porque eu te amo — digo-lhe, ganhando uma cotovelada nas costelas. — Quero voltar para Chicago. E quero que você venha comigo.

— Sou uma texana, Derek — ela diz.

— Eu também. Já pensou que podemos ser texanos que, por acaso, vivem em outro lugar?

Ela pensa por um minuto, então consente:

— Sim. Sim, acho que posso tentar. Vou ajudar Harold a encontrar uma casa decente para viver que não seja muito longe da Brandi e da Ashtyn. Claro que Harold e os empregados vão se mudar com a gente... e terei que voltar periodicamente para supervisionar as Indústrias Worthington. Você sabe que é o herdeiro da empresa, não sabe?

— Você sempre me lembra.

— Que bom.

Isso é mais do que reparar os erros que cometi no pasasdo. Isso é trazer um novo propósito à minha vida, algo que faltava em mim. Ashtyn sabia que eu tinha um lutador dentro de mim... e me ajudou a perceber que eu tenho objetivos e sonhos, assim como ela.

Minha avó está mais do que feliz por ajudar a colocar meus planos em ação. Dá um bando de chamadas para algumas universidades e técnicos com que joguei no passado, e mexe alguns pauzinhos a que apenas um herdeiro das Indústrias Worthington tem acesso. Eu voo de volta a Chicago quando descubro que Ashtyn arrumou sua entrevista na Universidade Northwestern. Sei que ela não estará no treino. Assim que aterrisso, sigo para a Fremont High.

Caminho no campo e o perfume familiar de grama recém-cortada me envolve. O técnico está tendo uma conversa tensa com um dos assistentes.

— Técnico Dieter — digo, dando uma corridinha para alcançá-lo.

O técnico se vira, seus olhos azuis incisivos me dão uma geral.

— Sim?

Engulo. De repente estou nervoso. Como meus nervos podem estar à flor da pele, só por estar conversando com o técnico de uma cidadezinha? Provavelmente porque, no fundo da minha mente, eu sei que esta é a hora, e não posso retroceder.

— Sou um aluno transferido — digo a Dieter. — Estou começando aqui no outono e...

— Filho, não tenho o dia todo. Desembuche.

Digo no ato:

— Quero jogar bola. *Quarterback*.

Ele ri. Insisto:

— Escute, sei que você perdeu do McKnight e que seu reserva não é exatamente material de primeira. — Não posso me permitir mostrar nenhuma fraqueza, só determinação e confiança. — Vou ser melhor do que o McKnight no seu melhor dia.

A sobrancelha do técnico Dieter se ergue:

— Com certeza você é um filho da puta convencido. Qual é seu nome?

Estico minha mão:

— Derek. Derek Fitzpatrick.

O técnico pega minha mão e me cumprimenta. É um cumprimento masculino, um daqueles que testa a força do outro cara e termina antes que você se dê conta.

— Onde jogou?

— Comecei no Alabama, depois joguei em Sierra High, na Califórnia.

Campeão estadual, jogador *all-state*...

— Em que ano está?

— Vou ser sênior.

Dieter chama um dos seus técnicos assistentes.

— Derek Fitzpatrick, este é nosso treinador assistente, técnico Heilmann. Técnico Heilmann, o Derek aqui acha que é um *quarterback* melhor do que o Landon McKnight.

O coordenador de defesa dá uma risadinha, então dá de ombros:

— Que diabos, eu daria uma chance, Bill. A essa altura, não vai fazer mal — o técnico assistente diz antes de nos deixar sozinhos novamente.

Dieter bate a caneta na prancheta:

— O que *pode* fazer mal é um egomaníaco metidinho desperdiçando meu tempo. — Antes de eu poder entregar meu currículo, ele diz: — Siga-me, filho. Vamos te vestir e ver o que você tem.

Sigo o treinador para o vestiário, onde o resto da equipe está se vestindo. Ele faz sinal para eu esperar perto do armário de equipamentos, enquanto ele me pega protetor e capacete. Depois de me passar, eu me sento no banco e verifico meus futuros colegas de time.

Avisto Victor imediatamente. Ele dá uma olhada em mim e vem a toda, me encarando com um ódio feroz no rosto:

— Cai fora daqui, Fitzpatrick. Acha que pode ferir a Ashtyn, daí mudar de ideia e esperar que ela venha correndo para seus braços, para que você possa se aproveitar dela novamente? Que merda, cara. Não confio em você, nem ninguém desse time, então pode voltar para onde você veio.

— Não vou a lugar algum. — digo-lhe.

— Ah, é? Se quiser chegar até a Ashtyn, vai ter que passar por cada um de nós.

— Sem problema. — O que for preciso. Não vou recuar.

Ele me empurra. Eu o empurro de volta.

Estamos prestes a brigar quando Dieter toca seu apito. Todo mundo para o que está fazendo e, de repente, todo o vestiário está em silêncio. Todos os olhos estão em mim. Obviamente, se Victor me considera o inimigo, eles todos me consideram o inimigo.

— Todos para o campo! — Dieter grita.

Merda, isso não vai ser fácil.

Jet joga meu capacete para fora do banco:

— Não espere que nenhum de nós puxe seu saco ou beije seus pés porque dizem que você é tipo um máster *quarterback* e tudo mais. Nós todos vimos a Ashtyn chorando por dias, depois que você se foi. Foi foda, porque ela nunca é emotiva desse jeito. Se quer se matar, este é o lugar.

Quando corro para o campo depois de me vestir, Victor vai até Dieter:

— Queremos Butter como *quarterback*, treinador.

Dieter nem levanta o olhar da prancheta:

— Não estou planejando nada além de uma temporada de vitórias. Pela minha experiência, não há nada melhor do que sacudir um pouco as coisas para fazer um time mais forte. Talvez um novo *quarterback* acenda uma brasa na bunda de vocês.

Victor está ficando enfezado agora, porque está respirando rápido e seus punhos estão fechados na máscara do capacete que ele carrega:

— Treinador...

— Salazar, pare de resmungar. Agora mexa essa bunda para o aquecimento. Você também, Fitzpatrick.

Victor chega até o campo onde o resto do time está fazendo polichinelo. Dieter agarra meu cotovelo quando eu passo por ele:

— Ele não vai facilitar as coisas para você.

— Não estou acostumado com coisas vindo fáceis — digo.

Melhor manter minha cabeça no jogo e não na menina que invadiu meus pensamentos e minha vida.

Durante o treino, me mandam ser a sombra do atual *quarterback*, Brandon Butter. Depois que ele faz uma jogada, Dieter vai ao lado dele e me diz para fazer a mesma jogada. Meu passe para Trey Matthews é básico, mas ele solta a bola assim que suas mãos tocam o couro.

— Que diabos? — pergunto a Trey depois que ele solta a bola pela segunda vez. — Foi um passe básico.

Ele começa a se afastar:

— Para um prodígio, obviamente está faltando habilidade — ele murmura, então agarra a virilha grosseiramente para mim.

— Vai se foder. Minha habilidade é de primeira.

Jet também não ajuda em nada. Ele tenta pegar os arremessos do atual *quarterback* toda vez, mesmo quando está bem longe do alvo, mas praticamente corre na direção oposta no segundo em que a bola sai da minha mão.

Os caras na linha de ataque deixam um buraco bem aberto para Victor me sacanear. Ele faz isso repetidamente.

— Cara, você é uma droga! — Victor diz quando estamos entrando em formação. Ele ri, divertido com minha incapacidade de mostrar meu talento.

— Eu não seria uma droga se seus colegas fizessem o trabalho direito — grito. Quando a bola é levantada para mim, eu olho para Jet, mas sou imediatamente derrubado por Victor novamente. Nenhum dos caras da barreira de ataque está me protegendo.

— Isso foi pela Ashtyn — Victor diz, me empurrando para o chão quando tento me levantar.

Ele estica uma mão para me ajudar, mas eu não a pego. É culpa dele que eu sofri um *sack*[*]. Com minha frustração a toda, fico de pé e o empurro. Ele é um *linebacker*. Eu não deveria ficar surpreso de que seus pés ficam firmes no chão.

— Quer se meter comigo? — ele pergunta.

Jet aparece entre nós. Ele agarra a frente do meu blusão e me puxa para longe de Vic.

É tarde demais.

— Mostre o que você tem, Salazar.

Eu me preparo e mantenho meu centro da gravidade enquanto ele tenta me empurrar para o chão. Rá. O grandalhão achou que iria me derrubar sem esforço, mas eu sou um fiho da mãe teimoso, minha adrenalina está a mil e eu me recuso a ser derrubado. Frustrado, ele tira o capacete e vem até mim. Dieter toca o apito. Acho que ele está tocando desde que eu sofri o *sack*, mas o estou ignorando como todo mundo a essa altura.

— Não pode esperar vir aqui, estalar os dedos e nos fazer trabalhar para você — Salazar diz.

Eu tiro meu capacete:

— Já joguei com novatos que podiam correr em círculo ao redor de você.

Ele avança em mim quando o técnico Dieter toca o apito novamente. Não é fácil brigar vestindo o equipamento. Estamos rolando no chão tentando um pegar o outro.

— Parem com isso! — escuto Dieter gritando.

---

[*] Jogada do futebol americano quando se consegue derrubar o *quarterback* ou quando faz com que ele corra para fora dos limites do campo. (N.E.)

Um bando de caras nos puxa para longe um do outro.

— Fitzpatrick, para o banco! — Dieter ordena, apontando para a lateral.

Que diabos? Estou sendo pego para Cristo? Foda-se.

— Você está brincando. Treinador, não foi minha...

Dieter aponta o banco, me interrompendo:

— Não vou falar de novo.

Esse time... esses *cuzões*... estão fodendo com minha chance. Eu me sento no banco, fervendo por cada poro do meu corpo, enquanto os jogadores dão 110 por cento para o Butter, mesmo ele sendo uma merda.

— Fiztpatrick, traga sua bunda aqui! — o técnico Dieter grita do outro lado do campo. — O resto de vocês dê uma volta no campo, depois estão dispensados.

Eu agarro meu capacete e caminho até o técnico.

— Não vim aqui para ficar no banco — Não consigo esconder minha frustração.

— Escute, Derek, apesar do que aconteceu no campo, consigo ver que você tem um bom braço.

— Se o time cooperar comigo...

— Eles não vão — Ele tira o capacete e se inclina para a frente. — Posso me cansar de falar para eles, mas por algum motivo os caras não confiam em você. Meus moleques vão se desdobrar para proteger o Butter, mesmo que signifique quebrar os ossos para isso. Você precisa conquistar o respeito deles e a lealdade. Quando você fizer isso, teremos uma boa chance este ano. É com você. Aceita o desafio?

— Sim, treinador.

— Ótimo. Agora controle os danos, e acerte qualquer drama que estiver acontecendo no campo, daí me encontre aqui de volta para praticar na manhã de segunda.

No estacionamento, Salazar está prestes a subir na sua moto. Ele endurece quando me vê.

— Estou tentando voltar com a Ashtyn — digo-lhe.

— Boa sorte — ele diz balançando a cabeça. — Não vai rolar.

— Porra, Salazar... — hora de botar tudo para fora, porque pode não haver outra chance para isso. — Eu a amo — abro bem os braços. — Por que acha que estou fazendo tudo isso? É por ela, é por nós, é por mim. Merda, não sei. Talvez você esteja certo e eu seja o maior cuzão da face da terra. Mas você sabe mais do que ninguém o que ela sente por mim. Se eu tiver uma chance remota de conquistá-la de volta... Preciso fazer isso. Diabos, eu não te culpo por querer me derrubar. Ela quer um time que vença, Salazar. Eu quero ajudar a dar isso a ela. Me ajude a dar isso a ela.

Ele abaixa a cabeça e suspira:

— Você a magoou, Fitzpatrick. Ela chorou nos meus braços como um bebê, porra. Ela é como uma irmã para mim e eu *não* vou deixar você magoá-la novamente.

— Eu não pretendo. Odeio pedir isso, mas preciso da sua ajuda.

— Com o quê?

— Preciso de fitas de todos jogos que Fremont jogou nos últimos três anos.

— Todos os jogos? — Victor estreita seus olhos como ele fez na vez em que nos conhecemos. Ele olha para mim como se eu fosse o inimigo do time rival. — Devo confiar em você?

Eu o olho bem nos olhos e digo:

— Não, mas eu gostaria que você confiasse.

capítulo 54
ASHTYN

Respiro fundo e me sento na frente da equipe de treinamento da Northwestern, que é considerada umas das escolas de ponta do meio-oeste e um dos melhores programas de futebol. Frequentei um seminário sobre a escola e fiz uma turnê durante o dia todo pelo campus. É bonito aqui, bem às margens do lago Michigan. Não posso evitar desejar que Derek estivese aqui para dizer *você consegue*.

Derek, por mais que eu tente empurrar as lembranças de nós dois para o fundo da minha mente, eu não consigo. Ele se tornou parte de mim, sinta ele a mesma coisa por mim ou não. Quando fecho meus olhos e penso nele tocando suavemente meu rosto, passando a mão pelos meus cabelos, ou apenas me abraçando porque ele sabe que eu preciso ser abraçada, sinto de fato uma calma que não experimento desde que minha mãe partiu. Quero voar para o Texas para buscá-lo, e dizer-lhe o quanto eu quero que ele me escolha. Mas, se eu fizer isso, não vou deixá-lo escolher seu próprio caminho. Não quero nunca sentir que eu o forcei ou coagi a estar comigo. Obviamente ele não estava pronto para um compromisso, pelo menos comigo. Eu só quero que ele seja feliz. Se ele estiver feliz sem mim no Texas, preciso aceitar.

Quem estou enganando? Nunca vou aceitar isto, e sinto tanta falta dele. Ele é meu melhor amigo, aquele que me ensinou que eu sou digna de ser amada. Ele me fez saber que foi minha mãe quem saiu perdendo.

Pela primeira vez na vida, realmente acreditei nisso.

— Ainda que estejamos impressionados com seu desempenho no ano passado, e você recebeu uma recomendação maravilhosa do técnico Bennett da Elite e do técnico Dieter da Fremont, não estamos prontos para oferecer nenhum tipo de auxílio ou bolsa — o técnico diz. — Nós temos muitos chutadores para considerar, Ashtyn. Você está na nossa lista de observados, mas, para ser honesto, há um bando de jogadores na sua frente e queremos ser realistas. Mas agradecemos pelo seu tempo e interesse na Northwestern. É uma grande escola e adoraríamos tê-la como aluna aqui.

Aceno, agradecendo-lhes por me levarem em consideração, e a reunião termina em questão de minutos. Quando volto ao elevador a caminho do primeiro andar, uma pontada de mágoa toma meu peito pela sensação de que uma porta está fechada.

Eles não acham que sou boa o suficiente.

Quando o elevador se abre, escuto uma velha rabugenta dizer numa familiar voz de comando:

— Estou dizendo que não preciso de hora marcada com o técnico! Quero vê-lo agora.

A avó de Derek está empunhando sua sombrinha, como se fosse uma espada, na frente do porteiro. A mulher parece pronta a fatiar o porteiro em dois, ou pelo menos acertá-lo na cabeça, se não fizer o que ela quer.

— Senhora, é contra as regras deixá-la entrar no elevador sem hora marcada.

— Você é *obviamente* um paspalhão quando se trata de reconhecer autoridade. — Elizabeth Worthington grita com a voz carregada de frustração e agitação. — Agora saia do caminho para eu ver meu...

A sra. Worthington abaixa a sombrinha e pigarreira no segundo em que me vê:

— Olá, Ashtyn.

Apenas estar no mesmo cômodo com essa senhora, mesmo quando ela está ameaçando alguém, é supremamente reconfortante.

— Sra. Worthington, o que está fazendo aqui?

— Este porteiro grosseiro me irritou terrivelmente — diz. Ela suspira irritada enquanto busca na bolsa, pendurada no braço, e tira um lenço com monograma. Ela limpa um suor invisível da testa.

Não foge à minha atenção que ela não respondeu à minha pergunta. É um hábito que ela obviamente pegou do neto. Ou talvez seja hereditário, e ambos nasceram com esse traço. Mas não vou deixá-la escapar:

— Achei que você tinha voltado ao Texas. O que está fazendo aqui?

A sra. Worthington coloca o lenço de volta na bolsa e pega outro limpo.

— Essa, minha querida, é uma ótima pergunta. — Ela pigarreia e diz: — Sinceramente, Ashtyn, fiquei sabendo que você estava aqui e voltei para estar aqui com você. Tenho um carro esperando para levá-la para casa.

Eu?

Ela veio aqui por *mim*?

Ninguém volta por mim. Eles vão embora, como minha irmã, minha mãe, Landon... até Derek, a pessoa que mais me importava. Mas essa velha rabugenta e má educada voltou por mim.

— Não olhe para mim assim — ela ordena.

— Obrigada — cochicho, com a voz trêmula.

A velha me puxa de lado e acena afastando o porteiro. Ela desdobra o lenço limpo com monograma e começa a limpar lágrimas do meu rosto:

— Você está totalmente desnorteada e, bem, você está bem perdida e precisa de instrução. Acho que sou a única capaz de torná-la uma dama de respeito.

Seguro sua mão trêmula, e ela limpa lágrimas frescas dos meus olhos:

— Eu também te amo.

Seus olhos estão inchando, mais lágrimas escorrem pelo seu rosto, mas ela os pisca e se recompõe:

— Pare de chororô, porque agora você está me deixando descomposta, e não vou permitir isso.

— Desculpe tê-la chamada de esnobe.

— Você não me chamou de esnobe.

— Eu pensei.

Ela faz um biquinho e bate a sombrinha no chão como uma bengala:

— Bem... a verdade é que eu, provavelmente, sou uma esnobe. Agora vamos entrar no meu carro e voltar para casa, mas primeiro precisamos almoçar. Estou com fome.

Uma limusine está esperando por ela... por nós. Eu me sento em frente a ela e noto um sorriso disfarçado, aquele mesmo sorrisinho que Derek tem quando está aprontando.

Mais tarde naquela noite, Brandi e a sra. Worthington saem para jantar enquanto eu cuido de Julian. Depois que o ponho na cama e estou no telefone conversando com Victor sobre minha entrevista na Northwestern, Julian vem para meu quarto usando seu pijama com estampa de desenho animado.

— Não consigo dormir — ele diz tímido, parando ao lado da minha cama.

Eu desligo e olho para meu sobrinho.

— Quer vir para minha cama?

Ele faz que sim.

Eu levanto a colcha e ele deita. Está chupando o dedo, enquanto sua outra mão segura em mim.

— Eu te amo, Julian. — digo beijando-o no alto da cabecinha.

Ele tira o dedo da boca e olha para mim com olhos adoráveis:

— Eu também te amo, tia Ashtyn.

capítulo 55
DEREK

Nunca fiquei nervoso antes de um jogo. Uma calma se apoderava de mim e eu era capaz de bloquear todas as inseguranças e dúvidas. Eu era capaz de me concentrar totalmente no jogo. Tinha certeza de que eu ganharia. E eu ganhava.

Nunca achei que haveria chance de eu perder.

Mas agora, quando vou até a casa e vejo o quartinho nos fundos, penso que tudo está contra mim. A ansiedade me faz suar. E se eu terminar perdendo-a? E por mais que eu diga a mim mesmo que preciso ter confiança, estou cheio de dúvidas.

Tudo o que eu montei está no lugar, exceto uma coisa.

Toco a campainha, mas ninguém atende, então caminho para a casa. Gus está sentado na sua poltrona de couro, vendo televisão. Eu me sento no sofá, pego o controle remoto e desligo a televisão.

Gus se vira para mim:

— O que acha que está fazendo? Pensei que você tinha se mudado para o Texas com aquela sua vovó mandona.

— Preciso falar com você, Gus. É importante — coloco o controle remoto de volta na mesa.

O homem se senta ereto em sua poltrona e coloca as mãos sobre a barriga.

— O que você quer, Derek? — ele olha o relógio. — Tem exatamente três minutos.

Por um longo tempo eu não me importava com o que as pessoas achavam. De repente tudo importa. Mesmo se Ashtyn não achar que a aprovação de seu pai é importante, é sim. Provavelmente mais do que ela quer admitir.

Limpo a testa e respiro fundo. Eu ensaiei o que iria dizer, mas todas essas palavras foram esquecidas. Olho o pai de Ashtyn, sempre parecendo carrancudo, e pigarreio:

— Desenvolvi sentimentos pela Ashtyn, senhor.

Ele levanta uma sobrancelha:

— Desde quando?

— Já faz um tempo.

Ele me dirige um olhar duro e frio.

— Está pedindo minha aprovação?

— Sim, senhor. Não que eu precise, mas eu gostaria.

Ele me olha de cima a baixo, então se senta novamente na poltrona, e suspira.

— Eu não fui correto com ela. Se a mãe dela estivesse aqui, a Brandi não teria partido, e a Ashtyn não jogaria futebol. Eu pensei que não desse grande importância a isso, ela iria acabar desistindo. Eu fracassei.

— Você ainda tem chance de recompensá-la, Gus. Ela precisa de você. Ela é uma menina forte e independente que vai lutar pelo que ela quer, mas você lhe tornaria tudo bem mais fácil se estivesse lá torcendo por ela. Se você a assistisse, você veria que ela é uma grande jogadora. Eu gosto dela, senhor. Mais do que tudo. E ficarei ao lado dela, se o senhor estiver ou não.

Gus consente. Acho que recebi a aprovação dele, mas não estou certo. Vai ter que ser o suficiente.

Eu volto à casa de Victor e troco de roupa. É hora. É a última jogada neste jogo... estou no SuperBowl da minha vida.

capítulo 56
ASHTYN

A sra. Worthington é a pessoa que come mais devagar que eu já vi. Ela insistiu em ir a uma churrascaria, do outro lado do Millennium Park, para almoçar. A mulher dá uma mordida no seu hambúrguer e mastiga até a comida estar completamente dizimada, antes de dar outra mordida. Continua olhando seu relógio a cada dois segundos, como se estivesse contando as mordidas. Eu só quero voltar para casa, fechar os olhos e fingir que Derek está voltando. Eu sei que é inútil.

— Então decidi alugar uma casa naquela sua cidadezinha esquecida por Deus — a sra. Worthington diz, então dá outra mordida.

Espere, estou confusa:

— Está se mudando para Fremont?

— Eu te disse que você ficaria perdida sem mim — ela aponta minhas orelhas. — Você deveria ouvir melhor, ou fazer um exame de ouvido. Você é minha família agora. Ao contrário da crença popular, eu cuido da minha família. Sem querer ofender, mas sua irmã é uma jeca e seu pai bem que precisava de uns toques. Vocês todos precisam de uma pequena influência texana, se quer saber...

Esta senhora está se mudando para cá, vai ficar de olho na gente, para se certificar de que sejamos cuidados. Só de pensar isso meus olhos se enchem de lágrimas.

— E quanto ao Derek?

Ela revira seus olhos azuis que me lembram de Derek.

— Meu neto é imprevisível. Não consigo acompanhá-lo. Um dia ele está se mudando para o Texas, no outro está voltando para a Califórnia. Pelo que sei, ele vai terminar aqui em Chicago.

Eu não lhe digo que isso não vai acontecer. Dói pra caramba admitir, mas Derek tomou sua decisão de partir, e não vai voltar. Olho-a com um pequeno sorriso.

Ela verifica as horas no relógio novamente.

— Tenho que ir ao toalete. Já volto. — Ela pega sua sombrinha roxa de trás da cadeira.

— Precisa de ajuda? — pergunto, imaginando por que ela tem que levar o guarda-chuva para o banheiro.

Ela me olha.

— Posso ser uma senhora de idade, mas com certeza consigo chegar ao toalete sem acompanhante.

Já aprendi que discutir com a sra. Worthington é inútil. Ela se dirige ao banheiro, e eu olho meu hambúrguer. Eu pedi aquele feito com carne de gado alimentado com grama. Derek ficaria orgulhoso da minha escolha saudável. Ele não tem ideia de como minha vida mudou por causa dele. Tudo o que eu digo ou faço traz lembranças do tempo que passamos juntos. Algum dia essa pontada de dor no meu coração vai embora, ou será uma ferida aberta para o resto da vida?

Com o tempo eu vou ficar bem, mas me acostumo com o fato de que sempre terei uma dor no coração que só Derek pode curar.

Uma mulher, com longo cabelo castanho senta-se na cadeira à minha frente, bem diante do hambúrguer da sra. Worthington. Sou pega completamente desprevenida. Estou prestes a dizer-lhe que o lugar está obviamente ocupado, quando a reconheço.

Não brinca! Não pode ser.

— Katie Calhoun? — deixo escapar.

Ela pega uma batatinha do prato da sra. Worthington:

— Fiquei sabendo que a Northwestern não te ofereceu uma bolsa de futebol. Que pena.

Minha boca está bem aberta pelo choque. Eu não poderia falar mesmo que quisesse.

— Escute, Ashtyn — Katie diz. — Posso ser bem honesta com você?

Faço que sim, ainda em choque.

— Não desista — ela pega outra batatinha e balança. — Perdi a conta de quantas pessoas acharam que eu desistiria, mas eu nunca desisti. E mesmo quando não tive todo o apoio dos meus colegas de time, eu nunca desisti. — Ela se aproxima e cochicha: — Acho que você é mais forte do que pensa. O Derek também acha.

Derek? Lentamente a relação entre ele e Katie Calhoun, que está aqui, se estabelece no meu cérebro:

— Ele armou isso, não foi?

Ela confirma, então vira sua cadeira.

— Observe o monitor — ela diz, apontando para a TV no bar mostrando destaques da ESPN. Katie acena para o bartender, o que é uma espécie de deixa, mas não tenho ideia do que está rolando. A tela da TV fica branca. Então, de repente Destaques de Ashtyn Parker aparece na tela, que depois se apaga.

— Destaques? Mas não tenho destaques...

Meus olhos começam a lacrimejar e meu coração aperta quando minhas imagens de jogos, no ano de caloura, aparecem. Então imagens do meu segundo ano... e meu ano de Júnior. Vejo cada clipe meu chutando seguidamente com sucesso ao gol, muitas vezes com meus colegas correndo para mim, em seguida, para comemorar. Derek fez isso. Ele perdeu tempo passando por cada jogo e pegou trechos dos meus jogos mais memoráveis. Ele até colocou uma trilha sonora na coletânea.

Quando a tela se apaga, eu acho que terminou. Até que a palavra dedicada e imagens minhas praticando durante nossa viagem ao Texas aparecem na tela. Minha mão voa à boca, estou emocionada. Derek não estava jogando ou mandando mensagens de texto quando eu praticava. Ele estava me filmando com seu celular enquanto eu gritava com ele praticamente o tempo todo.

No final, a tela é preenchida com as palavras Ashtyn Parker, Kicker.

Todo mundo me aplaude. Foi tudo armado por Derek. Como ele encontrou Katie Callhoun? Como ele a fez vir aqui? Por quê?

— Você tem talento, Ashtyn. Estou impressionada — Katie diz. Depois de me encorajar e responder a um monte de perguntas, ela fica de pé.

— Sabe para onde a sra. Worthington foi? — pergunto.

— Ela está no bar — Katie acena para a senhora. A sra. Worthington acena de volta com a sombrinha.

Enquanto ainda estou vacilando, com o choque, Katie põe um envelope na mesa e o desliza até minha frente.

— Boa sorte, Ashtyn — ela diz. — Vou torcer por você.

Katie vai embora. Ninguém mais no restaurante sabe quem ela é, mesmo sendo uma das poucas mulheres que já jogaram futebol em nível universitário. Ela é uma pioneira, uma lenda.

Meus dedos pairam sobre o envelope. Está escrito na letra de Derek: *Depois de ler isso, atravesse a rua até* The Bean.

The Bean é essa grande escultura de metal no Millennium Park. Eu olho a sra. Worthington, que segura nossa conta e faz sinal para eu ir embora.

Enfio a carta no bolso e corro para fora do restaurante.

Tudo o que eu quero é correr para Derek e envolvê-lo com meus braços.

Com certeza ele está aqui, perto de *The Bean*. Toda minha atenção é necessária, não devo correr pelas ruas cheias da cidade. Espero o farol, como todo mundo na calçada, torcendo o pescoço. Não consigo vê-lo.

Corro pela rua como fazem os pedestres, quando o farol muda, enquanto busco freneticamente sinais do garoto que de repente tem um objetivo... e espero que esse objetivo seja estar comigo.

Disse a Derek para ir atrás do que ele queria, com toda força, e ele fez isso. A verdade se apodera de mim. Achei que ele havia me deixado, quando o tempo todo ele fez o que achou que precisava fazer, para provar o quanto se importa comigo.

Quando chego ao *The Bean*, minha irmã, Julian, Falkor e meu pai estão na frente dela. Julian está com um saco de Skittles na mão, que ele passa para mim.

— Derek me disse para dar isso a você — ele diz. — Abra.

Abro o saco e espio dentro. Não há nenhum roxo.

Brandi aponta uma árvore ao longe:

— Tínhamos que te dizer para esperar perto daquela árvore lá.

— Para o quê? — pergunto.

Meu pai dá de ombros.

— Onde está o Derek? — pergunto. Só preciso vê-lo, conversar com ele, dizer-lhe que estou pronta para lutar por ele, por nós. Juntos nós podemos fazer isso funcionar. Se eu esperar mais, juro que vou explodir. Mas nem minha irmã, nem meu sobrinho, nem meu pai me dão qualquer pista, então sigo as instruções deles. Quando chego à árvore, há um bando de Skittles roxos arranjados num coração roxo.

— Ei, Ashtyn! — A voz de Derek ecoa pelo parque. — Levante a cabeça.

Derek aparece do outro lado do parque, usando um uniforme do futebol americano da Fremont High, completo, com capacete e protetores. Nas suas mãos há uma bola de futebol.

Com precisão de especialista, ele joga a bola para mim. Ela aterrissa bem nas minhas mãos que aguardam, mas estou nervosa demais e a deixo cair. Ele tira o capacete.

— Você errou. — ele diz com um sorriso.

Ele corre a distância entre nós e fica parado na minha frente, tirando meu fôlego quando observo seus olhos safados, brilhantes e seus maravilhosos traços marcados.

— Eu sei.

— Foi um arremesso perfeito — ele me diz. Ele jogou aquela bola do outro lado do parque, praticamente do outro lado da rua e entre uma porrada de gente. E foi completamente no alvo. — Por que não pegou, Docinho de coco?

— Porque estou nervosa e meu coração está batendo feito louco.

A lateral da boca dele se levanta.

Observo o jogador de futebol americano na minha frente. Mas ele não é um jogador de futebol. Talvez tenha sido no passado, mas isso foi antes de sua mãe morrer. Não vou pressioná-lo para jogar novamente. Ele me disse que sua decisão de não jogar era definitiva, então...

— O que vai fazer usando essa roupa e todo esse equipamento, Derek? Por que está aqui?

— Eu me juntei ao time — ele dá de ombros. — Imaginei que fosse o único jeito de passar um tempinho com minha namorada. Ela é uma *kicker* da Fremont, sabe. E é boa pra danar nisso.

Eu me estico e toco seu lindo rosto.

— Obrigada por fazer o vídeo de melhores momentos. E por encontrar Katie Calhoun. Não tenho ideia de como fez isso.

— Digamos apenas que seus colegas de time gostam muito da capitã deles... — Ele segura minha mão. — Que tal a carta?

— A carta? — Tiro-a do meu bolso e a seguro. — Não li ainda. — Encontrar Derek era mais importante do que tudo.

Ele faz sinal para eu abrir. Rasgo o envelope e tiro a carta. Quando leio as palavras no papel, a pesquisa que ele fez na última semana me acerta em cheio.

Abaixo a carta e olho para Derek:

— Você me arrumou uma oferta de uma escola da Primeira Divisão.

— Não. *Você* recebeu uma oferta de uma escola da Primeira Divisão. Eu só mandei a fita de melhores momentos. — Ele chuta o chão. — E dei alguns telefonemas.

— Você fez isso por mim?

— Ashtyn Parker, faria qualquer coisa por você. — Ele pega minha cabeça nas mãos e se aproxima. — Eu te amo.

— Você sabe o que isso significa, não sabe?

— O quê?

— Que você tem que lutar para ser a primeira opção. Agora Brandon Butter está com o posto. Não posso namorar o *quarteback* reserva. Tenho uma reputação a zelar, sabe?

— Não tem fé em mim?

— Ah, não tenho dúvida de que vai conseguir. Afinal, caubói, você conseguiu o impossível eu me fazendo apaixonar por você.

— Impossível, hein?

— É.

Ele ri:

— Pelo que eu me lembro, você derreteu da primeira vez que colocou os olhos naquele barracão.

— Está reescrevendo a história, Derek. Pelo que eu me lembre, eu o furei na primeira vez que o vi.

— É porque você ficou chocada com a beleza e o charme do Fitz.

— Cai na real. Achei que você parecia um marginalzinho. E se você se referir a si mesmo na terceira pessoa como Fitz de novo, está tudo acabado. — Eu o olho de cima a baixo: — Mesmo que você seja o cara mais sexy neste uniforme, e se estivéssemos em casa eu... eu...

— Faria o quê? — ele diz, inclinando-se mais perto, de forma que seus lábios tocam os meus.

Eu o abraço e o beijo.

Quando paramos buscando ar, ele diz:

— O Fitz está de volta.

— É, bem, diga-lhe que a namorada dele está contando vencer a temporada.

Ele me dá um de seus sorrisinhos irrestíveis e diz:

— Ele já ganhou.

AGRADECIMENTOS

Obrigada a Emily Easton e a toda a equipe da Walker Books para jovens leitores por desbravar a tempestade conforme eu reescrevia este livro inúmeras vezes. Também quero expressar minha sincera gratidão à minha agente, Kristin Nelson, que realmente segurou minha mão quando eu precisei do seu apoio incondicional e encorajamento. Sou provavelmente responsável por mais do que alguns fios brancos dos dois lados — desculpe-me por isso!

Karen Harris e Ruth Kaufman não são apenas grandes amigos, mas impressionantes parceiros de crítica também. Sem vocês dois, Derek e Ashtyn nunca teriam se apaixonado. Sério, palavras não podem expressar o quão grata eu sou pela sua amizade incondicional e ajuda. Vocês dois são pessoas impressionantes e abnegadas que vão permanecer meus amigos por toda a vida.

Minha assistente, Melissa Jolly, que me ajudou a fazer um brainstorm de ideias e agiu como minha caixa de ressonância e minha parceira crítica adicional quando eu precisava. Obrigada um milhão de vezes por me manter sã nesses últimos quatro anos.

Não posso me esquecer de Rob Adelman, que continua a me mostrar que a vida não se baseia no que você sabe, quem você conhece ou qual é sua aparência. É baseada em tirar sarro de familiares e das pessoas que você mais ama — Rob, não preciso dizer que você é a epítome da grandiosidade, porque você me lembra disso o tempo todo. Eu te amo.

Minha família definitivamente merece uma exclamação! Obrigada a Moshe, Samantha (que é alérgica a corante roxo, como Ashtyn), Brett e Frances — somos uma turma louca, mas eu não iria querer entrar nessa montanha-russa da vida com mais ninguém.

Finalmente, quero agradecer a todos os meus fãs, professores e bibliotecários que me apoiaram e aos meus livros — vocês são a razão pela qual eu continuo escrevendo! Eu não estaria onde estou hoje sem vocês difundindo a palavra aos seus amigos, alunos e colegas.

Como sempre, vocês podem me encontrar no Facebook e no Twitter — vejo vocês lá!

Este livro foi composto nas fontes **Fairfield** e
Delicious e impresso pela gráfica **Rettec** em
papel pólen natural.
São Paulo, junho de 2022.